U0865014

文治

水之焰

[日] 松本清张——著
刘玮——译

浙江人民出版社

目录

授课

#1

酷暑已持续许久。

天气虽热，草间泰子还是每天坐着电车，一路摇摇晃晃地去L大学。

大学六月末就已经进入暑假。在七月初，还有学生出入大学，旁人则看起来有些打眼。

草间泰子确实是L大学经济学系的学生，但她跟普通学生有些不同。四年前，她开始接受这所大学的函授教育。

这四年来，泰子一直靠着L大学寄到她家的教科书自学。但是，在这个暑假里，她必须抽出四十天时间到学校来，由老师当面授课。这是函授教育的课程规定，这段时间是专门的老师的“授课时间”。

草间泰子在车站下了车，沿着向上的坡道走向L大学的正门。

早晨的太阳已经暗示着白天的酷热，强烈的光线灼晒着石板路上雕刻的方格花纹。

泰子走上这条坡道的时候，身前身后，总能看到一起来上课的函授学生走向校门。其中大多是男学生，也有不少女学生。

泰子看到这些人的时候，一定会用目光搜寻某个女人。那个女人，个子高挑，身形苗条，总是穿件纯白的衬衫；不穿白衬衫的时候，她就会穿一件朴素的白色连衣裙。

泰子在参加授课的第一天，就在自己的教室里注意到了这个女人。泰子会这么注意她，是出于其自身的原因。

泰子学的是经济学，入学两年间，所学的都是一般的基础课程。从第三年开始，出现了经济学原理、财政学、统计、经济政策、经营经济学、基础经济史等专业科目。

泰子估计那个女人比自己大三四岁。泰子马上就要二十三岁了，她在某企业的秘书科工作。

为了参加这次的授课，泰子用掉了自己一年的休假。四十天是很长的一段时间，她为了排出这段时间，平时的年假、公休都一直攒着没用。

泰子猜测，那个女人也许跟她的情况差不多。

来参加授课的学生身份各不相同，其中男性大多是年轻的上班族。

女性中，结了婚的占一大半，剩下的是常见的富裕人家的小姐，像泰子这样的职业女性很少见。

那个女人的面孔独具魅力，眉目深邃清晰，颧骨稍高，算不上时下流行的美人。

最吸引泰子的，还是她的眼睛，她的眼睛十分迷人。上课的时候，泰子偶然和她坐在一排时，曾偷偷打量她的侧脸。她好像姓盐川。

授课已经持续了两周，泰子也渐渐交上了谈得来的朋友。大家自然而然地很谈得来,也一起聚过好几次餐。其中几人马上组成了一个小团体，甚至出现了一起去旅行的提议。下课后，也有人叫她一起去喝咖啡。

但是，盐川似乎不属于任何一个小团体。正是这一点吸引了泰子。盐川似乎总是独来独往。

泰子想和她交上朋友。她们可以一起聊天，聚餐的时候，她也希望身边坐的是盐川。

但是，盐川身上似乎有一种拒人于千里之外的气场，让泰子无法轻易地接近她。

关于这一点，泰子自己也解释不清楚，这或许就是盐川独特的气质吧。

尽管如此，每次见到盐川，泰子总会主动跟她打招呼："你好。"

盐川会眼角含笑地回答她："你好。"泰子觉得她的笑容很美，还有她温润的声音，也很悦耳。

不过，两人的交情仅止于此。盐川总是带着美丽的微笑，迅速从泰子身边走开，回归到自己的世界。

尽管如此，泰子也无法对她产生反感。盐川的态度，反而更让泰子觉得迷人。虽然盐川一直如此，但她的举止并不让人感到傲慢，反而恭敬有礼，富有教养。

在教室里，盐川总是在很认真地记笔记。

参加授课的学生跟普通学生不一样，他们有着不同的生活背景，都是利用闲暇时间来学习，很有上进心，因此也就分外认真。也有些少奶奶，来上课就像学茶道、插花、跳舞一样，是为了打发时间，但这些人最终都会被教室里认真紧张的氛围所感染。

在泰子看来，盐川似乎是个很擅长学习的人。

首先，她给人的感觉就是浑身散发着知性的气息。其次，她穿的衣服虽然朴素无华，却品位高雅，常常令在一旁暗暗观察的泰子惊叹。

盐川不和任何人走得太近，这点让泰子放下心来。尽管如此，盐川并不让人感到冷漠。在校园里碰到的时候，盐川会大方地和同学们打招呼。但是，她似乎完全不想交朋友，这一点甚至让人心生嫉妒。

泰子很想知道，盐川的家庭是什么样的。

要想经常碰到盐川，只要在休息的时间去校园里的榉树下就行。

那里有一片葱郁的树林，树荫里安放着长椅。很多学生会去树下乘凉。有的在树下看书，有的在树下聊天。走过一个平缓的斜坡，还有一个池塘。学生们有的在池塘边散步，有的坐在池塘边的石头上，还有些学生往杂树林更深处走去。

盐川总是坐在同一个地方。一棵巨大的榉树，茂密的枝叶伸向天空，投下一片浓影。此时盐川就坐在榉树下的长椅上，手里拿着课本。帽檐儿投下的阴影，让她的侧脸轮廓更加清晰，像一幅美丽的剪影画。

泰子相信，自己是第一个和她交上朋友的人。

泰子有很多事情想向盐川确认。但是，就算她们成为亲密的朋友之后，有些问题她还是问不出口。

泰子不知道盐川的名字。只知道教经济学原理的浅野助教叫她“盐川小姐”。就是因为浅野助教，泰子在选择函授学校的时候才没有考虑其他学校，直接选择了L大学。浅野助教是她表哥的朋友，五六年前两人认识，大约一年前，他们订婚了。

泰子感觉自己的未婚夫浅野也对盐川很感兴趣，但不知为何，她对此并不反感。是不是因为泰子在爱着浅野的同时，也对盐川怀有憧憬呢?泰子猜测盐川可能是关西那边来的。不过，盐川平常沉默寡言，泰子听不出她的口音。盐川的声音圆润清脆，说话温柔清晰。

然而，泰子总觉得盐川和关西有些关联。

两年前的秋天，泰子去了趟大阪，顺便也去了神户。当时，她确实见过盐川。

那是在一个奇妙的场所——须磨寺。

须磨海岸过去，再往山里走一些，就是须磨寺。当时，泰子并不是一个人去的。那天，泰子在神户吃完饭，坐车到明石兜风，回程中想起须磨寺，心血来潮想去看一看。

从行车道拐入一条狭窄的小路，这条小路是平缓的坡道，坡道尽头就是须磨寺的前门。穿过破败不堪的仁王门后，是向上的石阶，走上石阶，就是须磨寺的本堂，泰子在寺里四下闲逛。她发现须磨寺下面有一个池塘，大概只有不忍池的一半大小，池塘的一头是几家料理屋。寺里有很多樱花树，但在那个时节，枝头已经繁花落尽。寺院的围墙已经稍显颓败，如果没有料理屋，这番风景倒是很符合泰子的期待。

泰子去了本堂左边的院子，那里并立着两个不知名的堂。院子旁边是竹林，露出一角屋檐，似乎是僧侣们居住的地方。

这时，泰子突然瞥见一个修长的女性身影在寺内漫步，她是一个人。

她穿着和服，脚步静悄悄的。但泰子忘不了她那张脸。为何泰子会对那位在须磨寺邂逅的陌生女子印象深刻呢？

当时，泰子其实很想一个人独处。陪伴在她身边的，是已经交往了两年的男朋友。他从事电视行业，是个惹人瞩目的美男子，他本人也意识到了这点，总是意气风发。但当时泰子已经对他的一切都失去兴趣，认为他英俊的面孔只是空洞的皮囊而已。

也许是泰子想要独处的愿望在独自漫步须磨寺的那个女子身上实现了。

那段恋爱最终如她所愿，无疾而终。她又恢复了单身，投入到函授学习中。她和浅野订婚，是在参加函授教育之后。

在学校见到盐川时，泰子意识到盐川就是当时在须磨寺的那个女人，但她也隐约觉得似乎有些不一样。不过，盐川看起来真的很像那个女人。随着时日推移，泰子越发确信，盐川就是当时她看见的那个女人。

泰子很想确认这一点。在须磨寺见到她的第一印象，到现在还没有改变。当时，泰子正想摆脱那段无谓的恋爱，现在，她有了新的未婚夫，但盐川给她的感觉仍然和当时一样。泰子觉得,盐川正是她理想中的女性。

泰子不由得觉得，盐川曾经住在关西。当然，在须磨寺散步，并不意味着她就住在关西，泰子也是在旅行途中去了须磨寺。不过，泰子总是觉得，盐川的本家在关西。

这是一种直觉，无法解释。如果盐川不是去那里旅游的，那么现在她在L大学接受函授教育，是不是为此特意从关西来到东京，租住在东京呢？确实，有很多学生是这么做的。

#2

然而，不到两周，泰子就必须改变自己的想法了。

这名自称盐川的女子，似乎在东京有自己的家庭。她家似乎在东京，似乎也在关西居住过。或许，现在她就生活在关西。

盐川在关西的生活究竟是什么样的呢？这也是泰子对她特别关注的理由之一。

不光是泰子，班级上的其他同学似乎对盐川也很感兴趣。

泰子有四五个脾气相投的朋友，其中有几个和泰子一样有自己的职业，也有普通家庭的小姐。

“盐川小姐到底结婚没有？”其中一个人抛出了这样的疑问。

参加授课的女性不在少数，但结了婚的往往一眼就能辨认出来。就算年纪很轻，她们身上也总是多多少少有一股已为人妇的“太太味儿”。

不过，盐川身上什么也看不出来。有一半同学觉得她还是未婚，另外一半同学觉得她已经结婚了。虽说如此，但并没有人去向盐川求证。

认为盐川已经结婚的那些人，也并非怀着百分之百的确信。他们判断的依据是盐川比起一般的女孩看起来更加沉稳。

如果这也算理由的话，未免有些牵强。

不过，盐川似乎是个有故事的人。泰子对此事如此执着，是因为她难以忘记在须磨寺看见的盐川。这令盐川这个女人看起来更加神秘。

“我还是觉得盐川是单身。”

泰子的朋友这样告诉她。

也有人对此很怀疑。

“谁说的？”

“听说是她自己说的，有人问过她了。”

“那可不能信。”

怀疑的那人马上反驳道。

“有位堤小姐，曾经宣称自己是单身，但实际上她早就嫁为人妇，还有一个孩子。所以，到大学里来上课，大家都会想当回学生，会说自己是单身。盐川的话也不能全信。”

确实，有很多青年男子会来参加授课，她们在课堂上还可以跟这些青年男子展开交往。所以，刚才那位“堤小姐”宣称自己是单身，也不是不能理解。

不过，泰子还是觉得盐川是单身无疑。虽然是单身，但她的生活似乎被一层难以看清楚的暗影包裹住了。

休假近一个月，泰子渐渐感到自己进入了一种绝缘状态。而且，这次没有像往常一样去旅游、跟朋友游玩，而是来到大学里上课，环境完全不同。可以说，这种新的生活占据了她的全部。

泰子来参加授课，其实是瞒着公司里的同事们的。如果告诉他们，说不定会惹来闲话。

特别是在秘书科这种地方，有个风吹草动都会变成众矢之的。她的工作要跟公司上层接触，在旁人看来是份很高级的工作，正因为如此，很招同性妒忌。

不过，泰子不告诉别人，并不只是因为怕招惹是非，她认为这完全是自己个人的事。就像是换一种新生活，她不希望参加授课受到工作的任何影响。

那是一天傍晚，当天的课泰子很感兴趣。但讲解金融政策的教授语速很快，内容也有些难度，他无视学生的反应，自己一个人滔滔不绝地讲个不停。

出校门的时候，泰子感到前所未有的疲惫，其他人也都一脸疲倦。大家对学习都很有热情，几乎没有人上课缺席。

泰子走过坡道，来到车站。只见盐川也站在那里。她站在车站的安全区内，今天很罕见地穿了一件连衣裙，裙子的下摆随风飘动。

旁边有几个青年男子也在等电车，女性乘客只有盐川一个。泰子觉得这是一个好机会，赶紧加快了脚步。电车从远处驶来了。

正在这时，一辆噪声很小、体形轩阔的进口车从她身边驶过，几乎是擦过了她。亮丽的蓝色车体反射着强烈的太阳光。

等车子驶过，泰子再次迈开脚步，那辆车却在车站前停下了。

泰子正感到惊讶时，盐川回过头看到了这辆车。大概是车里有人叫盐川，她才回过头来。

盐川似乎和车里的人短暂交谈了几句，具体说了什么，泰子听不见，只能远远地站在那里看着他们。接着，车开走了，车后窗的纱窗紧闭，看不清里面坐着什么人。不过，盐川的脸看起来有些不悦，虽然可能是阳光太刺眼的缘故。似乎是有人让她上车，她拒绝了。

泰子觉得自己似乎窥见了盐川生活的一角。

#3

浅野忠夫今年三十二岁。这个年纪能当上助教已经算得上是出类拔萃了。不过，在课堂上，他算不上如鱼得水。

他讲课声音太轻，坐在后排的学生记笔记，有时必须把手放在耳旁才能听清他讲的是什么。

浅野助教头发微微卷曲，总是微微皱起眉头，嘴角紧闭，整个人看起来很严肃。第一次见到他，泰子就觉得似曾相识，后来想想，浅野助教很像年轻时的贝多芬。当然，贝多芬年轻时长什么样，并没有人见过，不过他老年的肖像若抹去深深的皱纹，就有些像浅野助教了。

浅野助教站在讲坛上时，总是肆意纵横方圆，滔滔不绝，完全不在乎学生的接受程度，他似乎也毫不在意自己的未婚妻泰子在台下。当然，其他的学生也完全没有察觉到两人之间的关系。

他不是让人惊艳的美男子，不过他的魅力要接触之后才会慢慢显现出来，一眼看上去不起眼，但交往久了就会发现他的优点。泰子曾经跟一些职业光鲜、相貌英俊的青年男子交往，但都受不了他们的轻薄，浅野助教朴素的做派和认真的性格让她十分欣赏。

函授教育期间，自始至终都是学校配送教科书到学生家，偷懒一次，课程就会落下许多。

科目的负责老师会制定题目，要求学生交报告，偷懒一次，也会使报告越拖越多。

学生交报告后，学校会送来关于报告的点评。经济学原理就是浅野助教来点评，他给泰子的点评也一本正经，不留情面。一个一个的楷书字体，小巧端正，看起来十分严肃。

课后，学生们会去浅野助教的办公室问问题。

这时，浅野助教就会看着三五成群的学生的脸，用低低的声音一个个回答学生们的问题。其他助教会语带幽默，浅野助教却从不戏谑。他仍旧一脸严肃，看着提问者们，一个一个认真地回答着问题。

泰子第一次听浅野助教的课时，觉得这个人十分无趣。很多讲师为了不让学生厌倦，会在课堂上讲一些笑话。那是老师的讲课技巧，也是老师们维持学生热情的本能。

浅野助教似乎完全不打算这样来讨好学生。不过，他会一边轻拂额头不听话的卷发，一边向学生讲起亚当·斯密和马克思，让学生们感觉到眼前的正是一位令人肃然起敬的学者。

事实上，四十多天的授课中，浅野助教的人气如同涨潮，越来越高。

参加授课的学生的学习时间并不一样。在同一个班级里，有些人已经学了七八年。大家职业不同，一旦有什么事耽搁，学籍在籍时间就会拖长，所以大家年纪也不尽相同。而且，来参加夏季授课的学生，都是从全国各地聚集而来。四十天的学习结束后，他们将会四散而去。

早有远见的人，在四年的学习中，从第二年开始就准备毕业论文。这些人都会去负责的教授那里咨询毕业论文的相关情况。

去浅野助教的办公室问问题的一群人当中，泰子时不时会看见盐川。盐川的提问并不啰唆，她的问题总是切中要点。提问的时候，她会正面直视着浅野助教，嘴角带着温和的微笑。

一天，泰子已经走出教室，突然想起把笔记本忘在桌子上了，又返回去取。

再次来到走廊时，她看见长廊的一头，有两个站立的人影。夏天耀眼的阳光，在长廊尽头画出一个方框。

其中一个人是浅野助教。明亮的方框里，人影就像是剪影。泰子马上认出了和他说话的人就是穿着白衬衫的盐川。

泰子停下脚步，凝视着这一幕。盐川和浅野助教面对面站着，两人好像谈得很投机。

周围没有一个人。这一幕就像是电影里的画面，印象鲜明。在泰子的心里投下了一道阴影。

婚前交往

#1

浅野忠夫坐在自己的办公室里。因为现在是暑假，其他教授都不在，办公室里静悄悄的，只有蝉声从打开的窗户里传进来。

浅野正边吸烟边发呆。

浅野向窗外望去，有两个学生正穿过校园走向正门。夏日阳光下，他们的白色帽子和衬衫白得耀眼。

浅野摊开自己的笔记本。

盐川信子：中野区鹭宫 ×× 号，盐川弘治（银行职员，东大经济系毕业）妻

这是从学生课代表交上来的联络簿上抄下来的。

盐川信子已为人妻。

知道这一点时，浅野感到十分吃惊。他一直坚信盐川信子是单身。

助教需要了解学生的背景吗？更何况，她不是本科生，只是个函授生，

本应该没有多少亲近感。他们见面的时间，也不过是一年中的一个月。

而且，浅野不太愿意和学生交往。教授、助教和讲师中有些人会把学生叫到自己家，甚至有私人交往，但浅野不会这么干。当然，他也并不想靠这种方式来赚取人心。

所以，浅野忠夫会对盐川信子产生兴趣，这是前所未有的事。

函授教育中，学校向学生家里配送教材，指定课题，然后学生交报告。有些学生很出色，有些不那么出色。盐川信子则是特别出色的学生。

浅野最初读到盐川信子的报告时，只觉得其文字十分优美，等真正看起来时，却产生了一种条件反射性的反感。

这个学生——浅野不知道该不该称她为学生，总之，这个女人很擅长文字。她的文字优美，似乎有意想让教授注意到。他一开始是带着反感读着报告，读着读着，刚才的反感消失得无影无踪。她的报告十分扎实，准确地抓住了学习的要点，连本科的学生都很少能交出这样的报告。

浅野至今还记得其中的一部分内容。报告的题目是“关于测定垄断程度的诸指标”。

“要考虑这个问题，首先要探讨垄断程度（Degree of Monopoly）是什么。在这里，我们暂且将它理解为产生支配价格的能力的覆盖程度，我们的课题就是在一定的指标下将其量化后进行测量。垄断程度的测定，有一个或若干企业的垄断程度、某个产业在整体经济中所占的产业垄断程度、测定经济整体垄断化程度的时间性变化等各种角度。想要把垄断程度数量化，有各种各样的角度和表现方法。测定垄断程度的主要指标是什么，用哪些统计数字、什么样的方法来整理这些数字，都是我们需要考虑的问题。例如，在后面我还将论述到，我国的产业统计都是以生产的技术单位——事务所为基础在进行……”

浅野从抽屉里抽出这份报告，把它藏在一堆笔记本底下。

优美的文字展现在浅野眼前。

“综合以上，垄断程度的测定，跟对垄断的评价态度直接相关。简单地分类的话，现在有垄断否定论、垄断衰退论、垄断强化论。最近比较引人注目的是，战后日本经济中垄断程度降低引起的垄断衰退论和依然坚持垄断强化再编的主张，这两者的对立。确实，战后日本出现了激烈的投资竞争、降价竞争、企业优胜劣汰。但是，观察这些数量上很难统计清楚的系统集团企业行动，这里面隐藏着‘各系统机会均等主义’，系统的核心金融机构的再编、强化也表现得十分清楚。考虑到这些要素，垄断强化的倾向是普遍的、难以掩盖的，整体经济的垄断程度则成了一个难题……”

盐川信子给人的印象是文章十分强辩，但她的文字仍然温和得体。

这个适合穿白衬衫的女人，身形苗条，内藏高贵，她的身上到底隐藏着什么样的秘密呢?

浅野知道，她的最高学历是那所名声赫赫的英语学校。

当然，浅野对盐川信子和她丈夫的生活一无所知，他也从来没有向谁打听过，对此他有各种想象。但对其他女学生，他从没有这样的好奇。

草间泰子的字十分圆润可爱。浅野觉得，这跟泰子自己给人的感觉一样。泰子就像是他的某个妹妹，要他像对未婚妻一样对待泰子，他感到很别扭，并为此暗暗苦恼。对这桩婚事，他母亲的热情更大。浅野拒绝了一桩又一桩的相亲，也从未对任何女性表现出积极的兴趣，他母亲好不容易为他选到了眼睛明亮、身材苗条的泰子，心里正扬扬自得。

浅野收拾好盐川信子的报告,放回原处。他把它放在一堆笔记本下面，好像是要隐藏什么。为什么会做出这个动作，他自己也无法解释。

盐川信子已经开始准备自己的毕业论文了。昨天，她在走廊上叫住浅野，就是向他请教论文的事。

盐川信子问，自己能不能去浅野家里求教。浅野不禁心中一震。他回答说没有问题，也不知道他当时的表情是什么样的。大家都知道浅野助教不苟言笑。自己紧绷着一张脸，也许已经吓到了她。浅野现在不知为何对这一点耿耿于怀。

窗外，四个女人在艳阳下走着。来参加授课的人职业和背景都各不相同，所以，她们穿的衣服也各式各样。

这四个人中，没有盐川信子。

浅野提着书包乘上电车。他避开太阳直射的座位，从书包里拿出书来。

今天，他沉醉于书的世界中，心情有些雀跃。

盐川信子问他，周日的下午能否去他家请教。两人约好了一点钟见面，明天就是周日。

这个约会让他内心充满喜悦。他能沉醉于书的世界，大概也是因为心中充满了喜悦祥和。

浅野下了电车，在大太阳底下等公车。乘公车二十分钟，接下来再走五六分钟就到家，这条路一如往常。邻居家后面的榉树丛，叶子已经开始渐渐泛白。

他走进自家的玄关。

有一双女人的鞋整整齐齐地摆在玄关，那是一双浅奶油色的中跟鞋。

“你回来了？”

母亲从屋里出来。

“我回来了。”

浅野在离女鞋稍远的地方脱下了自己的鞋。

“很热吧？”

“嗯。”

“泰子来了。”

“是吗？”

“我们在茶室说话，你也过来吧。”

浅野默默地踏上榻榻米，走上楼梯。

二楼八铺席大的日式房间是书房。浅野不习惯坐在地上写字，所以榻榻米上又放了桌子和椅子。跟早上出去时一样，刚开始读的书还是原样反扣在桌子上。

母亲从楼下上来了，她拿来了冷毛巾。

“泰子带来了冰激凌。”

“是吗……”

浅野告诉母亲，自己抽根烟就过去。

“忠夫，”母亲低声责备，“你要让人家等多久？”

浅野低下头，吐出烟圈。

“母亲，”他抬起头，“关于这件事，我想跟您谈一谈。”

“……”

“我和泰子的婚约，我想告诉您我的感受。”

母亲惊得说不出话来。

“怎么回事？”

“我的感受，母亲没有一点感觉吗？”

母亲没有回答。

“忠夫，”母亲的喉头哽咽了，“你为什么对她不满意呢？那孩子可爱又聪明。解除婚约的话，你肯定会后悔的！”

“……”

“总之，今天先别说了，你快点下来。”

母亲拿着毛巾下楼去了。

#2

周日。母亲照着儿子的吩咐买回了水果、点心，还特地去店里让人磨好了咖啡。

“真难得。”母亲对忠夫说，“你还是第一次对客人这么上心啊。”

天气还是很热，不过今天没有那么闷，家里还算舒服。

“是一位学习很认真的太太，人家有自己的家庭。别说些莫名其妙的话吧。”

忠夫这样对母亲解释。

在母亲看来，忠夫一直在期待着这位客人。他性格含蓄，态度上看不出来，但似乎心中充满了欢喜。

跟昨天泰子来时的态度完全不同。虽然他后来在楼下吃着泰子带来的冰激凌，谈起授课的事时，被泰子的活泼情绪影响，忠夫看上去也很高兴。但是，母亲看得很清楚，儿子那时是强打精神的。

母亲还注意到，今天的客人和泰子是同学，她们应该互相认识，但忠夫在泰子面前完全没有提到她今天要来的事。

客人说是下午一点到。母亲整理了一下窗帘，换了桌布，替儿子操着心。

据忠夫说，来参加学校授课的学生身份各种各样，有年轻人，也有年过四十的人。还有学生从北海道和九州赶来，在学校学习四十天。

“午休的时候就有那种感觉。”忠夫曾经说，“广播里有留言的时候，会叫青森县的某位女士，或鹿儿岛县的某位男士，听了觉得很奇妙。”

“来参加授课的人，什么职业的最多？”

母亲问。

“还是当学校老师的最多。有小学、初中的老师，还有高中的老师。他们还是想拿到大学毕业证，这样教学生的时候也有底气。他们学得很认真，和一般学生气势都不一样。”

每年夏天，忠夫都要为了这些学生去学校。是主任、教授邀请他去的，他自己也并不以此为苦。

因为了解这些，母亲觉得今天要来的女客人可能也是某所学校的老师。像泰子那样的女学生恐怕是少数。

“不是。”

忠夫回答。

“为什么这些人要上函授呢？”

“很常见。”忠夫说，“有些学校老师是想取得资格证书，也有些人就是为了学点东西。泰子不也是吗？”

“不过，当了太太，还来学习，看来很喜欢学问啊。”

“不，这样的人很多的，还有其他太太呢……还有些人来上课就像来练琴呢。”

忠夫这样回答母亲，同时也对盐川信子为何对学习如此认真产生了疑问。仅仅解释为她有上进心对吗？

忠夫总觉得，她这么认真学习，应该是有别的原因。他并没有什么怀疑的根据，不过，盐川身上有一团迷雾，让人充满想象。

忠夫站在讲台上讲课的时候，眼睛总在不知不觉地搜寻盐川信子的身影，意识到这一点时，他自己也吓了一跳。去她的教室讲课前，忠夫会有一种紧张感。

盐川说要向他请教论文的事，忠夫也很积极地与她接近。不过，他并没有忘记盐川已经是别人的太太了。尽管如此，他仍想接近她。

学生到助教家来讨论论文，这种事并不少见。不过，今天下午要来的盐川信子，忠夫并没有把她当成是自己的学生。

他曾经告诉信子，毕业论文不能写成通俗入门书，而是要在有限的篇幅内向深处挖掘。盐川信子挑选的论文题目，就受到了他的影响。忠夫并没有对此具体指导，是盐川信子自己选了题目后，来跟他商量的。他觉得题目的选择也能显示出她的聪慧。

忠夫上了二楼的书房。在书房里，越过邻居家的树，能看到一条小路。前面大路上的屋檐都暴晒在烈日下。头上一朵云都没有。只有远处的天边，白云像火焰一样聚集。

忠夫看见小路上有一个白色的影子一闪而过。他的胸口一阵躁动。

玄关的门铃响了，门铃声刺激着他的耳朵。

母亲去应门时，忠夫不自觉地抽出一支烟。

在母亲看来，来访的客人和儿子说的一样。

她的言谈举止，都高雅得超出了母亲的想象。儿子也曾告诉母亲，来的是正经人家的太太，果然气派不同凡响。除此之外，她身上并没有家庭妇女的气息。她美丽却不张扬，不会引起同性反感。忠夫的母亲看到盐川信子第一眼就感受到了她的魅力，那是一种含蓄的知性美。

母亲把客人领到了客厅。

母亲上二楼告诉儿子客人来了。儿子显得异乎寻常的兴奋。

“来了。”

“是吗？”

桌子上放着四五本参考书。

以前也有学生来访，找忠夫商量事情。儿子一般都是听对方倾诉，但并不会动用参考书。他本来就不擅长待人接物，是个不谙世事的书呆子。这次似乎有些不一样。

“客人带了花来。”

母亲说。

儿子下楼梯时的脚步声很响。

母亲准备了咖啡，微微感到一丝不安。

母亲走进客厅，只见忠夫正对着女客人侃侃而谈。看他的样子，就知道他很热情。桌上的参考书朝向客人摊开着。

盐川信子坐在忠夫正对面，正在认真地记着笔记。

母亲走了进来，忠夫站起身。

“这是我的母亲。”

他介绍了母亲。

“刚才真不好意思。”

盐川信子静静地从椅子上站起来，对忠夫母亲低头致意，她的微笑很动人。不光是长得美，她的表情也很温柔。

两人寒暄了一番，母亲走出客厅。关门的时候，她看见两人都马上坐回椅子，准备继续刚才的谈话。

母亲上过咖啡之后就再也没去打扰他们。她把访客带来的花束解开，插进花瓶。信子带来的是白百合和红波斯菊，插在花瓶里显得娇艳饱满。

原本有些单调的室内，因为这束花似乎焕然一新，连空气都好像变得鲜活起来。

母亲又送去了茶和点心。

这次，忠夫从椅子里探出身来，跟盐川信子说着话。

“多谢照顾，真是麻烦您了。”

盐川信子笑容明媚地跟母亲打招呼，她的声音清澈柔美。

母亲再次回到起居室，看着丰满的花束，不知为何，有些放不下心。

她隐约感到，忠夫对泰子冷淡，说不定原因就是这位访客，不安油然而生。母亲想起来，忠夫对泰子变得冷淡，正是从这次的授课开始。以前他对泰子也是淡淡的，但不像现在这么冷漠。

母亲眼前似乎总浮现出客厅里那两人，她自己也想说服自己这是胡思乱想。

母亲不安的情绪无法打消。

四十多分钟后，母亲拿来了水果。这次，是女客人在问忠夫问题。放下果盘的时候，母亲的目光落在了她的笔记本上，笔记本上写满了字。

盐川信子再次礼貌地对母亲表示感谢。

忠夫的侧脸上有前所未有的开朗。他的眼睛似乎在开心地微笑。

又过了四十分钟，忠夫呼叫母亲。

“客人要回去了。”

母亲赶紧走到客厅。

“承蒙照顾，能得到老师的细心指导。”

盐川信子浮现出惯有的亲切微笑。

“请下次再来玩。”母亲说。

“妨碍老师了，真不好意思。”

“盐川小姐说，”忠夫在旁边对母亲说，“到写完论文为止，会经常过来的。”

“是吗？”母亲看着盐川，“请别客气。”

“多谢您了。”

盐川信子也微笑着低下头。

忠夫说自己要出去散步，顺便送客人出去。两人一起走出玄关，母亲回到起居室。

花吸收了花瓶里的水，看起来更加娇艳了。

早点和泰子说定吧，母亲心想。母亲总是一心祈祷儿子平安无事。

#3

周日的早上本来准备睡个懒觉，但酷热的天气让泰子睡不下去，她干脆起床来到起居室。

今天太阳仍然火辣辣地照射着。正午过后，炎热到达了顶峰。沥青路面都要被晒化了，道路反射着热气，炙烤着人们。学校还好，校园里有繁茂的洋槐树。校园很宽敞，通风也好。不过，往返学校的路上，想想也是够热的。

今天有风，稍微凉快了些。泰子准备带着狗去附近散步。泰子住的住宅区远离繁华的商业街，住户并不多，所以并不感到酷热。她的狗是一条大个头的秋田犬，它慢慢地散着步。狗的力气很大，一旦它快跑起来，她很难拉住狗绳。

太阳已经很高了。她散步的路线是固定的，从家门口走向高台，绕过更安静的住宅区，一圈下来，大概有一千米。

今天她还是这么走。

她走上通向高台的坡道。两边的住宅区都竖着长长的围墙，能看见里面茂密的绿化带，繁茂的树木把影子投向坡道上。

爬过高台，她拐进第二条街。这一带都是大中型的宅邸，不过树木依然很多。

泰子对这边的景色很满意。这一带少有人来，每家每户似乎都呼吸着自由的空气，这里的人似乎也很少出门，都待在家里，对看街景没什么兴趣。

泰子最讨厌站在门口盯着来往行人看的人。偶尔有车辆经过，也大部分是这里住户的车。

狗拉着泰子走，于是泰子可以轻松愉快地悠闲漫步。

有户人家竖着白色木栅栏。这家的绿树很茂密，白色的栅栏看起来很洋气。

泰子瞟了一眼，发现这户人家的玄关前面靠里处停着一辆白色车牌的车。

那是一辆大型进口车，车体是漂亮的蓝色，很清新的色调，似乎连强烈的太阳光都会被消融。后窗拉上了白纱窗。

泰子看到这辆车时觉得似曾相识。但她记不起在哪里看到过这辆车了。不过，她确实好像见过这辆车。

狗有些着急，伸直了脖子，泰子赶忙拉住它。散步的时候，有时停下来，有时放慢脚步，都是正常的。

泰子走过车旁边。她禁不住向车内窥望，其实自己心里也有些不好意思。不过，车里空无一人。车身上，细长的克莱斯勒的标牌字样闪闪发光。

她打量着这户人家。这户人家不算大，看起来精致紧凑。

同样的白色栅栏一直延伸到玄关，玄关到大路是由四方石块铺成的石子路。房子已经不新了，白色栅栏看起来有些突兀。但从崭新的白色栅栏来看，应该是现在的主人按照自己的趣味新装的。

泰子走过去，又回头看了看这辆车。

好像在哪里见过，虽然她不记得这块白色车牌。

狗在前面拉着泰子走。走过高台，一边是小学，一边是大宅院，接下来是一段下坡路。她快到家了。

泰子放下心来，手里的狗绳也松了下来。

她想起来了。

这辆车就是她四五天前从学校回来时在电车站看见的那辆。当时那车停在电车站的安全地带旁边。而盐川正站在那里等电车。蓝色车轻快地轰鸣着，超过了她。当时盐川和车里的人有过简短的交谈，她摇了摇头，于是那辆车再次开动离开。对，就是那辆车，她见过。

这辆车怎么会停在这儿呢？她好奇心大起。车上坐的人似乎和盐川有什么关系，而且是很亲近的关系。当时，盐川一脸不高兴，拒绝上车。

泰子一到家，马上问自己母亲，知不知道山坡上围着白色栅栏的那家人。

“那家啊。”

看来母亲知道那家人。不过，她侧着头说：“那家确实换主人了。不过，好像就住了一个年轻时髦的女人和一个用人。”

“是吗？是什么样的人？”

“不知道，你为什么问这个？”

“没什么。”

泰子若无其事地转开话题。

“妈妈，肚子饿了，开饭吧。”

盐川信子在准备自己的毕业论文。今天是周日，她准备一整天在家查资料。

上个周日，她去了浅野助教家，助教给了她很多鼓励，资料也是助教建议她收集的。

她打开凉快又明亮的北边窗户，让风吹进来。地板按她的喜好，选择了樱木材质。这间西式房间大约有八个铺席大小，墙上的书架一直耸立到天花板，摆满了书籍，书籍之间摆着装饰的人偶。

信子在读原著。这是热情的助教帮她从学校的图书馆里借出来的，还有其他参考书。她一边读原著一边做着笔记。她的脾气是要做研究就要全面彻底。

已经是下午四点了，夏天的太阳还是明亮异常。这一带都很安静，所以家里更显得静悄悄。女佣在后面干活，不时会传来响声。

这片宅地是信子的丈夫的亡父留下来的。整片宅地大概有五百坪[1]，丈夫拿了九十坪用来建宅子。丈夫的亡父本来留下了一个旧宅子，但丈夫推倒了旧宅，按自己的喜好建起了新宅。宅子里的房间大部分是西式房间，只有几间和式房间。信子的丈夫是东都互济银行的常务兼总务部部长，刚刚三十五岁。

丈夫年纪轻轻，既是常务又兼任总务部部长，是因为丈夫的亡父对银行的创建有功。当时银行还叫作东都无尽株式会社，盐川弘道振兴了公司，互济银行成立后，他还曾经当过一段时间的行长。

弘治担任现在的职位已经五年了，虽是银行里的二代，但处事颇有手腕，众人无不赞赏。

今天弘治不在家。昨天，也就是周六下午，他说要去川奈打高尔夫球，就出去了。不过，他在外面过夜也是常事。以前，他还会找出各种理由，这一年来，他总是一声不吭就出去过夜，回来也不做解释。

自从信子知道那件事后，他反而坦坦荡荡，变得毫无愧疚了。

信子感到有些疲倦，望向窗外。池水反射着炫目的光。这个西洋风格的池塘也是照丈夫的喜好建的，一面有花坛，一面有草坪，草坪一头是网球场式的铁丝网围栏。这时有两个穿白衬衫的男人走过铁丝网的那头。对面是别人家的大宅子，里面绿树成荫。强烈的日照似乎开始减弱了一些。

玄关处铃声响了，有访客来了，应该不是找自己的。丈夫今天回不

1　坪是日本的面积单位。1 坪约等于 3.3057 平方米。

回来，还不一定。

“太太，井野川先生来了。”

年轻的女佣青木澄子来传达。井野川是丈夫的司机。

“是吗。”

信子搁下铅笔，走到走廊。

司机井野川站在玄关处宽敞的门廊里，他的开襟衬衫间隙里露出黝黑的胸脯。井野川是个二十三四岁的年轻人，脱下帽子，他的额头上满是汗珠。他一只手抱着高尔夫球具，另一只手抱着一个包袱。

“太太。”井野川鞠躬致意，“常务先生叫我把这些送回来。”

井野川把手里的东西放在台阶一角。

“是吗，多谢。”

信子没有问丈夫在哪里。

“还有，”司机说话吞吞吐吐起来，“常务先生让我把西服带去。”

“哦，要哪件？”

“说是前几天做好的浅绿色西服。”

“知道了。你等一下。”

“好的。”

信子走上二楼。丈夫宽敞的书房旁边就是专门放他物件的储藏室，衣橱也在里面，两个衣橱里比较新的那个收着丈夫的新西服。

信子从衣架上取下浅绿色的西服，折叠好，用井野川带来的包袱布重新包起来。井野川拿回来的是运动衫、裤子和鞋子。不知丈夫为什么叫他回来取西服。

她把洗衣房刚送回来的白衬衫和最近丈夫常戴的领结也包了进去。又想到丈夫爱出汗，把他的内衣也放了进去，虽然丈夫并未指定。

她不知道丈夫会在哪里换内衣和西服。不过，对此她并不关心。

“辛苦你了。”

她把包裹递给井野川，他郑重其事地接过包裹，又偷偷瞥了一眼信子，恭敬地鞠了一躬。在那个瞬间，司机的眼睛里闪烁着对信子深深同情的目光。

夜灯夕阳

#1

已经过了午夜十二点了。

盐川信子听到玄关外面有车停下来的声音，但她正在抄写教科书上的要点，并没有立即从椅子上站起身来，而是继续在笔记本上写着字。外面又传来了关车门的声音。到了深夜，这一片安静中，关车门时细微的声响也像是从地底传来的。

信子放下笔，穿过走廊走到玄关。司机井野川刚把丈夫送回来，正准备离开。

丈夫喝醉了，他正坐在台阶上尝试脱鞋。

“你回来了。”

她坐下来，看着丈夫的后背。

“太太，我这就告辞了。”

井野川摘下帽子，对信子点头致意。

“辛苦你了。”信子对司机说，“井野川先生，麻烦你到这么晚，早点回家吧。”

“少废话。”丈夫一边脱一只脚上的鞋子，一边头也不回地说道，“这是他的工作，这么晚送我回来也是理所应当的。”

“请别让井野川先生尴尬。”

“啊，没什么……”

“他醉了。”

“是。”

“井野川，”弘治说，“明天八点钟过来，我还要开会。”

“明白了。”

信子闭上了嘴。她本来想说请别的司机换班，不过，丈夫喝多了。

“那我就告辞了。”

“谢谢，晚安。”

“喂，”弘治叫妻子，“把这只鞋子脱了。”

“好的。”

信子蹲在玄关，解开丈夫伸出的那只鞋的鞋带。

外面传来了车子驶去的声音。

“别对司机好言好语，他们会得意忘形。”弘治说。

“是。”

丈夫昨天下午去打高尔夫，现在才回来。今天下午四点多，他让井野川送回高尔夫球具和换下来的衣服与鞋子，带走了西服。他在哪里喝的酒，信子大概猜得到。不过，她再也没有追根问底的兴趣，甚至提都不想提。

“水。”

丈夫踉踉跄跄地走上走廊，命令信子。

信子关上玄关的门，去厨房拿水。她已经没有任何感情。她把水杯放在托盘上，去二楼丈夫的房间，但丈夫并不在那里。她忽然想起来。

她走向自己的房间，如她所料，丈夫弘治正坐在她桌前，看她的笔记本。他的身体还是东倒西歪的。

信子并不准备阻止他。

“水来了。”

“噢。”

丈夫一只手拿着她的笔记本，一只手抓起水杯，一口气喝完。

“你还在搞这些啊。”

他一只手抖动着信子的笔记本，一只手用手帕擦掉嘴角流下的水。那条手帕颜色鲜艳，不可能是他自己买的。信子能猜出那是谁买给丈夫的。

这么说来，他的领带也完全不是信子喜欢的风格。

弘治把她的文章举到眼前。

传统的测定方法，有以下几种指标。（以下分类参考宫崎义一《垄断程度测定的诸问题》）

A. 支配的集中度

（1）雇佣的集中度

（2）生产的集中度生产额

销售额

附加价值额

（3）资产的集中度资本金额

资产额

B. 市场构造

（1）价格坚挺度

（2）与社会最佳状态的偏离

（3）需求弹性的比较

（4）资本利润率

以上两大分类，作为生产条件的直接指标……

丈夫念出声来。

“切，这是什么东西？”他把教科书扔回桌上，“真傻……费这么大劲搞这种东西，想怎么样？学者、老师都是纸上谈兵，我们搞的可是活的经济学。女人只要管好家里的事就行了，学这种半吊子经济学，只会更自以为是！”

信子一言不发。从她上函授课开始，丈夫一直是这个态度。她并不反驳，任由他叫嚣，始终还是坚持自己的意愿。

反过来说，在这件事上弘治是失败的一方，他没能强迫妻子停止学习。因为这件事，他经常发脾气。

弘治又拿起书桌上的另一本笔记本。以前有一次，醉酒的丈夫曾经把信子写好的报告给撕掉了。

信子只能沉默不语，如果她上前阻止，丈夫会更发狂。

丈夫看着笔记本上的字。

“浅野是你的老师吗？”他问。

夹在笔记本里的纸条上，是浅野助教对她的毕业论文的短评。

“是。”

“这个人在指导你？”

“我在向他请教毕业论文的事。”

“呵，字写得不错啊。”

“……”

“这家伙一直很照顾你吗？”丈夫这样问。

“老师们责任各不相同，不光是浅野老师。”

“这家伙教什么？”

“经济学原理。”

“年纪不大吧，助教多大年纪？”

“不太清楚……”

“有四十岁吗？”

“应该更年轻吧，我没有打听过。”

“函授需要跟老师有私人接触吗？”

“现在是授课时间。”

“是吗？”

丈夫让手中的纸条飘落到桌子上，接着陷进她的椅子里，拿出一根烟，似乎在想着什么。

“醉了。”

他叹了口气。

“昨天高尔夫球打赢了，接着就去庆祝，喝多了。”

赢了却没有带回来奖品，高尔夫的奖品都很奢侈，那奖品被送到哪里去了，她也能想象出来。不过，她并没有对这些事刨根问底。

“本来今天也有人拉我去打高尔夫，我说有事，推掉了。”

丈夫没有解释昨天晚上住在哪里，他似乎是在妻子面前故意表现得强横，以便掩盖自己的弱点。他经常这样。有一次，他还讲了好久自己的风流韵事。

丈夫说，真困。

“累了，你怎么还没睡？”

“我还要学习一会儿。”

“差不多就行了，你不觉得这完全是在浪费时间吗？”

“不觉得。”

“学了有什么用吗？”

“学了有没有用，那是另一件事。学习的时候，我最开心。”

“笨蛋。去学学小曲不是更好？副行长的太太，都有艺名了……自己的老婆却在上函授，这种话我都不好意思告诉朋友。”

“……”

“还真有为了乱七八糟的事不睡觉的家伙。睡吧。”

“我再等一会儿。”

“犟脾气。”

丈夫盯着书桌上的纸条，似乎渐渐从酒醉中清醒过来了。他并没有动粗，只是弄倒了椅子，站起身来，去了二楼自己的房间。

信子跟在他身后。

进了房间，丈夫脱去上衣，信子接过他的衬衫，帮他穿上睡衣。一股酒气喷到她脸上。

“信子。”

丈夫一边让信子帮他脱鞋，一边说。

“你一直是跟那个浅野老师当面请教吗？”

信子跪在地上，声音从上面传来。

“不，只是偶尔。”

信子没有说出她去老师家请教的事，她觉得丈夫似乎话里有话。

过了一会儿，丈夫说：“下次，叫到家里来吧。”

“有什么事要问他吗？”

“嗯……银行的干部们组了一个会，会叫一些专家来做讲座，下次请这个老师来吧。我跟干事提议一下……你觉得怎么样？”

丈夫忽然征询起她的意见来。

“我不清楚。”

“是吗，我在问你的想法，那位老师，应该很熟悉经济学吧。”

“毕竟是大学老师。”

“是啊，大学的老师都很了不起，你下次问问浅野老师有没有空吧。”

“不奇怪吗？”

信子一边收拾丈夫的鞋一边说。

“直接由你去拜托，怎么样？”

“嗯。”

丈夫似乎又想了一会儿。

“就这么办。”

他一边扣上睡衣的纽扣一边说。

“那，我还要再看会儿书。”

信子准备出房间，忽然丈夫伸出手按住她的肩膀。

“喂！”

丈夫抱住信子的肩头，把她的脸拉近自己。信子的身体侧过来。

“放开我。”

她推开丈夫，赶紧出了房间。

到了楼下自己的房间里，信子关上门，并上了锁。

#2

第二天傍晚，草间泰子带着自己的爱犬登上了高台。

昨天早上，经过白色栅栏的那户人家时不经意看到的车，还留在她的脑海里。

蓝色的克莱斯勒，是当时盐川隔着车窗跟人讲话时的那辆车。很难想象，克莱斯勒的主人是这么年轻的女人。那辆车和那户人家，有什么联系吗？盐川和年轻的女主人是朋友吗？泰子充满了好奇。

今天有一位讲师休假，所以放学比较早，离路灯亮起来还有一段时间。

夕阳虽然已经沉下去，但周围还很明亮，傍晚时分，凉风习习。

泰子抑制住想直接跑到那家门口的好奇心，还是跟往常一样散步。体形庞大的秋田犬劲头十足地拉着她走。

被白昼的炎热蒸烤的人们迎着高台的风在乘凉，穿着浴衣的男人和穿着白色连衣裙的年轻女人都在悠闲地散步。在这凉爽的傍晚，人们好不容易呼吸平静下来。

泰子一边带着爱犬散步，一边想着浅野忠夫。这阵子，他似乎在有意避开她，不过他原本就不是积极主动的男人。她想不出他对她变得冷淡的原因……每当想到这些事时，泰子就会想起之前自己看到浅野和盐川在一起说话的情景。

泰子走过高台，是一段下坡路。

白栅栏的宅子出现在眼前。今天车不在，从栅栏缝中可以看见茂盛的绿树。

泰子放慢了脚步，今天她准备仔细观察。如母亲所言，是某个女人买下了这座旧宅，处处可以看见改造的痕迹。

不过泰子马上发现，自己放慢脚步是个错误的决定。

泰子的爱犬突然低吠起来。以前没注意，这家人的院子里有一只牧羊犬正脚抵地面，开始发出威胁的低吠。秋田犬兴奋地喘着气，想要冲进去。

“太郎，太郎！”

泰子叫唤着爱犬的名字，想让它后退。但太郎力气太大，泰子控制不住，狗绳被太郎拉成了一条直线，她的手掌也被勒得隐隐作痛。

一瞬间两只狗缠在一起，打了起来，太郎挣脱了泰子手上的绳子。

两只狗踢起尘土，战况相当激烈。虽是已经驯服的家犬，一旦挣脱控制，就变得野性难驯，让人看得目瞪口呆。两只狗以迅雷不及掩耳的速度，一转眼就撕咬在一起。

泰子不由得尖叫起来，狗向她这边冲过来，几乎把她撞倒。

她拼命喝住自己的爱犬，然而两只狗打得更厉害了。一个在上，一个在下，露出牙齿，发出野性的咆哮，撕咬不休。石块乱飞，尘沙扬起。

她双手抱在自己胸前，说不出话来。

这时，传来一声尖锐的口哨。这是从白栅栏里面传出来的。

口哨响了三四声，接着有个年轻女人的声音在叫："阿富，阿富——"

于是，牧羊犬忽然停止了动作。

"阿富——"

牧羊犬转头向回跑。泰子的秋田犬追着牧羊犬，像箭一样冲进大门。

"太郎！"

泰子追在后面呼唤爱犬。

牧羊犬被口哨唤回，在主人身边坐下。泰子这才看清楚对方是一个穿着淡紫色连衣裙的年轻女人。

"太郎！"

泰子喝住爱犬，从地面上抓起狗绳。秋田犬见敌人后退，也站住，和牧羊犬对峙。

"真对不起！"她拼命拉住自己的爱犬，这才有余暇跟对方打招呼。

泰子正面打量起对面的女人。她有二十七八岁，短发，眉清目秀。

"没什么。"

对方笑了。

“刚才够呛的吧。您受伤了吗？”

对方很亲切。大概也是因为泰子看起来还是个未经世事的年轻女孩。都是养狗的人，这一点也让双方感到亲近。

“没有。没想到会发生这种事，吓了一跳。”

两条狗还在对峙低吠。

“狗一激动起来，女人是拉不住的。”

对方看看太郎，问：“是秋田犬吧？”

她眼睛大大的，长着一张精明强干的脸，皮肤微黑，有着丰满的红唇，看上去像位贵气的女演员。这个人大概就是母亲说的这家的女主人。

那辆蓝色汽车，在泰子脑中挥之不去。

“小姐您每天都带狗在这一带散步吗？”

对方微笑着问泰子。

“嗯，时不时会。”

“住在这附近吗？”

“嗯，就住在这个坡的下面一点。”

“哦，原来如此。今天真是对不起了。以后常来！”

她待人很亲热，也许是对泰子有好感。

“谢谢！”

如果她不是随口说说，这倒是打听那辆车的绝好机会，泰子对面前这个女人也产生了兴趣。

“我平时没什么事。”

女主人说。她的笑容很迷人，露出整齐的牙齿。

“挺无聊的，欢迎您来玩。您之前在上班吗？”

“是。”

“所以现在才出来散步啊。”

泰子谢过她，牵走秋田犬。

走开十几米后，秋田犬才老实下来。泰子慢悠悠地下了坡道。

这个人究竟是干什么的呢？她看上去风情万种。泰子脑子里一直在想着这个女人。

#3

一大早，盐川信子就去拜访她在T学校时的朋友川田美代。美代在K尼龙公司工作，公司总部在神田，是一栋八层高的气派大楼。

川田美代所在的工会部门在六楼，信子在一楼打了电话，美代马上就下来了。她一头黑色直发，从没有烫过，此时随意地束在脑后，脸上也似乎没有化妆，但粉色的口红令她看起来神清气爽。她瘦削高挑，穿着线条硬朗的白色棉衬衫和黑色半身裙。

“欢迎欢迎，好久不见了。”

美代笑着迎向信子。

“就是忽然想来看看你。”

信子半带着撒娇说。信子一看到美代，就像回到了多年前的少女时代，她连说话腔调都变了。

“可以吗？你忙吗？我过半小时就回去。”

“忙是忙，但半小时的时间还是有的。”

她把信子带到地下咖啡店，两人在时髦的咖啡桌两边相对而坐。美代拿起酒水单，按铃叫来侍者。

“信子好像瘦了些。”

“是吗？是觉得脸颊有些瘦了。”

信子避开美代细长清澈的眼睛，低下头，用手指抚摩自己的脸颊。

以前，在这位老友率直的目光的注视下，她总会有一种冲动，不由自主地把自己心里所想的脱口而出。她们在T学校时就是好朋友，信子毕业后就马上订婚、结婚，美代则参加了行业工会的活动，最后到K尼龙公司的工会工作。美代父母早亡，只有一个哥哥在大阪。六年来，她也不是没有恋爱过。有一段时间，她曾经和一个男人同居过，但那个男人最终选择回到妻子身边，之后她就一直独居至今。工作总是多得忙不过来，收入却少得不像话，信子无法理解像美代这样的才女为什么会安于这份工作。应该是一份很重要的工作吧，同时也是美代觉得必须做的工作。

信子以前常常注意到美代气质非凡的容貌和与她的苗条身材相得益彰的打扮。她觉得现在洗褪了色的衬衫和束起的头发都不适合美代。

而她自己呢，奢侈的生活对她来说毫无意义，但她生来不知贫困为何物，在她心底，隐藏着对贫困、低俗的东西本能的厌恶，这是信子自己都未察觉到的娇气。

另外，美代对信子精心梳理的头发、价格不菲的衣服毫不在意，这让信子很满足。她相信，只有美代不在乎信子外表的美，理解她的本质，爱她的本来面目。不过，两人这样面对面时，从未互诉过自己的苦恼。美代的爱情和最后的分手，信子也是在事后才听说。

今天信子虽然是特意来访，但也并未谈到浅野忠夫或是自己的丈夫，她反而是美代工作上的事的热心听众。不过，跟美代分手后坐上出租车时，信子下了一个决心。信子告诉了司机浅野忠夫家的地址。

#4

今天，浅野忠夫的母亲也很留意观察儿子的访客。

这个女人，就是上个礼拜天来请教毕业论文的访客。儿子叫她盐川小姐。儿子平时沉默寡言，不喜欢与人来往，但盐川小姐要来，儿子似乎满心期待，母亲注意到了这一点。今天，他们也已经在客厅聊了一个多小时了。

忠夫会不时从二楼书房抱几本书下来。平常他会这样做，也只是在准备读博士的那些学生来访的时候。

母亲把茶端进之前的那间客厅，又端来水果。当然，两人之间保持着礼貌的距离，盐川端庄地坐在自己的椅子上，但忠夫表情中有隐藏不住的兴奋。

母亲介意的，是对方是已婚女人。忠夫对她的态度，和面对草间泰子时的态度截然不同。母亲察觉到，儿子的心已经偏向了盐川信子。

一直以来，忠夫一心扑在学问上，对玩乐一窍不通，跟女人更是无缘。母亲也常常希望儿子能够在为人处世上更练达些，正因为如此，她才担心盐川信子这样的人妻会更吸引儿子。

母亲频繁地进出客厅。她并不是想进去打扰他们，也不是想去打探情况，不过，她还是忍不住想去看看里面怎么样了。

每次进去，她只看见两人在谈学习上的事。有时是盐川信子在认真记笔记，有时是儿子在热心讲解。两人并没有半句闲话，看起来就是单纯的师生关系。

不过，母亲回到起居室，还是心中不安。

最好的办法，是劝儿子不要让盐川信子再来。如果能这样，母亲就安心多了。然而，考虑到忠夫的心情，这些话她说不出口。首先，信子是来学习的，她没有什么理由阻拦，再说，考虑到忠夫的心情，说出这样的话让她觉得很残酷。想来想去，母亲又同情起儿子来。不过，为了草间泰子，母亲也必须采取措施了。

母亲决定，今天晚上就劝忠夫和泰子结婚。

客厅开门的声音响了，忠夫叫来母亲。

“啊，这就准备回去了？”

“是，总是打扰您，真不好意思。”

信子一只手抱着装有书和笔记本的布包，向忠夫的母亲行礼。

“没有的事，能帮上忙就好。”

“哪里哪里，老师真了不起。我水平不够，才给老师添麻烦了。”

母亲回说，要不要再坐一会儿，没关系的。不过，她没有说下次再来玩。

“妈妈。”忠夫说，“我出去散会儿步，顺便送送她。”

跟上次一样。

“那，慢走。”

儿子等盐川信子穿好鞋后，自己也穿上了木屐。

母亲看见女客人的脚小巧白嫩。今天她也穿着白色衬衫，跟她的容貌很相称。她很美，但并不招同性反感，她美得清新又知性。

虽说已是人妻，但她身上并没有那种过于成熟的油腻感。

小路上有建筑物投下的长长的影子，离热闹的大路还有好长一段路，两人并肩走着。

遮阳伞下，信子的脸在淡淡的蓝光里白得透明。

离大路还有五六百米。这条路上都是住宅区，所以行人很少。

浅野忠夫和信子并肩走，态度自若地漫步。两人并没有什么特别的话题。不过，只要和盐川信子在一起，他心中就像羽毛拂过一样舒服，熟悉的街道看起来也很新鲜。

“麻烦您了。”

路上，信子对忠夫说。

“哪里，散步顺路。”

两人默默地走着。

忽然，盐川信子说：“我已经到老师家打扰两次了，您有位好母亲。”

“啊，我是独生子，母亲总是啰里啰唆，话很多。”

“真好。您母亲一定盼着老师您早点娶到太太吧。”

之前两人谈的都是学习，从没谈过这种话题。忠夫有些不知所措，不过，谈到个人话题，让他觉得跟信子更近了一步，并没有不快。

到忠夫家拜访了两次，信子似乎不再光说客套话了。但这并不是对忠夫，而是对他家的亲近感。

“没有这回事儿，一点儿也不急。”

忠夫故意说谎了。

“是吗？”

信子的脸藏在遮阳伞淡淡的阴影里。她的侧脸上忽然闪现出难以描述的表情。

“到您府上拜访，承蒙您指教，真是感谢万分。不过，我以后暂时不能来了。”

“为什么？”忠夫吃惊地问，“你有什么事吗？”

“真对不起，有些情况，我暂时不能出门了。”

“是吗。”

忠夫瞥了一眼信子的侧脸，她的表情似乎有些僵硬。

忠夫看到母亲，就知道她在想什么。她并不欢迎盐川信子，她总是在担心地打量他们。盐川信子肯定也敏感地觉察到了这一点，她说是自己的原因不能来，也可能是不想让他为难。

从她的学习状态来看，她是个很敏锐的女人，肯定也感受到了他母亲的情绪。

忠夫无法勉强。就算勉强请信子来，以后在母亲和信子之间，气氛也会变得十分微妙。他不想伤害信子。

“如果你不方便，那也没办法。我是没关系的。”

他答道。

“嗯，谢谢。我老是只顾自己，真对不起。”

一辆挂着冰激凌旗子的自行车经过，有电车驶过，打开的窗户里能看到穿白衣服的乘客。

浅野忠夫想，对，盐川信子是别人的太太，真相也许是她因为丈夫不能来了。这么一想，自己身边的信子瞬间变得遥远了。一阵风从两人中间吹过。

“那就这样吧。”忠夫说，“在学校里也说不上话，我会给你写信的。”

忠夫感到自己正在努力缩短与信子的距离。

“嗯。”

信子没有马上答应。她的脸上浮现出似乎是为难的表情。

“不过，老师应该很忙吧，让您花时间，很不好意思。”

“我没关系，这点时间还是有的。”

忠夫察觉到自己的坚持，他并不准备就此罢休。

“真的好吗？”

“没关系。”

“那就麻烦您了。”

“只要有不懂的，尽管问我。我会竭尽所能。”

热闹的大路就在眼前，人也多起来。

忠夫感受到了行人投向两人的眼光，这才决定就此和信子分手。

忠夫独自往回走。他一边走，一边想着盐川信子不愿再来拜访的原因。他意识到在自己心中，是多么在乎盐川信子。忠夫觉得自己的未婚妻草间泰子很可爱，觉得泰子大大的黑眼睛很美。从一年前订婚时到现在，他的感觉没有变。不过，他会订婚，是出于母亲的一腔热情。但自己对盐川信子产生的感情，是他人生中从未体会过的。

他回到家里，母亲在玄关处露出脸。在忠夫看来，母亲就像是自己不认识的人。

"哎呀，怎么了？"

母亲看看儿子的脸，问道。

"没什么。"

儿子不太高兴。

"你不在的时候，有人送信来了。"

母亲递给忠夫。忠夫翻过来一看，寄信人是"星期六会"的干事。"星期六会"，正是在京银行的一个亲睦会。

#5

浅野忠夫三点钟准时来到丸之内的 ×× 俱乐部。这是栋红砖复古的建筑，进去之后，却别有洞天，豪华装修尽显文艺复兴风格。一周前，他收到"星期六会"的快信，邀请他来做讲座。之后，"星期六会"的干事也来到他家里，定下了演讲的日子，就是今天。

对方要求讲座内容不要太学术，讲一些与专业相关的逸话，时间大约四十分钟就可以了。

他打听之下，原来这个“星期六会”大约一个月一次，会请各方面的专家来做讲座。之前大多是与美术、文学相关的讲座，最近，他们想听听与忠夫专业相关的经济学讲座。

浅野忠夫不知道为什么幸运之箭射到了自己身上。干事回答他说，是他们的一位会员推荐的。

干事本来准备去忠夫家接他来俱乐部，不过这个时间正好是放学时间，忠夫就自己来了。本来，他也不希望有车来接自己。

忠夫走过宽敞的大理石门厅，走上台阶。指定的地方是三楼，不愧是金融资本家的聚会场所，古典的装修风格，让人感到一种庄严美。

上到三楼，来忠夫家交涉过的四十岁左右的男子迎上前来。

“真对不起，没能亲自相迎。”

一位银行庶务课课长模样的人向他问候道：“辛苦您了，老师，请先在这边休息休息。”

三楼似乎是会场，忠夫被带到会客室，这里现在暂做讲师休息室。里面的桌椅高级，连靠垫也气派不凡。

“等会儿干事就会来。”

此人行了一礼之后，就离开了会客室。有女服务员端来了冰果汁和水果。

忠夫环顾四周，墙壁上挂满了油画，每一幅都是名画家的手笔。其中许多是已故画家的作品，这个俱乐部的高雅传统可见一斑。

不久，门开了，刚才的课长带了三位男士进来。其中一个人满头银发，一脸红润，大腹便便；一个人是秃头；第三个人比起前两位年轻许多，看起来三十四五岁，是个高个子的绅士。

“真对不起，这么热的天气还请老师过来。”

首先是胖胖的白发老人拿出了名片，原来是某著名银行的副行长。秃头是另一家银行的审计。

那位年轻绅士并不出示名片，只是对他点了点头，也许此人职位并不高。忠夫也向三人回礼。

“请坐。”

副行长说。

十五分钟很快就过去了。因为是讲座前的休息时间，副行长、审计都很照顾演讲者的情绪，故意选了轻松的话题。

忠夫忽然注意到，最年轻的绅士一直保持沉默，静静地凝视着自己的脸，嘴角浮着一丝谜一样的微笑。

忠夫猜测，这个人虽然是年轻的干部，但级别估计不高，因此在前辈说话时，出于礼貌，并不开口。但他感觉，那双凝视自己的眼睛并不那么简单。

倾斜

#1

浅野忠夫在 ×× 俱乐部的宽敞会场做了四十多分钟的讲座。

听众都是各银行干部级别的职员，现场秩序井然，大部分都已经上了年纪，其中还有人会认真记笔记。

因为听众都是实干家们，忠夫特意选择了介绍欧美最近的新经济理论。他觉得讲座内容要专业些好，所以接受邀请后专门准备了提纲。虽然他的讲座内容稍显枯燥，大家还是听得很认真。讲座结束后果然获得了热烈的掌声，不像是客气的敷衍。忠夫亲自准备的讲座，获得了听众的赞赏，他暗暗为自己的成功感到自豪。

“辛苦您了。”

一位干事带忠夫回到休息室。

在休息室，又有人端来了咖啡和点心。刚才见过的副行长和审计也来作陪，那个高个儿的年轻绅士却不见踪影。

刚才那人观察他的眼神令忠夫印象深刻，他注意到了那人的缺席。他想，刚才那人估计是对自己的大学老师身份感到好奇。

"多谢老师，我们都受教了。"

秃头的审计致谢道。

"哪里，本来应该讲得更有趣一些，结果太枯燥了，真是见笑。"

之前干事曾拜托他，因为天气炎热，还请讲一些喜闻乐见的内容，然而忠夫并没有因此放弃自己的坚持。

"哪里哪里，讲座太棒了。"

胖胖的白发副行长说。

"说实话，最近都没有听到过这么有价值的讲座，真是感谢老师。这么说可能有些失敬，有些讲师已经做惯了讲座，讲座时一半都是在讲题外话。听的时候是很有意思，但过后会觉得记不住什么。所以今天，大家真是受益匪浅。"

"是啊。"

审计也表示赞同。

"我也好像重新回到了学生时代，又上了一堂课啊。"

"嗯，好像又变年轻了。"

两位有身份的人物齐声笑起来。

一位干事走到忠夫身边，低头递来一个白信封。

"老师，小小心意。"

信封里是"车马费"，也就是这次讲座的酬劳。

忠夫看看时间。

"那，我就告辞了。"

两位有身份的人物和在场的其他干事一起把忠夫送到会客室外边，接着，出来迎接忠夫的年轻干事把他送到玄关外。说是年轻干事，只是与那两位重要人物相比，其实他也有四十多岁了。

忠夫走下铺着红地毯的大理石台阶。

“老师，门外备好了车，要直接送您回家吗？”

“麻烦了。”

忠夫好久没来繁华的市中心了，本来准备去丸善看看，然后去银座转转，喝个茶。

他走下明媚日光照耀下的 ×× 俱乐部的石阶，走到车边。

忠夫忽然感觉到有一双眼睛在盯着自己，回过头去，并没有任何人在看着自己。玄关的希腊风圆柱在太阳下闪着白光，入口深处变得暗不可测。

忠夫脑子里还有那个高个儿绅士的影子，他想向身边的干事打听一下此人的名字。

不过，这么做有些奇怪。特别是对跟自己无关的人，没有什么理由特意去打听人家的名字。

“要在哪里下车，请您吩咐。”

车开动前干事说。

“真是麻烦了。”

车驶过红砖高楼的大街，往日本桥方向驶去。这是辆高级进口车，对忠夫来说，待遇太高了些。

忠夫透过车窗呆呆地望着外面晴空下的人流。

他还在想着刚才的讲座。每次演讲过后，他都很难立刻回到日常，他会回味自己的发言内容，想想是否还有不完美的地方。

“在日本桥哪里停？”

日本桥的交叉路口就在眼前。

“在丸善前面放我下来吧。”

他从车里下来。

好久没有来看新书了，快乐包围了他的身体。

浅野忠夫来到丸善三楼，经济学相关的专业书在三楼的一个角落里。他在书架前踱步，一本一本看着书脊，就像在一群旧友的脸孔里寻找新朋友。

今天难得一身闲。他口袋里还揣着刚拿到的讲座的劳务费，系着花纸绳的信封背面写着一万日元。

他想赶紧用这笔钱买自己喜欢的书。能随意花钱真让人快乐，他的心现在轻快得像个少年。有一万日元，贵一点的书也能毫不犹豫地买下来。

看了一圈，这里的书跟一个月以前来时基本没什么变化，他有些失望。

没有想买的书，这一万日元他不知该怎么花出去。今天在丸善，他的心情也变得轻快起来。

大概是受了刚才做讲座的俱乐部的奢华气氛影响。他不禁苦笑。

书店里有很多年轻人，特别是学生很多，他们都默默地在书架前翻看着一本书，或是静静地走来走去，用眼睛寻找着自己想要的书。

忠夫喜欢这种地方。他从来没有像今天这样，看到喜欢的书就想让店员立刻包起来。然而不巧的是，可以随便花钱的时候，却找不到自己想买的书。

他在书店转了一圈，又回到楼下。

到了一楼，这边的气氛与之前完全不同。这里是女性用品卖场，客人也跟书店不一样，自由自在，年轻女性最多。商品都色彩鲜艳，刚看过朴素的书店，这里色彩丰富、琳琅满目的商品让人的眼睛很不适应。

他忽然很想在这里转一转。丸善他已经来过好几次，但他对一楼毫无兴趣，每次只是经过。不过，想到口袋里有一万日元可以随便花，心情也变得不一样起来。今天的忠夫，忽然想逛逛女士柜台。

他曾经在未婚妻草间泰子生日时送过生日礼物，不过那都是母亲负责买来的。他从没想过，自己会给女人挑选礼物。

这里的客人，当然也是年轻女性居多，基本上看不到男人。不过意外的是，忠夫并不在意。

这里摆放的商品对忠夫来说都很陌生。来这里看看，就知道女人平时身上穿的、戴的，都是多么精致。他就像个观赏洋娃娃的大人，信步走着，不知不觉到了卖首饰的柜台。这些首饰才真的像玩具，孩子们的美梦，都没有这么闪闪发光。

忠夫脑海里想到了盐川信子。他能走进女性用品卖场，也许就是因为这个潜意识的驱动。

他开始把这里摆放的首饰、毛衣、衬衫，全都往脑海中盐川信子的身上比了比。这么想象让他很愉快。他一边在脑海中描绘她的身影，一边在现实中寻找适合她的东西。

不过，要选定一件礼物可不容易。上一刻还觉得每件东西都适合她，下一刻又觉得都不适合。他对女性用品一无所知，他只能说出眼前的东西很漂亮，颜色雅致或是形状奇怪，所以，逛了半天，他什么也没买到。

有时会碰到让他眼前一亮的东西，就在眼前，但他仍然鼓不起勇气去买。他有些害怕，不知道自己送礼物给盐川信子时，她会是怎样的反应。

浅野忠夫找不出送盐川信子礼物的理由。他对她表示出的善意，只是让她来自己家里写毕业论文和报告。信子每次来他家都会带着鲜花。当然，这只是拜访别人家时的礼仪。要说自己的礼物是回礼也很奇怪。

忠夫也想到，不直接送给信子，而是用化名或是匿名的方式送到她家。这样的话，自己也就能装作若无其事，在内心默默品尝送给她礼物的满足感。

想到这些，他的心暗自雀跃起来。

信子一定会猜测这件礼物的来处吧。不过，她会想到“浅野忠夫”这个名字吗？

想到这一点，他又踌躇起来。

实际上，信子想不起自己这个人才是最好的，最好她永远猜不出是谁送的。

之前，他送信子出门的时候，信子已经说过，不能再来他家了。

敏感的信子，应该早已从母亲的举止猜到，自己是不受欢迎的客人了。当然，母亲不会把这些写在脸上，不过，如果对方足够敏锐，还是可以感觉到的。

一旦想到要送信子东西，他就没办法空手走出商店。他鼓起勇气走近首饰柜台。

就算是补偿母亲对信子的失礼吧。他用这个借口来解释自己接下来的举动。

晚上七点多，盐川弘治开着蓝色的车驶上坡道。

白栅栏的房子越来越近。他把车停在门前，锁上车门，目不斜视，直接走进玄关。

这家人总是从里面反锁着门。门铃响了，门开了，一个穿着红色圆点连衣裙的女人出现了。

“哎呀，是你啊。”

女人大胆地袒露着酥胸，这是一件鸡尾酒礼服。她对弘治露出的笑脸也热情明媚。

“不是说今晚不来吗？”

弘治边脱鞋子边对女人说：“来了不方便吗？”

“哪里，来了正好！”

“怎么了？”

他脱下了一只鞋。

“你真坏。”

女人抱住他的肩膀。

“清洁女工要来了，真难看，快放开。”

“她刚才说要买东西，出去了。一个小时以后才回来。”

弘治一言不发地往里走。这栋房子并不大，但每个房间都装修得华丽光鲜。往里面是一个小露台，露台上摆放着长藤椅，大概刚才她正躺在上面小憩。

弘治脱了外套，放在一边，又脱了衬衫，只剩下贴身内衣，在长椅上坐下。

这栋房子地处高台，低处街道已经亮起灯来，屋顶密密麻麻，如波浪般从山谷间铺展向外海——远处的平地。苍白的暮霭升起来，灯光在暮霭的笼罩下显得星星点点。

狗在里面叫了起来。

“枝理子，枝理子。”

弘治从长椅上抬起头来叫道。

枝理子是弘治在大阪分行任职期间认识的酒吧女。

一开始，去大阪分行就任的弘治，整天被周围的大阪口音包围，听到出身东京的枝理子清脆的东京口音，觉得十分亲切，自然而然两人就亲近起来。

弘治回到东京总行时，枝理子曾提出自己也一起来，但没能成功。她是个精明的女人，早就逼迫弘治答应和她结婚。不过，因为现任妻子还在，她和弘治约定，给他一年半的时间来处理。

她总是威胁弘治说，如果一年半以后，弘治未能履行誓言，以自己的性格，不知会做出什么样的事来。

弘治把她从大阪接过来，她的再三请求是一方面原因，另一方面是因为他不想把她一个人留在大阪。把她留在自己看不见的地方，也许她会被其他男人拐走。当时在酒吧里，有好几个有钱男人总是围着她转。

弘治总算找到了现在的这栋房子，把她接了过来。一开始，因为房子太旧，枝理子很不满。

“算了，就剩半年了。”

她这样安慰自己。

半年，正是弘治和现在的妻子离婚的剩余期限。她若要再建一栋新宅子，就太浪费了。

枝理子从冰箱里拿出冷毛巾。

“这么大声叫我干吗？”

她走到弘治背后，用毛巾帮他擦脸。她帮他擦完脸后，又用另一条毛巾从后颈擦向后背。

“有什么事？”

“啊，真冷。”

“不过，很舒服吧。”

“帮我拿烟过来。”

“好——的。”

枝理子从弘治的口袋里摸出外国香烟，衔在口中，点上了火。

“来了。”

她的口红沾在了烟嘴上。弘治接过香烟，吐出一串烟圈。

女人把擦完的毛巾扔进篮子里，凝视着弘治的脸。忽然从他的眼睛、鼻子、脸颊开始，一点一点地舔下去。

“好痒，烟都没法抽了。”

“这有什么关系。”

她拿走他嘴上的香烟，凑近弘治的嘴唇。香烟燃去了一大半。

“喂，你……”

女人的脸稍微远离，盯着弘治说。她的眼睛大大的，眼神深邃。

“你真的会跟你妻子离婚吗？”

“啊。”

弘治吐出烟圈。

“不高兴了？真的会离婚？”

“啊，离的。还有半年。”

“每次都要我催你，真讨厌。”

“没问题，我已经做好准备了。”

“真的？”

“绝不说谎。”

“那你要怎么跟她说呢？就说性格不合？”

“这么普通的理由可不行。我要让她不得不离开。”

“能行吗？”

“可以。”

弘治看着白色的烟说。

“她不想走，我也要给她一个理由。”

#2

盐川弘治上午十点左右从枝理子家出来。今天白天要开董事会，他准备先回家一趟，休息一下。后来想想，这还真是鬼使神差，平常他都是直接从枝理子家开车去银行的。

盐川弘治开着车，窗外的风吹到他脸上，一瞬间，女人的气味、触感，都从他的身体上吹走了。本来他就不是个沉溺于女色的人，工作才是他最大的野心。

回到家，信子不在。她去L大学参加授课了。

弘治准备在自己房间的凉爽角落里的安乐椅上小睡片刻。和女人相会之后，他习惯享受片刻孤独。

不过，这次不知道是受什么心理驱使，他回自己房间前先去了妻子的房间。他知道妻子不在，就是想去看看妻子空空的房间。

弘治走进妻子的房间，只见面对着窗户摆放的书桌上放着一个小包裹。不是邮局送来的，好像是直接由店里送来的。包裹上贴着一张通知单，收件人是信子，不过，寄出人也是信子本人。

虽说这也没什么奇怪的，不过，这个包裹却是丸善送来的。

弘治觉得很奇怪。看看通知单的品名栏，上面写着耳环，经手店员的名字也写在一角，是个叫小野的店员。

信子买了耳环，真是稀奇事。

一开始，弘治以为是信子准备送给别人的礼物。不过，信子特地跑去丸善，买对耳环这种小东西，还特意让店员送过来，想想也不可能。这种东西可以直接放进手包里。

他觉得奇怪。首先，信子以前从未在丸善买过东西。这家店离自己的银行很近。

她是什么时候跑到那里去的呢？

买的是对耳环，这也很奇怪。

在那种店里买饰品，不是信子会做的事。他觉得是店员搞错了，但是通知单上明明白白写的是信子的名字。

弘治把小包裹放在自己的手掌上掂量，很轻。他不是在测里面的分量，而是在心中猜测这份包裹为什么会送到这里来。

弘治想了一会儿，叫道：

“青木小姐，过来一下。”

青木澄子围着围裙，一边擦着湿漉漉的手一边露出脸。她身材娇小，圆脸细眼，这个年轻的女佣一脸忠厚。

“这是什么时候送来的？”

弘治把包裹给她看。

“啊，是先生回家之前刚送到的。”

“太太说过丸善会送来包裹吗？”

“没有，太太从没有提过。”

“是吗。”

弘治点点头。

“行了。”

“是。”

澄子脸带惊讶地退了下去。

弘治来到二楼。他斜躺在凉风习习的阳台的躺椅上，还在想着那个包裹的事。

他闭上眼，不过今天早上是睡不着了。半小时后，他放弃了，穿上上衣下楼。

“您要出去了吗？”

澄子正在玄关前洒水，抬起头问。

“包裹的事，”他说，“别告诉夫人我问起过包裹的事。”

“是。”

澄子一脸诧异地点着头。

弘治又开车前往市中心，他一脸高兴。

他经过了丸之内自家的银行没有停下，直接穿过通着电车的高架轨道，驶向日本桥。早高峰告一段落了，路上车辆并不多。他还有余裕在心头细细谋划。

他在广场停车，下车步行。

终于到了丸善这个奇妙的地方。弘治想。果然，一楼是女性用品卖场。以前这里的男士用品很有名，看来最近除了外版书，还多了这样的卖场。学生时代他曾经来买过外版书，但之后再也没有来过。以前他总是经过，今天是第一次进来。

包裹里送来的是耳环，弘治找到了卖饰品的柜台，里面摆放着琳琅满目的华丽饰品。

“有谁叫小野吗？是这里的店员。”

一个长着可爱面孔的女孩向他致意，指了指旁边正在接待一位中年妇人的二十岁出头的同事。弘治等她把话说完。那女孩额头开阔，看起来很机灵，对客人应对自如。中年妇人离开后，弘治走上前去。

“我叫盐川。”

弘治说出了自己的住址。

“今天你们送了一对耳环给我妻子，我妻子叫盐川信子。”

“是的，昨天的订单，我马上转给发货部门了……有什么问题吗？”

女孩还记得“盐川”这个名字，满脸担心。

“不，没有问题。不过，上面写着妻子的名字，订货人也是妻子本人。但妻子说她并不记得，也就是说，不是她自己买的。”

“是。”

女孩睁大眼睛看着弘治。

“我想知道，是谁以我妻子的名字订的货。我看见上面的经手人是您，所以来问问。”

“是，当时是我处理的。”

“我想也许是某位亲戚，想起了我妻子的生日，送来的。但她的生日已经过了，没能赶上，对方不好意思，所以才匿名送来。”

弘治故意这样说着，想解除女孩的警戒心。

“是。”

女孩应该还是有些担心吧。不过，听了弘治的话，她似乎松了一口气。

“那不是位女客人，是个男的。”

“是吗。”

弘治露出一副早知如此的表情。女孩还没开口，他已经说出了那位客人的大体特征，女孩更加放下心来。这对弘治来说易如反掌，因为昨天他才在 ×× 俱乐部的会客室见过这个男人。

一开始是在会客室，他和某银行的副行长和审计一起去的。看来助教是个颇具魅力的男人，不过并不是盐川弘治欣赏的类型。他既不聪明也不尖锐，可以预测，这样的人是很难出头的。

不过，他很认真。他是那种会认认真真读每一本书，一步一步积累知识的人。脸带忧郁，近来不少女孩都对这种类型很感兴趣。

他听了一段助教的讲座。助教不知变通，这一点从他的讲座中就能知道。以前的演讲者们，都游刃有余，生动幽默，助教却像是在对着学生讲课，过分认真。这种男人，算是信子喜欢的类型吧。她也是那么好学的一个人。

听弘治讲出了对方的特征，女店员向他保证，正是此人。

弘治到了银行，这一天，他的效率比平日更高，在人前也显得分外愉快。不过，不管是在工作时还是在跟客人谈话时，他似乎都在想着什么事，似乎一边在工作，一边在牵挂着什么事情。

晚上，弘治又来到枝理子家里。

“哎哟，昨天、今天，一连两天都来啊。”

枝理子把弘治迎进屋。

“有什么事吗？”

“没有。”

“说谎。你从来没有一连两天来过。”

“想看到你，每天都会来啊。”

“说得好听……”

枝理子似乎从弘治的脸色中看出了什么。

弘治泡了澡，换上和服，和枝理子面对面坐下喝起了啤酒。这个女人曾经在酒吧工作，很能喝酒。

“说来，枝理子，有件事要拜托你。”

“什么？”

“我答应过要和你结婚，对吧？”

“是啊。说得像是我一个人的事，你不想吗？”

“就是因为想才要你帮忙。”

“不知道你葫芦里卖的什么药，不过没问题。”

枝理子的眼睛瞬间放出了光。

“明天，我老婆不去学校。你给她打个电话。”

“啊，给你家那位？”

“嗯，以浅野的名义，他是L大学的老师。你就代表这个人，明天下午三点……”

弘治想了想，说：“在购物中心里有个叫‘圣地亚哥’的咖啡店，就说在那里有话跟她说，请她务必前来。”

枝理子睁大眼睛，盯着弘治的脸。

“然后再给这个浅野打电话。他会去学校，你就打去学校……这次就说你是替盐川信子打的，就说她嘱咐你的。”

“那我是谁？”

枝理子吞了口口水。

“你啊，就说你是信子的亲戚。”

“不过，他们会不会打电话互相确认呢？那就露馅了。”

“没关系。老师知道她已经是人妻，不会打电话来的。我家那位，也不会打电话去学校把老师叫出来。”

“好像有些冒险啊。”

“后面还有任务等着你呢。”

#3

信子的目光停在桌子上的包裹上。

这个包裹从未见过，是丸善送过来的。更惹人注意的是，寄送人写的是她的名字。

她不记得自己买过东西，更没有寄回自己家。而且，她根本没有去过这家店。

她马上明白这是有人送她的礼物，包裹的单据上写着“耳环”。

她打开包裹，在一个纸盒中，放着一个漂亮的天鹅绒首饰盒，里面并没有她预想中的名片。

信子打开首饰盒。那是两颗大粒的珍珠耳环，带着金色的耳针。

信子盯着耳环看了一会儿，想不出是谁送的，她也想不出这对耳环就这么意外地寄到自己这里来的原因。她不记得自己帮过谁的忙。

信子逐一地数着她的朋友们。但是，谁都不像。如果是她熟悉的人，她应该马上就能猜出来，但这次，她怎么也猜不出是谁。

忽然，她想起了一个人。

一开始，她觉得不太可能，但是渐渐地，她的预感越来越强烈。

浅野助教——

当然，他没有理由送她礼物，不过，信子感觉除了他不会有别人。

之前，信子就隐隐察觉到浅野助教对自己的感情。她本来觉得不可能，但去了他家，她才知道，这并不是自作多情。当然，浅野助教从没有说出口，也没有明显表达出来。不过，信子敏感地感觉到了这种来自异性的好感。

他偶尔投向自己的眼神中，有些不寻常的东西，特别是浅野助教把自己送出门外时，这种感觉更强烈。

不过，她并没有细究这一点，只解释为浅野助教这个人拥有特别的气质。一开始，并不是那么容易感觉到。

分手的时候这种感觉最强烈，助教落寞地独自走向来时的路。第一次看到他的背影时，信子心中不禁一动。从此以后，信子用全新的眼光来看助教的一举一动，觉得自己不能再去助教家了。

而且，助教的母亲似乎也对她有什么想法。当然，她并没有露骨地表现在表情上，反而是过于亲切了。不过，信子明白，自己是不受欢迎的。

理由她也知道。这和自己所感觉到的浅野助教的情形合在一起，答案就很明显了。

信子把礼物放回原处，盖上盖子，仔细地重新包装好。想了想，把它放进书桌的抽屉里。

必须还回去。不过，怎么还回去，倒是个问题。

一个办法是去他家还。但是，她之前刚刚说过自己不能再去了，现在再去有些莫名其妙。她也不想再去。

另一个办法是在学校的走廊里或者其他什么地方还给浅野助教。但是，这些地方人多眼杂，恐怕机会不太好找。

既然要还回去，她也不想偷偷摸摸还回去。她准备向他道谢，同时说明自己为什么不能收。学校不太合适。

信子第一次感觉自己背着丈夫，有了一个小秘密。

她一早就知道丈夫行为不端，不过，那是另一回事。这件小小的礼物，在还给主人之前，确实成了她的一个隐秘的负担。

她的毕业论文方向已定，资料也齐了，也不需要再去见浅野助教了，如果中间碰到什么问题，可以去请教其他老师，她想尽量和浅野助教保持距离。

丈夫还没有回来。

她一直等到半夜一点，但没有半点声音。信子合上教科书和笔记本。

她早上起来问澄子，澄子说车已经停在车库里了。连澄子都不清楚，那应该是凌晨两三点钟回来的。

早餐的时候，弘治阴沉着一张脸默默地坐在餐桌前。

他一边往面包上涂黄油，一边问信子："你今天去学校吗？"

真是少见。他一开始就对信子去参加授课的事一脸轻蔑，很少过问这件事。

信子回答说正准备去。

"真不巧。"

弘治嘟囔着。

"今天上午，樱井君要从大阪过来。他说会直接来我们家，你去学校就不方便了。今天能请假吗？"

他很少这么和悦，信子决定做出牺牲。

"不过，樱井这个人，也有可能临时不来。如果来会在下午一点前，过了下午一点，就不用再等他了。”

“好的，不过，我反正会跟学校请假的。”

“嗯。”

丈夫又往另一块面包上涂黄油。

约会

#1

弘治十点钟就去公司了。

信子在家里等从大阪来的樱井。已经过了中午，他还是没有出现。待在家里等着客人的信子有些耐不住了。

弘治说，樱井要是来的话，应该是上午，过了下午一点，就可能不来了。

过了一点，客人还是没有出现。也就是说，今天为了这件事，耽误了她一天的授课时间。

不过，信子觉得，自己本来是自作主张地每天去学校上课，为了丈夫的客人缺一天课，也是义不容辞。她虽然对丈夫已经完全失望，但这件事也算是尽到了自己的义务，而不是出于对丈夫的爱。

已经到了一点半。

电话铃声响了，女佣澄子去接电话。

信子以为是樱井来了，但女佣从起居间叫她来接电话。

“是一位叫浅野的。”

信子一开始没有反应过来是助教，她所认识的浅野有两个人。

"说是替L大学的浅野先生打来电话的。"

信子感到心中一阵轻微的悸动。

浅野助教是第一次打电话过来。不知道他有什么事，也许是因为丸善送来礼物的事情。因为礼物里面，也没有夹着他的信。不过，电话不是浅野本人，却是别人替他打来的，有些奇怪。

说不定，是浅野的母亲。

信子现在还认为，浅野是为母亲带给她的不愉快道歉而送来礼物的。如果是母亲代打的电话，也许是为了道歉。

在他们家，是很有可能的，母亲非常疼爱浅野助教。

走到接电话的地方就几步路，信子只想到了这些。

"我是替浅野忠夫……L大学的浅野打来电话的。真对不起，是夫人吗？"

"是的。"

一开始，信子以为是对方的女佣。

"浅野忠夫让我告诉您，如果夫人方便的话，今天下午三点，在西银座的购物中心，希望能跟您见个面。"

"……"

"在购物中心，有家咖啡店叫'圣地亚哥'。他说，在那里，有话想跟您说。您知道那个购物中心吗？"

"知道……"

信子嘴里答道，不过内心依然十分疑惑。

"他说，有很重要的事，请您务必前来。您来吗？"

这不是女佣。应该是更亲近的人，比如，浅野的亲戚。

"对不起，"信子反问道，"您说您是替浅野老师打来的，您是哪位呢？"

"忘了说了，"一个年轻的声音大方回答道，"我是浅野的表妹。我也姓浅野。"

“是这样啊……一直以来多蒙老师关照。”

信子言语更恭敬了。

“我听表哥讲过您的事情。”

电话那头的女声听起来很亲切。

信子还没有听浅野讲过他家里的事情。要说浅野有表妹,也并不奇怪。

打电话的人不是女佣，也不是全无关系的陌生人，让信子感到不容自己推辞。

“我会去的。”

“真不好意思，那我就这么转告浅野了。”

似乎是个很可靠的女人。她再次报了约定的时间和地点，然后挂了电话。

挂断电话后，信子变得有些犹豫。

浅野助教从没做过这种事。以前，他积极地提出一起出去，简直是不可想象的。

他总是安安静静地讲着课，带着少许寂寞走在走廊上。这样的助教，竟然会积极地让人替他打电话，约她在咖啡店见面，信子觉得不可想象。

但是，回头一想，这也正是返还他送来的耳环的好机会。她正为这件事犯愁。

而且，信子准备借退还礼物，清楚地表达出自己的意思。现在的情况下，她必须拒绝那位纯情的助教。

信子从关着的抽屉里取出耳环盒子，放进手提包中。

下午三点差二十分，成泽枝理子就到了“圣地亚哥”咖啡店。

她扫视一番咖啡店内，在角落里坐了下来。她有些兴奋和不安。

她给双方打电话，都成功了。盐川弘治的妻子信子和助教浅野忠夫，都答应了前来。当然,双方的回答似乎心情各不相同。信子似乎有些犹豫,不过,浅野助教却似乎精神抖擞,他的声音充满了喜悦,他说:“知道了,我一定来。”

从他们回答的语气来看,似乎助教对此十分踊跃。不过,信子已经嫁为人妻,也许是在控制自己,让自己不要显得太轻率。

弘治告诉她这件事的时候,实际上,枝理子有些半信半疑。不说那个男人怎么样,盐川妻子的为人,枝理子很了解。在大阪时,自从和弘治交往之后,她就知道。

当时,枝理子和弘治一心沉浸在恋爱中。弘治渐渐地越来越少回家。有时,他会向公司请假,两人出去旅游一周左右。平常也经常在她家里住上两三天不回家。

这样的情形持续了半年左右,枝理子才从弘治那里听说他的妻子知道枝理子的存在。

“真可怕,夫人不会大发雷霆吗?”

枝理子说。

“没关系。她不是那种女人。”

弘治回答。

“她很理解你?”

“那倒不是,她本来就是个老实的女人。”

“真坏。就因为这样,你才为所欲为?一点也不嫉妒吗?”

“她和你平常见到的女人性格有些不一样。”

“怎么不一样?”

“应该说太聪明了吧。当我的老婆,有些可惜。”

“是故意气我吗?”

“没那回事。你不是男人你不懂。总之,待在那种女人身边,丈夫会窒息而死。丈夫在外面工作回到家里，家是男人的休息场所。我们想要摊开四肢，轻轻松松地睡个懒觉。”

“也就是说，像我这样的笨女人更好。听你这么一说，我好像也明白了。”

“你在酒吧也见过不少男人吧，到了公司都有头有脸，工作上都精明能干。但你们看到的客人，是不是都像傻瓜？这与其说是男人的本来面目，不如说是他们想在那里放松自己。越是在外面工作的人越需要放松。”

“夫人就不能让你放松吗？你们之间没有爱情了吗？”

“她太聪明了。总之，就算知道有你，她也一句话不提，举动也丝毫没有变化。我自己反而沉不住气了。”

“那就是不爱了，光靠理智和聪明可不行啊。”

枝理子说。

“那你可太不幸了。还是早点分手的好。”

“我也这么想。”

弘治伸出手，握住枝理子的手，把她拉到自己身边。

“人生宝贵。比起怪里怪气的家庭，还是跟你在一起开心。”

“我会想尽一切办法让你高兴的。知道自己丈夫有了别的女人，一点也不嫉妒，有这样的太太，你真是倒霉。比起聪明的太太，有个爱着你的笨太太不是更好吗？”

“是啊。”

“你真的会跟太太离婚，跟我在一起吗？”

从那以后，枝理子经常想象信子的模样。她的想象，在弘治后来的谈话中渐渐丰满起来。她还没有仔细看过信子的脸，不过从大阪开始，她已经和弘治在一起两年了，已经在自己的心中熟谙了信子的性格，就像是认识她一样。

已经下午三点差五分了。

枝理子不停地向咖啡店门口张望，这时一个高个子男人走了进来。

枝理子的直觉告诉她，这是浅野助教。

那人戴着眼镜，前额宽阔。他的眼镜镜片闪着光，扫视着店里客人的脸。枝理子别过脸，握住咖啡杯。她一个人坐着，又是女人，浅野助教肯定一眼就看到她了。

浅野的身影在咖啡桌之间走动。信子还没有来，他在找座位。

#2

枝理子观察着浅野助教这个男人。

浅野助教拿起咖啡喝了一口。不过，他看上去似乎心神不定。门口一有人影闪过，他就马上看过去。旁观一个等待恋人的男人，真是件有趣的事。而且，这些都是和自己有直接关系的人。

浅野助教看上去是一位很认真的学者。虽然认真，但似乎也很无趣。有闲太太，也许会对这种男人感兴趣吧，也许是弘治的妻子信子喜欢的类型。

据说信子现在在接受大学的函授教育，枝理子觉得无法想象。去上函授，能得到什么好处呢？如果是投资股票，研究股市，倒是还可以理解，像学生一样去学习，有什么用呢？这个女人还真是有些奇怪。确实，如弘治所言，她跟一般女人不一样。

如果是茶道、清元、长歌、三味线这些业余爱好，倒还能理解。去上函授有什么意思呢？只是面子好看吧。正是这样不解风情的女人，才会跟坐在这里的这个没意思的男人交往……

浅野助教一边看着手表，一边注意着门口。已经下午三点十分了，离约定时间已经过了十分钟。从这个男人坐立不安的情形来看，他很在乎信子。

当然，信子不是普通女孩，而是别人的妻子。这一点，也许就能让男人莫名其妙地欲念大涨。

枝理子还在大阪的酒吧里的时候，听男客人们讲过各种段子。他们猥亵的比喻中，人妻正是挑动男人欲念的对象。因为追求人妻，伴随着冒险。

浅野助教慢悠悠地喝着咖啡，耐着性子等待信子的出现。

到三点十五分了。

枝理子的眼睛里已满是紧张。一个穿着浅蓝色西装、身形苗条的二十七八岁女性出现在门口。枝理子一看她的脸，就知道她是弘治的妻子。跟她自己想象的一模一样，真是奇妙。

在此之前，枝理子从没见过弘治的妻子。

在大阪时也是如此。她曾经跟弘治提过，想跟他太太见一面，被弘治制止了。

“真无聊，不行。”

“啊，不想让我看？”

枝理子偷笑。

“见了也没什么用。”

弘治一脸嫌烦的表情。

“我呀，就算见到太太，也不会嫉妒的。能不能安排一下，就装作不经意地让我看上一眼？在哪里都可以。你和太太一起出去的时候也可以，在外面喝茶的时候也可以。”

“真不巧，我从不和她一起出门。”

“真是个负心汉。太太都不埋怨吗？”

“不会。”

枝理子想起弘治以前说的话，眼睛追随着信子的身影。

她从自己眼前走过。她的侧脸很立体，枝理子的第一印象是很美，不过想起弘治的话，这美丽的侧脸瞬间显得充满高傲。

助教拉开椅子，站起身来迎接信子。他看起来很高兴。

两人开始寒暄。

两人都彬彬有礼，似乎不像是亲热的恋人。枝理子虽然觉得奇怪，不过她转念又一想，有教养的男女在人前会装出伪善的模样，也不足为奇。

两人面对面地坐下。助教似乎很细心，叫来店里的女侍点单。

枝理子很快喝完了咖啡，用叉子叉起水果送到嘴边，不过她的视线并没有离开两个人。她紧张得有些心跳加速。

因为自己的一通电话，两人在这里见面。他们似乎还没有发现是有人冒充对方打来的电话。也许是因为他们一直都在见面，所以并不觉得奇怪。他们的表情看起来都很平静。

不久，枝理子眼前出现了奇妙的一幕。弘治的太太打开手提包，拿出一个小盒子放在桌子上。她对助教说了几句话，然后把盒子推过去。也许是她送给他的礼物。

他们的对话枝理子完全听不清楚。助教似乎很沮丧。

如果是女方送给男方礼物，也许，弘治的妻子也被男方吸引。

不过，弘治是怎么知道自己妻子的秘密的呢？关于妻子，他一直在自己面前表现出全无兴趣的样子，他似乎是在刺探妻子的隐私，也许他对妻子，并不像他自己说的那样，完全不在乎。

这种时候，枝理子还是选择相信弘治的话。弘治说，要和枝理子结婚，首先要制造条件，把现在的妻子赶出家门。枝理子现在就是在帮忙，不，自己以后就是弘治的妻子了，不只是帮忙，应该说，她的作用举足轻重。

枝理子从椅子上直起半个身子。信子似乎还在说服助教收下礼物。

在枝理子眼里，一切都有些可笑。那副样子，这个恋爱谈得也太一本正经了。两个人就像是陌生人，有什么意思呢？因为是好人家出身，就必须这样彬彬有礼吗？还是因为在公共场合，所以特别谨慎，做样子给大家看呢？

小盒子还留在桌子上。

他们一个是老师，一个是人妻，不允许被人发现。大概就是因为这样，才演出了这场好戏。特别是助教，认识他的人很多。他有好多学生，而且学生们正是好奇心旺盛的时候，学校里要是流传奇怪的闲言碎语就不好了。

枝理子还在观察信子。真奇怪,这就是准备和自己结婚的男人的妻子，想到这一点，她甚至觉得信子是自己的老友。

她陆陆续续从弘治嘴里听到他谈论的信子。是在她的逼问之下，她从弘治很不情愿的回答中拼凑出了一个信子。不过，当信子出现在门口的时候，形象竟然和她想象的一模一样，她自己也大吃一惊。这么从旁观望之中，她觉得，信子越来越符合自己的想象。

她应该是位很正经的太太。不过，多少有些高傲，这样的女人应该不会大声痛哭吧。她似乎不是个感情外露的女人。

想到这些，枝理子似乎就能明白，弘治为什么会跑来找自己了。枝理子性格直爽，想到什么就会说什么，做事也是随心所欲。大概正是这种和妻子截然相反的性格，吸引了弘治。察觉到这一点，枝理子多少感到有些不安。

因为，如果弘治是在寻找和自己妻子性格相反的人，那就是说，他仍然把妻子放在很重要的位置。也就是说，如果现在这个正在眼前和助教亲切交谈的女人不再是他的妻子的话，枝理子作为其对立面存在的意义也就消失了。

不，不会的，枝理子对自己说。

弘治已经承诺过了。他明确说过会跟妻子分手，所以才把枝理子从大阪叫过来，把她另外安置在别处。自己对他还是有吸引力的。

不过，枝理子看着信子，渐渐地感觉沉不住气了。女人看到同性的时候，一眼就能看出对方的优越感，自己是否被对方压倒，瞬间就能见分晓。

到目前为止，枝理子从未觉得自己不如谁。在酒吧的时候是这样，少女时代也是如此。

但是，现在看着信子，她开始觉得自己输了。她不知道自己这种自卑来自何处,并不是容貌和身材。这方面自己和信子是两种截然不同的美，分不出优劣。

这一点让她放心，信子身上让她感到自卑的是她的气质。当然，她们两个人的性格也不同。然而，不知为何，对方那种令人信任的气质吸引着枝理子。

自己被对方吸引，已经说明自己输了。一开始以为她是个令人讨厌的高傲女人，不过枝理子渐渐觉得，这就是信子天生的气场，也许应该把它叫作教养更合适。

枝理子不想认输，就这么被对方吸引算怎么一回事。她们只是性格不同，其他方面不分胜负。

弘治在妻子那里感到窒息，才来到枝理子这里，他不光是来放松的，弘治从心底里渴求着枝理子。她喜欢这种解释。

枝理子继续观察着他们。她看到了一幕微妙的情景。

浅野似乎有些沮丧,信子似乎处于某种优势,浅野看上去脸都发红了。不过，枝理子离得远，看得不太分明，感觉上是这样。

这个小盒子，究竟有着什么故事呢?

弘治只是让她分别给两人打电话，把他们叫出来，然后监视约会现场。其他情况，他并没有告诉她。问题的关键似乎在于桌子上的那个小盒子。

盒子里面到底是什么呢？弘治一定是已经知道了里面的内幕，才叫她骗两人出来的。

女侍撤走了她的餐具。客人很多，但枝理子还得继续坐着等待。

“请来一下，”她叫来女侍，“给我再来点什么。”

她看了菜单，最后要了水果。

她转过眼去，小盒子已经在浅野手里了。

浅野脸涨得通红。

他开始为自己的轻率后悔。当时，他有些异常，心猿意马，最后买了那对耳环。信子这样还回来，他感到自己的轻率被公之于众了。

另外，他是匿名送的，他认为信子可能会就这么收下。他并不是想借着送礼物去接近她的，如果她误以为他有这样的用心，反而是弄巧成拙了。

不过，他也并没有辩解。虽然他没有说出口，不过他想信子能够了解。

浅野拿起小盒子。

“真是对不起。”

信子说。她刚刚解释了一大通，说自己没有资格接受这样的礼物。

“不，是我给你添麻烦了。”

浅野回答道。

“不过，希望你不要误会，你去我家里的时候也每次都费心准备礼物，所以我想回赠一个小小的礼物。”

幸好她没有提盒子里面是什么。信子每次来，都是带的鲜花。

这是普通的礼貌。而且，信子是来向浅野请教问题的，送给她一对珍珠耳环当谢礼，并不妥当。如果信子指出这一点，浅野就无言以对了。

不过，若为了这个，特意打电话把自己叫出来返还礼物，就信子而言，这种举动似乎反应过激了。

要说没有亲手递还的机会，也确实如此，不过似乎太直接了。浅野觉得这不像是往常的信子。

“您能收回，真是不胜感激。”

信子的表情似乎很抱歉。

“请不要因此不高兴。”

“不，没有这回事，”浅野说，“是我太唐突了。”

信子似乎有些犹豫，抬起脸说：“我对您还有一个请求。”

她似乎很难为情，不过从表情上看，她似乎下定了决心。

“是什么呢？”

“以后，请不要往我家里打电话。”

“啊？”

浅野瞪大了眼睛。

“会招来不少误解，还请老师不要再打来。”

浅野怀疑自己听错了。

“你说什么？”他不由得反问道，“电话？……我从没给你打过电话。”

这次轮到信子瞪大眼睛了。

“可是……”

她自己也知道，自己脸上的表情僵住了。

“我接到老师的电话，说是您会在这家咖啡店等我。”

信子刚说完，“啊”的一声低叫。

对了，电话并不是浅野自己打来的。那个女人自称是浅野的亲戚，代替他传话。

“到底是谁？”浅野困惑地反问，“是谁给你打的电话？”

信子看着浅野吃惊的脸，似乎明白了。

“那，老师您呢？”

“我也是一样。”

他点点头。

“是个女人的声音，当时我还在学校。办事员叫我说，是盐川小姐的电话，我就去接了。对方说是你的亲戚，是个女人，说替你传话。内容就是让我到这里来。”

信子咬着下唇。

这意味着什么呢？浅野充满疑问的眼神望着她，信子的脑中思绪万千。

“那个人，不是你让她传话的吗？”

浅野意识到事态非同寻常，追问道：“不是。她自己说是受你委托。不是你的亲戚吗？”

信子回答不出来。

如果说自己不记得有这件事，浅野应该会更想刨根问底。在这方面，他是个易怒的人。

“是我大意了，”信子抱歉地说道，“确实，是我拜托别人的。”

浅野没有说话。他用怀疑的眼神看着信子。

信子很想立刻逃走。她都不记得自己说了些什么，迷迷糊糊地就站起身来。

她的眼光不禁瞟向周围。她忽然觉得，自己被什么人盯着。她听浅野讲到电话的时候，就感到一阵寒意袭来。

客人都面目慈祥。有人在喝东西，有人在吃点心。男男女女都长着一张诚实的脸。

信子知道浅野在背后用奇怪的眼光看着自己，不过她还是匆匆忙忙地离开了咖啡店。

枝理子在咖啡店打了个电话。

银行的交换台小姐十分礼貌，但她等来盐川弘治还是花了不少时间。

“是我。”

枝理子说。

“你来得真慢。”

“我很忙。”

弘治似乎心不在焉。

“我刚才看见了，你太太和学者约会。”

弘治没有说话。他是总务部部长，估计有客人在旁边，所以无法回答枝理子。

“很有意思。”

枝理子故意说。

“现在，他们两人都回去了。”

“稍等。”

弘治说。

“我还要二十分钟这边的工作就结束了。你在那儿等我。”

“呵呵呵……”

枝理子笑着挂断了电话。

不知道赶过来的弘治是怎样一副表情。

忙碌之中，他还是准备用二十分钟赶到。枝理子能理解他的心理，表面上装作若无其事，不过这已经暴露了他的内心。

枝理子为了消磨这二十分钟，先出了咖啡店。

助教随后慢悠悠地站起来，走过枝理子面前，去结了账。他的动作就像慢镜头一样，在她的脑海里一清二楚。助教看来面带忧色，但似乎也隐隐有些兴奋。

枝理子一直监视到最后，最后两人似乎有些奇怪。一直稳重大方的信子，最后都变了脸色，匆匆离开。

难道自己冒充打电话被他们两人发现了？否则，那么镇定的一个人不会匆忙离开。学者没有和她一起出去，而是呆呆地目送她离去。

枝理子心中暗叫不好。不过，电话这件事早晚要露馅。只不过，双方的反应就在她眼前，反而让她全看在眼里。

枝理子在街上转了一圈。

她掐准时间准备二十分钟后回来，不过马上觉得自己有些傻。她应该让弘治多等一会儿。

这边有许多时髦的店铺，她欣赏着橱窗，过足了眼瘾。

枝理子回到之前的咖啡店已经是四十分钟后了。弘治已经在店里等她了。

枝理子走近桌前，弘治抬起头。

“你干什么去了？”

“连声招呼也不打。”

枝理子拉拉裙摆，坐下来。

“为了你，我才忍耐了这么久。那可是跟我毫不相干的人的约会。”

“哼。”

弘治鼻子里哼了一声，叫住经过的女侍。

“要喝点什么？”

“不用了。为了监视他们，喝了咖啡，还吃了两盘水果，肚子都吃饱了。”

弘治的嘴角斜叼着一支香烟。

“怎么样？”

“啊，还是很在乎嘛。”

“当然，这是我想出的主意。”

“他们看起来很亲热。”

“撒谎。”

“哟，不想听这些？”

“你别耍花样，老老实实报告情况。”

“好吧……简单说，两个人还是纯洁的。”

“哦。”

“真讨厌，你放心了吧？”

“我没什么想法。你就老老实实地给我汇报客观事实。”

“他们把一个小盒子推来推去，我不知道里面是什么。最后，大学老师收下了小盒子。”

“是吗？……”

“喂，我说你，还是让太太多接触些男人吧。那位大学老师看起来挺可怜的……这件事我也可以帮忙。”

#3

盐川弘治在床上睁开了眼，他不知何时睡着了，枕边的台灯发着幽蓝的光，房间里其他地方都没有灯，旁边的枝理子不在。

面对庭院的竹帘子开了一些，风吹了进来。因为地处高台，这里的风很凉爽。

“喂，枝理子。”

弘治在里面叫着。

窗帘拉开了，枝理子的身影闪现。

“要什么？烟？”

“不是，水。”

“来了来了。”

枝理子转过身，把装满水的水杯放在托盘上，跪在弘治的枕边。弘治爬起来，趴在床上，咕噜咕噜地喝着水。

“现在几点了？”

“十点刚过。”

“是吗？烟。”

“来了。”

枝理子打开离枕边稍远的进口烟盒，拿出一支衔在嘴里，用打火机点燃。她穿着日常的连衣裙。

她吸了一口烟，然后递给弘治。香烟的烟嘴上留下了口红印。

弘治吐出烟圈，不自觉地把小指伸进一边的耳朵里。

“痒吗？”

“啊。”

“肯定是谁在说你坏话。”

弘治撑着脸颊，继续吸烟。

“你在想什么？”枝理子看着他的侧脸。

弘治皱起眉头，让烟圈在眼前升起。

“你还是在意吧？”

“什么？”

“太太的事。今天我说的话。”

“怎么会？！”

弘治一脸不耐烦。

"瞧，你这张脸都写着呢！"

枝理子用小指戳了戳男人的脸说。

"听说自己老婆和其他男人约会，还是会吃醋吧。爆发吧，爆发吧。"

弘治只是吐着烟圈。

"现在几点了？准确的时间。"

"就知道问时间。哼！"

枝理子看看时钟。

"十点二十五分……准备回家了吗？"

弘治踢开薄毯，撑起上身。

"我还有事。"

枝理子坐在一旁，看着男人穿衣。

"现在还有什么事，别糊弄我。"

"……"

"喂，你真的，会跟我结婚吗？"

"啊。"

弘治站起来，穿上衬衫。

"真的吗？"

"当然啦。"

"看见太太去约会，担心起家里来了？真是个怪人。"

"……"

"明明是自己安排的约会，自己倒先嫉妒起来了。"

"打开电灯，太暗了，镜子都看不清楚。"

"用手摸好了。打开灯，邻居就能看到有男人在了。"

"我一直来这里，瞒也瞒不住吧。"

“我讨厌这样。如果你好好跟我结婚就无所谓了。我们一直都这样不上不下，真讨厌。”

“……”

“你真的会遵守我们的约定吗？真的吗？”

“啊。”

“真不靠谱……要是让我知道你骗我，我会往你脸上泼硫酸。”

弘治穿着裤子，皮带上的金属叮当作响。

“这可不是威胁，我说了就一定会做到。我可是特意从大阪跑来投靠你的。”

“我会遵守约定的。”

弘治干巴巴地说。

“是吗？……看你这张脸就知道靠不住。”

“喂，不要坐在那里啰啰唆唆，给我把外套拿过来。”

枝理子无可奈何地站起身来，做出去衣橱拿衣服的样子，忽然转过身来，抱住弘治的脖子，吊在他身上。

“喂，真的要回去吗？时间还早，带我去俱乐部吧。”

“今天晚上不行。”

“那就算了。我自己慢悠悠过去，去找个不认识的年轻男人跳跳舞吧。”

“外套。”

枝理子把外套从衣架上取下来，绕到男人身后。

“枝理子，你刚才在咖啡店说什么来着？”

“什么时候？”

“让我老婆和助教多接触对吗？你还说你会帮忙？”

“嗯，怎么忽然提起这个？”

“也许真会有你帮忙的时候。”

“啊，真的？”

枝理子的眼睛在黑暗中闪着光。

盐川弘治开着车回到了自己家。他把车停进车库，关上车库门，把钥匙放进口袋。

他走进玄关，不见信子的身影。澄子大概是刚洗完澡，穿着浴衣出来了。

“太太呢？”

“太太出去了。”

“什么？”

弘治忽然停下脚步。

“白天出去了就没有回来吗？”

“不是，下午四点多回来了，但是马上换了衣服，又出去了。”

弘治欲言又止，默默往里走。中途他去了妻子的房间。灯关着。

他打开电灯，只见房间里收拾得整整齐齐，一尘不染。一眼看上去，好像主人很久都没有出现过了。弘治关了灯，回到自己的房间。自从和妻子分开睡以来，他好久没来过了。

书房的书桌上放着一个白色的信封，弘治凑近去看。如他所料，是妻子的笔迹。他赶紧打开了信封。

我想起了一些事，准备马上去信州旅行。正好授课接近尾声，借此机会休息休息。没有经过你的同意，擅自出发，还请原谅。什么时候回来，还没有确定。

我不在期间，家里的事，我已经详细吩咐澄子。我想她会好好照料的。

弘治放下信子的信。

他先吸了一支烟。

他沉思了片刻，按响铃声。

走廊里传来了脚步声，有人敲门。

“进来。”

澄子穿着浴衣，畏畏缩缩地走了进来。一开始她低着头。

“坐下吧。”

澄子有些犹豫。弘治又说了两三次，她才在沙发角落上坐定。

“太太出去时穿什么衣服？”

弘治尽量温和地问。

澄子抬起眼看了一眼弘治，又赶紧垂下目光。

“穿着白色衬衫。”

“当然，她带着大箱子吗？”

“是的，带着一个黑色皮箱。”

“她没说什么时候回来？”

“她只说，要出去一段时间……关于先生的事，她已经详细吩咐我了。”

“嗯……什么时候的火车，从哪个站出发，她也没提？”

“说了。时间不清楚，不过说是去新宿站，叫了出租车。”

“那之前，太太有没有给谁打电话？”

“没有，太太只是打电话叫了出租车。”

弘治瞟了一眼放在桌子上的信，坐在自己的椅子上，把腿伸长。

“太太白天出去后又回来了对吧。当时，她问过你什么没有？”

澄子低着头，默不作声。

“我没有生气。我想知道，太太离家出走时看上去心情怎么样？”

澄子吃惊地抬起头，瞪大眼睛问道：

“太太离家出走了？”

“不是离家出走……不是离家出走，不过肯定是想到了什么才忽然出去了。所以我才问你，太太白天从外面回来，问过你什么，可以老实告诉我。我不会生气的。”

“……”

“她问你的事和昨天的包裹有关对吗？就是我问过你的那个小包裹。”

“是。”

澄子这才点了点头。

“她是怎么问你的？”

澄子低下头，轻声说：“太太问，关于那个包裹，先生有没有问过我什么。”

果然如此。弘治默默地吐着烟圈。

他利用枝理子打电话把两人叫出来，两个人见面后，信子才明白过来。不过，助教应该还没有察觉吧，是信子察觉了。是女人打来的，信子凭直觉一定马上知道是弘治干的好事。她一定也想到，弘治肯定向女佣打听过寄给她的包裹。她外出回来后就向澄子获得了确认。

弘治向澄子询问过关于包裹的事，他也嘱咐过澄子不许告诉信子。一旦一家的主妇信子问起来，澄子也无法遵守和弘治的约定。

澄子走后，弘治靠着书桌沉思良久。他的胸中塞满了空虚和愤怒。不过，还有一个新的希望在他胸中如涟漪一般扩散开来，这绝不是关于枝理子的。

弘治在书房里关了半个小时，然后走出玄关。

“您要出去了吗？”

澄子吃惊地在他身后问。

“啊，要出去。”

时间刚过十一点。

“今晚可能不回来了。关好门窗。”

“是。”

澄子用担心的眼光目送弘治。

弘治走向车库，打开车库门，开车去了枝理子家。

到了这个时候，在外面乘凉的人也都回家了。他把车停在枝理子家门口，走进玄关。

按了门铃，枝理子家上了年纪的女佣铃木出来开门，看见弘治，有些惊讶。

弘治没有说话，准备进屋。

“那个，先生，”女佣想拦住他，“太太出去了。”

弘治把刚开始脱的鞋子又穿上。

“去哪儿了？”

“好像是说要出去玩一会儿。”

弘治想起来，枝理子说过，要一个人去俱乐部玩。因为今天他走得早，这大概是她在发泄对自己的不满。

因为信子离家出走，弘治无可奈何，准备今晚就住在枝理子这里，但枝理子也不在，他有些无所适从，心下甚觉无趣。

“没说去哪里吗？”

他的口气变得有些强横。

“什么都没有交代。”

弘治折回门口，女佣还站在玄关门口。

“太太经常一个人夜里出去吗？”

“啊……不是的。”

女佣的回答很模糊。

“很少会有这样的事。”

她说。

“那就是说，有时会。什么时候回来？”

“是……”她似乎很难说出口，“十二点之前会回来。”

“会喝醉吗？”

“这个……”

女佣似乎很为难，言语闪烁。

“请老实回答我。”

“有时会喝点酒。不过，一般都不会喝醉。”

女佣似乎在包庇枝理子。

“你没问她去哪儿了吗？”

“那个……”

女佣似乎也不太清楚。

“够了。”

弘治回到车上，握紧方向盘。就算他再问下去，也问不出真话，自己也会颜面全失。

俱乐部的话，他能想到的只有赤坂。他每个月给枝理子的零花钱不少，出入那样的场所，对枝理子来说不在话下。

弘治把车开得飞快。不早点到的话，到了十二点左右俱乐部也要关门了。枝理子去了哪里，就找不到了。他也知道自己开得太快，路上几乎和两辆车相撞，对方的司机大声责骂他。

他忽然想起了现在正在夜班车上的信子。她准备一个人去哪儿呢？她说是信州，不过是信州哪里呢？

据枝理子报告，信子和那个叫浅野的男人似乎并没有什么。似乎是男方喜欢上了自己的妻子。本来，妻子一直就是一个自我封闭的女人。

俱乐部到了。他问出来迎接的侍者还在营业吗。侍者看看手表说，还有半个小时。

另外，还有其他三间俱乐部。选择这一家，完全是靠猜测，因为看上去像是枝理子喜欢的风格。

他进到里面，很多客人正准备离开。弘治不由自主地打量着客人们的脸。没有枝理子。

他坐在桌边。光线昏暗，远处的客人很难看清楚脸。客人已经走了一半。舞池里还有人在跳舞，大概还有一曲吧。空调开得很冷。

弘治点了高杯酒，打量着舞池里的舞伴们。这是最近流行的快舞。弘治的视线停在其中一对舞伴身上，他的视线变得凌厉起来。

侍者把玻璃杯放在他手边。

#4

弘治看见的，正是在和年轻男人跳舞的枝理子。在昏暗的舞池里，一眼就能认出她，他还记得她那件粉红色连衣裙。粉红的裙裾一会儿没入旋转的舞伴们中间，一会儿又再出现。

跟她跳舞的是一个二十五六岁的年轻男子。他穿着白色外套，黑色衬衫，领带也是白色。此人瓜子脸，头发微卷，看上去是个跳舞好手，也是这里的常客。

年轻男子把枝理子拥入怀中，枝理子也将脸紧贴在他胸前，似乎相当沉醉。

弘治没见过这个人。他将酒杯举到嘴边，目光追随着他们的身影。

一曲完毕，枝理子和舞伴仍然留在舞池中。接下来是摇摆舞。看上去枝理子还不太会跳，她一边欢笑一边模仿着舞伴的动作。扭动双腿，摇动腰肢，她的笑容似乎发自心底。

弘治喝完酒，又抽上了烟。

这种舞真奇怪。弘治会因为太不成体统不好意思跳。不过，枝理子似乎越来越熟练了。

一曲既终，枝理子总算和舞伴一起离开了舞池。弘治的目光追随着他们。两人就座的桌子是两张桌子拼成的，很宽敞，已经有四五个年纪差不多的年轻人坐在那里。他们鼓掌迎接枝理子。

那边跟弘治所在的地方只隔着三张桌子。他的目光越过客人们的肩膀追随着枝理子。光线昏暗，那边不容易发现他。那群年轻人座位上还坐着两三个陪酒女，枝理子就这样被大家簇拥，像是众星捧月。她举起酒杯，满脸笑容。似乎以前那个活泼、泼辣的枝理子又回来了。

一个陪酒女坐到弘治身边。

“您一个人很寂寞吧？”

她穿着白色长裙。

“不去跳舞吗？”

陪酒女邀请他说。现在的音乐是和缓的布鲁斯。

弘治一边和她跳舞，一边望向枝理子那边。因为他的脚一直在移动，反而能从各个方向观察她。

年轻人一边欢笑一边聊天，枝理子还是大家的中心。

他们以前就认识吗？如果是，是什么时候开始认识的？

弘治一边跳舞一边思考。

枝理子从没提过认识这些人……

枝理子在说着什么，周围的年轻人在热心地听着。坐得远的人甚至探出身子，唯恐听不到。

看起来不像是老相识。弘治这样判断。

这群人似乎像是上班族，不过不知道是哪个公司的。

枝理子当然没有发觉弘治正在舞池里跳舞。她一边喝着酒，一边和身边人说话，没时间往舞池里看。

他觉得这样的枝理子跟平时有些不一样。不知道有人在观察自己，自由自在时，人是会表现得和平时不同。枝理子似乎完全解放了，自在而鲜活。

弘治跳完了舞，回到桌子边。

“你把这个拿到那边去，给那位女客人。”

弘治从笔记本里撕下一张纸，写着“有事，到这边来。弘”，交给陪酒女。

他喝着酒，装作若无其事，眼睛也望向别处。他知道收到字条的枝理子会伸长脖子往这边看。陪酒女裙裾翩翩，回来了。

“她说什么了？”

“她看了字条，没作声，盯着这边。”

“没有大吃一惊吗？”

“是吃了一惊。她说马上过来……您认识她吗？”

“算是。”

不到五分钟，粉红裙裾在昏暗中飘过来了。

“您好。”

陪酒女向坐过来的枝理子问候道。

弘治品着酒，斜眼瞟见了枝理子的白皙脸孔。

“哟，你什么时候来的？”枝理子盯着弘治的侧脸，“吓了我一跳，什么时候进来的？”

“刚刚。”

枝理子不敢唐突。弘治抬起眼，看着她刚才坐的那边，那边的年轻人都在看他们。

已经快打烊了，客人也只剩下三分之一。乐队正在演奏最后的音乐。

“你不是回家了吗？”

枝理子嘟囔着。

“我本来准备回去的，又掉头回来了。”

“那……怎么不一开始就跟我说好呢？”

“那是谁？”

弘治是说那些陌生的年轻人。

“不认识。”

“哦，你刚才不是在跳舞吗？”

“啊，你那时候就来了。真坏，现在才叫我。”

“你经常和不认识的人跳舞？”

陪酒女察觉到微妙的气氛，赶紧闪开了。

“真过分。”

枝理子盯着弘治说：

“只有今天晚上和不认识的人跳舞……因为我有些生气。”

“你什么时候和他们在一起的？”

“从来没有。到了这里，大家一起拼桌玩而已。”

“你还真是说到做到啊。”

“什么？”

“你不是说，要一个人出来逛逛，找个不认识的人跳舞吗？”

“这些话你倒是记得清楚。”

“因为你就是这么干的。”

“我可不是故意的。只是，你走后，我觉得寂寞，就到这里来了……

那边的年轻人看我一个人无聊，就过来邀请我跳舞。”

“哦，原来如此。很有趣，是吗？”

“寂寞的时候，有时也要透透气。”

弘治一只手拿起酒杯，枝理子看着他的脸。

“你还真了解我，一下子就找到了。”

“大概是吧。”

“是因为你走的时候，我说的气话吧，所以你才跑来找我。”

弘治放下酒杯。

“好了，回去吧。”

他叫来侍者，结了账。

那边也有四五个年轻人一起站起身来。他们一直在枝理子身后盯着往外走的弘治。其中一个人向枝理子挥了挥手，但枝理子看都没看，走向了门口。

旅宿

#1

盐川信子在甲府站下了车。

她留给家里的信里面说自己要去信州。列车驶入长野县时，天已经很晚了，她并没有明确的目的地，于是决定先在甲府站下车，住一晚上，再慢慢整理自己的思绪。

在甲府站下车的另一个原因是一等车厢里有个奇怪的男人，她好不容易涌起来的游兴被破坏了。

一等车厢里很是闲散。虽正值夏日，但因是淡季，都看不到去登山的年轻人的身影。也许是因为正值盛夏，乘客也稀稀落落。

信子所坐的指定席周围空无一人。一直到八王子，她都保持着悠闲的心绪。

那个男人在新宿站就上车了，一开始，他坐在靠近出口的地方。一个车厢里，所有客人加起来也不过十二三人，只能看见分散坐着的乘客靠在座位的白色罩布上的黑色后脑勺。

过了立川站，男人坐到了信子对面。他手里拿着杂志之类的东西，看见信子后，就不再看杂志了，而是装作从两侧的窗户向外看风景，不时饶有兴趣地瞥一眼信子。

信子一开始没注意，到了八王子附近才意识到。

那个男人有四十五六岁，头发已经半白，在和信子目光相触的一瞬，他似乎倍感荣幸，低头致意。他厚厚的嘴唇绽开笑容，浓眉也撇下来，看起来很和善。

“火车里太空了，反而无聊啊。”

男人向信子搭话。

“人多了受不了，人少又觉得寂寞，人还真是任性的动物啊。”

他话语得体，脸上的表情也很和蔼。

“太太你去哪儿？”

这时候，信子还没有下决心在甲府下车。她的车票是到上诹访的。没办法，她简短地回答说自己去上诹访，对方很开心地说：“我也是啊。今晚准备在上诹访好好休息一晚，明天我有工作，要乘中央线去名古屋……对了，太太也是去上诹访吗？”

他观察着信子座位的前后，一个人也没有。他想确认信子有没有同行的伙伴。

“到上诹访还要四个小时，这么闲着也不是个办法。”

信子觉得受到了打扰。因为要写毕业论文，她的箱子里全是书，没几件替换的衣服。她本来准备拿出一本书来在火车里读，但男人不停地跟她搭讪。

就算信子已经拿出书，眼睛落在书中的字上，他似乎也不准备闭嘴。

“现在的上诹访，可正是好时候。夏天有很多人到山里去，这里反而清静。松本的浅间温泉和赤仓人都太多，上诹访就没什么人。太太，你准备在上诹访待多久？”

“还没有定。”

“啊，是吗？不，挺好的，旅行就是要说走就走。你是一个人吧？”

“嗯。”

这人在身边聒噪不停，书根本就读不下去。

“真不错。不过，应该有人在酒店等你吧？”

真是口不择言。看来他是个粗鲁的人，会毫不顾忌地扰乱别人的情绪。

男人先是拿出香烟问信子要不要来一根，信子推辞了，他从行李网上拿下自己的包，从里面掏出一盒巧克力。

“这个要吗？”

“谢谢。”信子只是以眼光致意，“现在我什么都不想吃。”

“不过……那好吧，无聊的时候吃一块吧。”

“嗯。”

信子没有伸手。

男人还在寻找机会搭话。

见信子没有回应，他就自说自话地讲起自己的事来。

据他说，他是某家公司的经营者，一年到头忙个不停，其他公司都不景气，生意困难，只有自己的公司生意昌盛，身心繁忙，自己也在反省，一年到头连轴转对身体不好，有时也想休息一下。他自说自话，滔滔不绝。

这是男人夸耀自己实力的惯常手法，也以此来引诱女人。

“太太，你丈夫也是做生意的吧？”

“……”

“啊，不是啊……不过，太太一个人出来旅行，先生也不担心啊。”

“……”

“啊，不过，最近女人和以前不一样了，都懂得享受自由了。”

信子很少答话，对方却一直这样喋喋不休。最后，男人甚至准备坐到她身边来。

要是和他一起到了上诹访，不知道会发生什么麻烦事。信子准备静一静，整理心情，快到甲府时，她就开始收拾行李。

男人一副出乎意料的样子。

“太太你在甲府下吗？”

“嗯。”

“甲府也是个好地方，要不我也在这儿下？”

他看看开始缓慢移动的车窗，看看信子的侧脸，毫无办法。

女人离家出走，能去的地方，到底有个限度，这一点跟男人不同。

这种情况下，如果是男人，可能会远赴北海道，或是跑去九州。在外面游荡一两个月也无妨。

然而，有家庭的女人依然面对着看不见的墙壁。信子给家里留下信，乘上火车的那一瞬已经感觉到了，目的地那里仍有一堵看不见的墙在等着她。

一开始，她准备去陌生的信州走一走。什么也不想，不被任何事情打扰，自己随心所欲，去走走看。脑子里放空，清爽的空气应该就能进来了。她想忘却过去所有的不愉快，回到无忧无虑的状态。

说真心话，她连旅馆也不想住，只想在灯光昏暗的农家里蒙头睡去，白天在不通火车的乡下信步漫游。从某种意义上讲，就是将在东京的记忆抹去，让自己远离以前的生活。

然而，实行起来却十分困难。一个女人孤身一人，会招来各种各样的麻烦。在火车里面就已经那样了。如果没有那个男人在火车里搭话，信子也许会直接去了上诹访。到达上诹访，应该已经是晚上九点了。

在甲府站下了车，正是灯火初上的时分。

她是第一次来这里，对这里一无所知。看看车站墙上的广告画，她发现附近就有一个温泉。

“啊，大概要十分钟。”

在车站前坐上出租车，司机告诉她去温泉需要的时间。

甲府市内，大概是战争创伤，几乎见不到古老的建筑。屋顶后面都是群山，黄昏中，远方耸立着富士山高大的影子。

汤村温泉是被水田包围中的一个小街区。这里大部分都是温泉旅馆，司机带她到了一家叫“泷和酒店”的温泉旅馆。名字虽然洋气，却是个日式旅馆。

信子被带到偏房。这是一间很大的房间，打开通向走廊的纸门，广阔的平原那面，层峦叠嶂。

“往那边一直走，就是身延町。往静冈县去的火车会穿过那个山峡。”

女侍把茶放在桌子上，轻手轻脚地坐在信子身边。这是一个沉静大方的中年女人。

黑色的群山上方是黄昏的天空。今晚有月亮，山的轮廓以天空为背景，清晰可见。

夜晚的盆地上，远处人家灯火点点。

“太太您是第一次来吧？”

“嗯，我是第一次在甲府下车。”

“啊，原来如此……这里的温泉很不错，您慢慢泡吧。”

女侍带她去温泉。出了房间，长长的走廊走到一半，向左拐。

中庭里亮着灯，铺满了白沙，不知名的花草生长旺盛。

信子把手脚泡进热水里。远处能听见三味线的声音。

不过，听起来并不嫌吵，反而让人更觉此处的幽静。热水似乎融化了她的脚趾。

现在，丈夫弘治大概到那个女人那里去了。就算看到信子的信，应该也不会吃惊。她似乎能看到丈夫冷笑的表情。

信子并没有见过丈夫的情人。不过，她也猜到，大概就是大阪时的那个女人。有时丈夫从外面回来，信子会在他身上发现一些蛛丝马迹。现在这个女人的喜好和大阪时的那个一样。

丈夫把这个女人从大阪接过来，包养在某处。不过，信子没有兴趣，也没有精力去调查追究。

就这样，表面上维持夫妇关系好吗？信子忽然想去旅行，也是想打破现在的局面，认真思考自己今后的路。

丈夫弘治，不知道出于何种目的，撮合自己和浅野助教在银座见面。她从女佣口里得知，自己不在家的时候，丈夫看到了浅野助教送来的丸善的小包裹。浅野的心意，也让她心烦意乱。

不过，关键在于那个小包裹。丈夫大概准备以她和浅野助教的关系为由，提出离婚。

信子感到，包围着自己身体的空气忽然变得冷峻起来。去学校参加授课，在她心里也不再那么重要了。

#2

和信子见面后第二天，浅野收到了一封奇怪的信。

信是女人的笔迹。当然，他完全不记得自己认识写信人。而且，信中也已明确说明，这是化名，请不要费劲去调查了。

“我想老师您也认识盐川信子——”

这封信的开头这样写道。读到这句话，浅野感觉被人从正面猛击一拳，他的视线颤抖了。

信子女士已婚，她在老师任讲师的 L 大学接受函授教育。这些情况都不必赘述，老师一定都很清楚。因为某些原因，我目击了老师和信子女士在银座咖啡馆的约会。不过，这件事我不会告诉任何人，这一点请您安心。

我想告诉您的是，盐川信子女士忽然离开了与丈夫盐川弘治的家。不算是离家出走，大概是为了解决精神上的烦恼，而选择了去旅行。据说信子女士去了信州，目的地和旅行的天数都不清楚。

我想，老师和信子的约会这一事实被她丈夫弘治先生知晓，是促成这件事的直接契机。不过，我想先说明，他们两人之间从很久以前开始就有了裂缝，信子女士和老师约会的事实，弘治先生知道以后也并不感到困扰。这一点请您尽管放心。

我为什么要跟老师说这么多，是因为我察觉到老师您大概对信子女士怀有好感。而且，信子女士和老师的联系目前很不通畅。我在信封上写着一个女性的名字，这是化名，您也不用去追究。不过，我想强调的是，对老师和信子女士我都怀着好意，绝非恶意。

另外，老师如果想摆脱现在的孤独状态，只要在给我的回信中写上您的联系方法即可，我只想向您报告您最爱的信子女士目前的情况。慎重起见，我想强调一点，给盐川家打电话去问，或是写信去问，恐怕都会带来不必要的麻烦，让信子女士更加为难。

信子女士只说她要去信州，老师可能也觉得我说话含糊，不过，说实话，我只知道这些，还请谅解。

署名是“三木章子”。

读完这封信不到两小时，浅野就急忙开始打点行李。他的直觉告诉他，这封信没有说谎。

不知道对方是出于何种目的写来这封信，也不清楚对方究竟是女人还是男人的化名。不过，至少笔迹看上去是女人的。

如果真的是女人，不知道她是否与盐川弘治有什么关系？从信里来看，她必然和盐川夫妇很熟悉，否则不会知道这么多细节。

不过，这些可以以后再追究。现在的问题是信子去了信州。

浅野无法再按兵不动，他对信子也有责任。他想去见见信子，确认实际情况。在浅野的脑海里，盐川信子丈夫的存在变得重要起来。

“呀，去哪里啊？”

儿子毫无征兆就开始收拾行李，母亲很惊讶。

“授课告一段落，我准备去信州的温泉那边休息休息。”

“是吗？”母亲怀疑地看着儿子的脸，“什么时候决定的？”

“刚才。”

实际上，昨晚、今天早上，儿子都不像是要去旅行的样子。如果说是早就计划好了，反倒像是说谎。

“想法不错……准备去信州哪里？”

“还没定。这次准备悠闲漫游，没有计划，随便到处走走。”

“什么时候回来？”

“一周以内。”

母亲盯着儿子的脸，想弄清楚他的心思。

“去旅行的话，叫上泰子，你们一起去吧。”

“泰子的事就别再提了。泰子小姐是个好姑娘，不过，跟我不合适。”

“这是什么话……”

“就算今天我妥协了，今后的婚姻生活也不会美满。母亲，麻烦你去跟泰子谈谈吧。”

“我可办不到。”

“那最后不是会害泰子一直单身吗？她可以找到比我更好的对象。”

浅野从母亲面前走过，下了玄关。

他出了大门，夏天的太阳正在开始西沉。望着晴朗的天空，浅野似乎能看见信子在天空那头散步的身影。

浅野现在非常想见信子。

#3

“昨晚睡得好吗？”

早上，旅馆的女侍给信子拿来了牛奶，问候道。

耀眼的阳光照进了旅馆的内庭。信子以为时间不早了，其实才八点。

女侍是位上了年纪的中年妇女，这让信子感到安心。她脸上总带着沉静的微笑，举止稳重，甚至不像个旅馆的女侍。信子感到，自己就像是到了亲戚家，很是亲切。

“嗯，睡得很沉。”

信子微笑道。

实际上，昨晚她暂时忘掉了一切，一夜安睡。她看到今天早晨明亮的阳光，心情也不禁愉快起来。

她觉得一直以来自己的委屈都已经远远地付诸流水了，也许是这蓝得透明的天空的原因。

“昨晚不热吗？盆地就是夏天酷热，冬天苦寒。”

“没有，还好。”

“今天要回东京吗？”

“不，我准备去哪里再转转。”

“要去哪里避暑吗？”

“还没有定。”

女侍不再说话了，也许她觉得再问下去不太知趣。正因为她平常一直和客人打交道，所以在这方面的感觉很敏锐。

信子也确实不知道自己要去什么地方。虽然已经到了这里，但一想到接下来不知道要去何处落脚，她不禁有些泄气。而且现在正当节令，信州的旅馆里住满了去山里避暑的人。

不过，自己本来就准备什么都不想，信马由缰。她想放空大脑，也许不久就会浮现出新的想法。

她忽然想到，自己可以放弃信州，转道去名古屋。本来就是随心所欲的漫游，去哪里都随自己喜欢。

她从旅行袋里拿出列车时刻表，心不在焉地看着地图。线路很复杂，都是她从没听说过的站名，光是看看就令人充满幻想。不过，真的要去，还是需要勇气。光是看看地图，就已经觉得要做很多准备了。

合上时刻表，信子穿上木屐出门。

旅馆的内庭很宽敞。能看到主屋向四方延伸的屋檐，还有一个精致的池塘。池塘水面反射着强烈的太阳光，草地上还有残余的朝露。

在这个完全陌生的地方，富士山在不远处高高耸立。她以往所见的富士山，总是一个远远的影子，现在才感受到它的雄壮。这里看见的富士山，能在连绵的山峦之上看到七合目；以往所见的富士山，山脚像是画出平缓的曲线，到这里才露出火山的险峻面容。

信子所住的旅馆在这一带是最好的，整个旅馆很大。庭院呈半圆形，横向铺展开来，有两层的楼、三层的楼，还有屋檐低低的偏房。虽然构造复杂，但风格统一。

女侍的身影出现在信子房间的走廊上。

信子准备回去了。有些房间窗帘紧闭，对面传来了人声，她回头一看，原来是一对带着孩子的夫妻在互相拍照。

“饭菜准备好了。”

信子吃着自己之前点好的烤面包，女侍在她对面坐下。

“刚有个客人在看您啊。”

女侍带着安静的微笑说。

“他一直在看着您散步。”

“讨厌啊，”信子皱起了眉头，“不能放心随意走动啊。那个客人是谁？”

“是一位男客。”

信子觉得更讨厌了。

“不，不用担心。”

女侍看着信子的表情，说道。

“是位很安静的先生，他一个人。”

“……”

“那位先生是两天前来的，好像也是从东京来的。每天都关在房间里。”

“你也负责他那间房吗？”

“是的。这边的五间房都由我负责。现在天气热，客人不多……不过，太太，那人看上去不像是坏人。”

无论如何被男人盯着看，想想就不愉快。

“刚才他正好在用餐，我在旁边照应，当时太太您在庭院里散步。客人说，啊，来了位新客人。我说，是啊，昨天晚上刚到的。”

“好奇心真强啊。”

信子语带讽刺。

“太太在池塘周围散步，还往主屋那边走，去看富士山了吧？”

“是啊。”

“那位先生一直看着您，嘴里喃喃自语说，真是一幅画啊。”

“是画家吗？”

“不清楚。他似乎就是待在房间里，什么也不做。是画家吗？”

女侍反问信子。

浅野忠夫在新宿站坐上了十七点五分出发开往松本的快车。

当然，他不知道信子现在身在何处，虽说是在信州，不过仍然是行踪不明。如果自己也往那边去，也许会在某处偶然相会，他心中微微怀着这样的期望。

他不知道写给他信的三木章子是谁，他猜测是信子身边亲近的女友，也许是听信子倾诉心声的好友，自作主张地给自己写了这封信。有很多女友会干出这种事。

这么来说，信子还是很在意自己的。这种猜想，让他勇气倍增。

列车里都是去山里旅行的年轻人，头顶的行李网兜和通道上都是登山背包。

“九点五十一分到达松本，我们可以先睡上一晚，明天早上再起来爬山。”

站在旁边通道上的年轻人说。

浅野认为，盐川信子两天前应该就是乘这班火车出发的。这样的话，晚上九十点到达旅馆不太方便。一个单身女人，应该选择在更早的时候到旅馆。

他翻阅着时刻表。

信子所乘坐的火车到达上诹访是二十点五十分，如果要在中途下车，甲府最合适，到达甲府是十九点三十分。

浅野买了去松本的车票。如果幸运的话，他可能会在中途遇见信子，不过就算碰不到，在信子旅行过的信州转一圈，他也感到很满足。

然而，现在看看时刻表，揣摩一下一个单身女人旅行时的心理，他觉得信子在甲府下车的可能性很大。这种想法给了浅野力量。

他在甲府下了车。

当然，想在这里追查信子的行踪是很困难的，他连她出发时穿着什么样的衣服都一无所知。他站在车站里，呆呆地望着墙壁上的旅馆信息指南。

他不是第一次来甲府，似乎某次在参加学生聚会后和朋友在这里住了一夜。不是在市内，是在稍微远点的温泉乡，一个叫汤村的地方，他还记得旅馆的名字。

当时身上带的钱不多，他们选了一个便宜的旅馆。不过，信子肯定会选最好的旅馆。这倒不是说信子奢侈，一个单身女人，还是最好的旅馆更令她放心。

他走到车站的咨询处，去打听汤村的一流旅馆。但是，似乎每家都满员了。

没办法，他准备降低一个等级。

在从甲府去往汤村的车里，浅野一直看着车窗外。这里离东京只有不到三个小时的路程，不过仍有一股旅意在他的心头油然而生。看着四处寻找着信子的自己的身影，他感到了一丝伤感。

旅馆在汤村的入口处。

他先去泡了温泉才起来用餐，吃好饭已经将近九点了。

“您要出去吗？”

年轻的女侍问他。

“是啊，去附近散散步。”

他准备把浴衣换成便服。

“就这样出去也没关系。”

女侍说。她觉得没有必要换衣服。

不过，浅野是怕自己万一会遇上信子，他不想让她看到自己不修边幅的样子。而且，汤村很小，如果心情好，自己可以去甲府转一转。

汤村只有一条路，两边都是旅馆。作为温泉乡也是寂寞的，这里没有特产店，也没有其他娱乐设施，就是在水田中央的一个孤零零的村子。

浅野从头到尾走了一遍，并留意着两边旅馆的灯光。

渐渐地，他自己也失去了自信。自己身在这里，信子也许正远在天边。看不见的恐惧，令他感到不安。

浅野走到出租车招呼处，叫了去甲府的出租车。因为这里是温泉乡，有很多车来来往往。

他来到了甲府。这是这里的繁华地带，但在住惯了东京的人看来，仍然是条寂寞的街道。不过比起东京，也闲散多了。浅野无所事事地走动着，忽然看见街头有一家书店，他钻进明亮的书店，如果看到自己中意的书，他准备买两三本，塞进自己包里。不是在东京，而是在地方城市买书，别有一番乐趣。

浅野边走边浏览荧光灯下塞得满满的书店，这时站在一边正在读着书的一个男人抬起头来。

“啊。”

两个人同时发出惊讶的叫声。

盐川弘治正在银行的会客室和客人说话，再过半小时就是下班时间了。

会客室一角的电话响了。

“你好。”

弘治低声接电话，这是在客人面前的礼仪。

“很抱歉打扰您。”

转接员听出了常务的声音，谦恭地说。

“有位成泽小姐说，有件事，务必要跟您说……”

是枝理子。弘治不禁皱起了眉头。

“喂，是你吗？我是枝理子。”

“啊。”

“大新闻哦，所以一刻也不想等，想早点告诉你。”

“啊。”

“真没劲……就是那位大学老师，他也出门了。”

“什么？”

弘治不由得握紧了话筒。

“看来，你还是很在意啊。呵呵。”

枝理子在电话那头笑话他。

“你好，我现在有点忙。”

“啊，真对不起。那，我快点说吧，你还是很想早点知道吧。”

“……”

“刚才，我给浅野家打了电话。如果是他本人来接，我准备讽刺他几句。不过，接电话的人听起来像是他母亲，说是他本人出去旅行了。”

“……”

“我打听了他的目的地，说是去了信州。”

“……”

“喂，喂，能听到吗？”

“啊。”

“这算什么回答？”

“……”

“我问老师去了信州哪里，他母亲说不太清楚。”

“是吗。”

“‘是吗’？还真是故作镇定啊，那个老师可是追着你太太去了。”

“奇怪，那个人怎么会知道信子的行踪？”

“这可全靠我的巧妙安排。”

“……”

“想知道详细情况，今天晚上到我家来。我原原本本地都告诉你。”

“今晚不行，我要工作到很晚。”

“还真镇定啊，真是个靠得住的人才。”

“总之，现在很忙……”

“那你什么时候来？”

“明天上班时过去一趟。”

“今天晚上我等你，不管多晚。”

“别等我了。”

“哟，自己家也不回吗？准备去哪儿？”

“明天见面再说。”

枝理子还在说着什么，弘治已经挂断了电话。

“真对不起。”

盐川弘治回到客人身边。客人是个头发半白的四十五六岁的男人，浓眉厚唇，眉毛下垂，看上去很开朗。

“您太客气了。”

客人红润的脸上笑容满面。

“听起来是有什么好事？”

“不，没那回事。”

弘治低下头，将香烟在银烟盒上轻叩几下。

“常务先生年轻有为，女人才这么不放心啊。”

“真不好意思。如果真如您所言，那才是自作自受呢。”

这位客人是某家公司的重要人物。

“不过，您宝贵的时间还要分给我，真是不好意思。我有一个请求。”

“听起来像是讽刺在下啊，真是的。”

客人露出雪白的牙齿豁达一笑，浓眉看起来垂得更低了。

“常务先生，今晚尽情享受吧。我一直拉着您谈正经事，真过意不去。”

“是吗。多谢。”

“我本来想陪着您，不过，人言可畏，还是小心为好。那我就先告辞了，秘书马上会来接您。”

“麻烦了。”

“地方就定在赤坂好吗？”

“明白了。”

“常务先生要是有喜欢的女孩，我可以安排。”

“那种地方，没有熟人，而且也忙不过来。还是不要太出格。”

“开个玩笑。”

这次客人轻声笑了。

“到了常务先生这个地步，哪有什么出格不出格的啊。”

“哪里，都是小生意，我只是个无名小辈，那样太招摇了……”

“说的是。您这么谨慎，放心好了。”

事业

#1

盐川弘治在东都互济银行的会客室里接待的客人叫德山岩雄，他的头衔是东方观光株式会社专务董事。盐川弘治和此人已经见过十几次面，两人一直保持着来往。德山岩雄很看重他，夸他是近来少见的青年银行家。

“别嫌我多嘴啊，东都互济银行的营业方针，一直都太过谨慎了。”

每次德山岩雄见到弘治，都会这样抱怨。

“银行这种行业，谨慎第一是可以理解，但是银行业务要是一直是这么个搞法，恕我直言，只会渐渐故步自封。”

弘治还给他一个稳重的微笑。

“特别是比起市中银行，大家总觉得互济银行差一截。一般人都这么看，连客户也这么觉得。所以，我觉得你们必须进行根本的改革。”

德山专务说。

东都互济银行本来叫东都标会株式会社。昭和二十六年，《互济银行法》的制定使全国的标会都冠上了“银行”之名。

“旧观念现在还无法摆脱。”

盐川常务也表示很可惜。

“是啊，也许是因为前身是标会。不过，现在已经是银行了，不改革，就会一直被市中银行压制，在行业内也会受尽白眼。这是因为经营者还是旧时代的人，标会时期的本质无法从根本上改变。如您所说，需要内部重新洗牌啊。”

盐川常务平常也经常对外发表他的这些意见。

这并不是他心血来潮的高谈阔论，根本原因是他对现在的东都互济银行的老行长的不服。

这位老行长是弘治的父亲盐川弘道的朋友。东都互济银行的前身东都标会，就是两人联手创业的。弘治年纪轻轻便坐上了常务兼总务部部长的位子，也是这个原因。但对弘治来说，保守的行长成了他的眼中钉。

东都互济银行的行长一派的势力坚如磐石，但在地底下，总有新的支流在暗暗涌动，这些人就是盐川常务派，大多数是年轻人。老人们都不思进取，只要维持现状就满足了，他必须一展手腕，令他们叹服。如果成功，他就有可能把现在的行长派收服到自己麾下。

正当此时，东方观光出现了。现在正和弘治交涉的德山岩雄专务，是这个公司决策方面的重要人物。

东方观光株式会社的事业，用一句话来讲，就是东京到山梨县的观光事业开发。现在，从东京到信州只有中央线这一条线路，从新宿到八王子有电车，但接下去就是一条古老的中央线。东方观光的目的，是在将来铺设一条和中央线并存的私铁。不过，他们准备先在这条线路旁风光明媚的地方开建观光酒店和别墅区。

现在东京周边的高原观光地，就只有箱根和轻井泽。箱根和轻井泽，现在也达到了饱和状态，没有继续开发的余地。

然而，东京和甲府之间的高原观光地带还没有开发，现在这一带的土地非常便宜。如果能收购到合适的地皮，建两三处观光酒店、别墅，这些地方并不比箱根、轻井泽差，甚至风光更好。

而且，从东京往返所需时间并不长，最适合东京人度假。东方观光准备铺设的铁路将从八王子往西，穿过丹泽山的北侧，跨过桂川和道志川，与中央线大月连接。这一带穿山越岭，能看到富士山，还能俯瞰相模湖和山中湖，越过现在的中央线连接的桂山山峡，还能一览秩父一带的群山，天气好的时候甚至能看到浅间山。

南面是关东平原一带，远处的伊豆半岛也一览无余。利用山地的缓坡，还能建设高尔夫球场，冬季可以用作滑雪场，这是第一期的工程计划。接下来就是轨道从大月向东拐，经过轻井泽，这一段是高架铁路，途中穿过大菩萨岭、奥秩父、浅间高原。

“大概就是这样。”

德山专务的嘴角浮现出微笑。

“这是我国唯一一条山间观光铁路。有日本第一的富士山、碧潭山湖、喷烟的火山，还有满眼绿意的高原，可以说是日本的小瑞士。”

讲到这里，德山专务充满了热情，手舞足蹈地描绘出一幅伸手可触的美景。

“还有啊，东京、甲信这一带，从明治三十九年以来，只有一条中央线，真是太不可思议了。所以，日本的国土开发就是这么落后啊，从社会的角度、产业的角度来说就是这样的。如果发生什么大事故，中央线中断了，那不就立马完蛋了吗？”

“说得也是。”

弘治点点头。

“所以，这不光是观光事业，也是公共事业。我们公司准备以此为契机，开展新的事业。比如，还可以输送东甲州一带的石灰岩，开发水泥加工。”

盐川弘治和德山岩雄两人私下达成了提供资金的约定，对计划中的东方观光事业，东都互济银行会提供五亿日元的资金。那么，返还贷款有没有保证呢?

“这一点，完全不用担心。”

德山专务强调说。

“我们现在准备买入的地价大约是一千日元一坪。那边几乎都是山林，而且交通不便，几乎无人问津。先买三块地建观光酒店，大约需要五十万坪，这是第一期的计划。酒店、游乐场、附属的高尔夫球场，还有附近分块出售的土地，用来建别墅，预计一共需要五亿日元，当然这并不是我们公司的全部资金投入。刚才我也说过了，以后还要建高架铁路。不过，那方面的资金我们已经有眉目了，所以只想请你们提供收购五十万坪地所需的资金。”

在这两三次的见面中，德山专务一直说着同样的话。

“如果我们去跟市中银行谈，五亿日元简简单单就能到手。不过，您也知道，市中银行那些人都跟财经界有扯不清的关系。要是跟他们谈这个计划，马上就会泄露出去。这样恐怕就会有人暗中阻碍。光是暗中使坏倒还好，就怕有人抄袭我们的计划，导致大资本家也来插手。所以，我现在就是要避开市中银行，跟互济银行携手，双方一起赚钱。所以我才来找你们东都互济银行。”

那么，这个所谓的东方观光株式会社到底是个什么公司呢?

盐川常务直接问了德山专务，也从其他侧面进行了调查。他意外地发现，这位德山专务与财界的泰斗是土庆次郎有着千丝万缕的联系。

是土建立起了一个名副其实的运输王国。他经营的私铁如蜘蛛网般遍布东京周边，在中转枢纽，他经营百货商场，沿线建设住宅，他甚至还经营着从郊外到城内的巴士网络。

是土庆次郎也因吞并其他弱小公司而闻名。他有一个高明的智囊团，是是土老人的有力帮手，他将他们任命为各旁系公司的社长，风头一时无二。

老人喜欢足智多谋的人才。即使对方是无名之辈，只要表现出异于常人的才智，就能获得重用，得到老人的多方援助。这也是他建立起今日的是土王国的秘诀之一。

盐川调查得知，德山岩雄经常出入是土庆次郎家中，似乎颇受他器重。盐川弘治的反应如此踊跃，也是因为掌握了这些幕后消息。东方观光本身面目模糊，但背后若是是土庆次郎，就可以放心了。

"行长那边，包在我身上。"

盐川常务自信满满地对德山专务说：

"哪里，就算是行长，知道你背后是是土先生，也是绝对放心呀。而且，如你所讲，现在一坪一千日元的土地，买五十万坪，这绝对是安全的保证……说句不好听的话，就算你那边进展不顺，我有这些土地做担保，银行也绝对不会吃亏。"

"是啊，是啊。"

德山专务用力地点着头："您去问问是土先生就知道我可不可信，再问问是土先生身边那位有名的汽车公司社长、电影公司社长，就会更清楚。不过，银行是需要谨慎的行业。要是有人质疑，说这些都只是空口无凭，刚才常务先生说的土地就能成为银行可靠的担保，卖出去也绝对不会吃亏。只要囤两三年，闭着眼睛也能涨两三倍。所以，就算我事业失败，这个主意也肯定会有企业去实施，土地的价格立马就能翻倍。"

"都说到这个份儿上了，我也就多嘴说几句不该说的话。我也要担责任的啊，特别是我们的钱，都是储户放在我们这儿的，就算我不理会那些流言蜚语，万一出了差池，我也就完蛋了。"

“不会不会，常务先生一方面霸气逼人，一方面慎重小心，真是难得。这才是新时代的银行经营者，互济银行实现飞跃的舵手啊。”

两人互相吹捧个不停。总之，两人之间已经达成共识了。盐川弘治决定正式去跟老行长谈这件事。

“没问题吗？”

老行长果然紧皱眉头，忧虑重重地盯着年轻的常务。虽说是常务，其实是自己朋友的儿子，不管什么时候都觉得他还是孩子。在银行以外的场合，弘治总是叫行长叔叔。

“绝对没问题。”

弘治转述了从东方观光专务那里听来的说辞，还详细解释了自己的想法。

“互济银行如果总是沿袭标会时代的旧想法，是不会有发展的。靠小企业的分期付款赚钱，再分给它们微薄的利润，是出不了头的。叔叔，请一定要支持这件事。他们第一个找上我们，简直是我们的运气。”

“吃晚餐吗？”

当天晚上，德山专务邀请盐川弘治共进晚餐。之前两人虽然见过几次面，但还没有一起去料亭喝过酒。

德山专务邀请盐川去的是赤坂的料亭。赤坂见附一带，过了弁庆桥，就变得非常安静，令人无法相信这里是东京的中心，简直像在郊外。料亭也隐藏在树林深处。

德山专务似乎常来这里，他和出来迎接的女侍熟练地开着玩笑。从他们的谈话中听来，德山似乎经常在这里跟 T 省的官员碰面。两人被带到一个背靠树林的房间，枝叶间泄漏出城市中心的热闹灯火，反而情趣盎然。

“所谓一见如故，就是说的我们啊。”

德山让盐川常务坐在主座上，自己与他相对而坐，豪爽地笑着。他叫来了三个艺伎。

“男人也有这回事？”

坐在德山旁边的长脸女人歪着脑袋看着他，然后又看看盐川。从刚才的情形看，这个艺伎大概是德山的相好。

“真有意思。”

“那是。不过，男人和女人不一样。”

“哪里不一样？”

“女人很快就会背叛男人，嘴上说得好听，背后不知道会干出什么事。男人倒更令人放心。”

“瞧你说的。在女人眼里，男人也正是如此，就爱四处留情。”

另外两个女人也附和道：“姐姐说得真好。”

德山的相好三十岁出头，另外两个女人比较年轻。一个脸颊丰满，看上去很可爱，另一个是日本式的瓜子脸。两人都陪在盐川左右。

“不过，你还真是事业心强啊。我那位叔叔也不得不支持你。”盐川说。

这不是酒席上的恭维，也不是客套话，实际上，在德山的煽动下，盐川也热情高涨。每次见面，都让他更确信，这个男人会在财界大佬的支持下成就大事业。当然，对于他煽动性的话语，盐川不是没有察觉，但他觉得，只要自己保持警戒心就足够了。

德山专务很会喝酒，他喝的不是日本酒，而是威士忌，盐川也要了威士忌。两人不一会儿就喝完了一瓶。

“啊，真了不起。”

三个女人瞪大了眼睛。

这时，料亭的老板娘来打招呼，房间变得热闹起来。在老板娘的撺掇之下，他们又要了一瓶酒，让女人们拿白兰地兑水喝。

过了一会儿，德山专务不知何时消失了。等盐川注意到时，他身边年长的艺伎也不见了。

两个年轻的艺伎陪着弘治，不久他也烂醉如泥。酒劲强，再加上今晚和德山一起喝酒，他情绪高涨，不知不觉就喝多了。

“帮我叫车。”

他口齿都不灵活了。他记得自己多次吩咐叫车，但想说的话在嘴里不成语言。

清醒过来时，他已经在一个柔软的地方躺下来了，不是榻榻米，而是在柔软的被子里，似乎他的背都要融化在里面。灯光很暗。

不是刚才的宽敞房间。弘治的意识清醒过来，首先感觉到的是房间的狭小，这地方真窄，他睁开醉眼，听到一阵沙沙的摩擦声，他感到脚边似乎有人。

房间的一角有淡淡的微光。

是一个女人在动，她背对着他坐着，解开腰带，换着衣服。弘治闭上了眼，不知道她是两个艺伎中的哪一个。

他仰面朝天沉默不语。女人走了过来。

“对不起。”

她的声音很低。她揭开被子一角，屈下膝盖，身体迅速贴近弘治。

他睁开眼，是那个脸颊丰满的艺伎。微弱的光线勾画出了她的白色衣领。

“你叫什么名字？”

弘治问。

“鹤香。”

淡淡的阴影下，她的脸微笑着。

#2

弘治早上八点醒来，昨晚的女人已经消失无踪。

女侍前来通告他：

“德山先生在等您一起用早餐。”

弘治被带到一个面向庭院的小房间，不是昨晚和德山喝酒的那个房间。

夏日早晨的阳光下，树叶青翠欲滴。

“啊，早上好。”

德山专务将弘治让到上座。墙上挂着小幅水墨画轴，墨香隐隐。

“早上好。”

两个男人心照不宣地相视苦笑。

不过，德山专务马上快活地重弹起了昨天的老调。

“我最近一直做梦，梦见我们的计划。真的，不骗你。”

他一边吃早饭，一边挥舞着筷子，喋喋不休。

“山顶上有一个白色的宾馆，许多客人在散步。前面有个大花坛，沿着山坡能看见高尔夫球场，那里聚集着许多打高尔夫球的人，他们挥动着球棒，球棒在阳光下闪闪发光。”

“是啊。”

弘治握着茶杯听他高谈阔论。

“往山下看去，从山麓开始，道路像一条白线，在绿树之间蜿蜒而至。道路上，私家汽车像一队蚂蚁排着队。我想，这可真了不起，人这么多，不再建两三家宾馆根本不够。我在睡梦中还在操这种心。”

“你还真是为工作操碎了心啊。”

弘治回答。

“是啊。不过，如果不拼尽全力的话，就干不成事啊。有人说我工作起来就是拼命三郎。”

“大概吧。”

“我自己有时也受不了自己。对了，昨晚说的事，还请你务必协助啊。”

“明白了，请放心。”

“真是谢谢了。盐川先生，今后我和你就必须齐心协力了。这要是在过去，我们还得喝杯酒，义结金兰啊。哈哈哈哈。”

专务张开大嘴笑了。

“不过，你倒不完全是个实业家。不，应该说，不仅仅是个实业家。”

弘治一边往茶杯里倒茶，一边说。

“哦，这话怎么说？”

“刚才听你谈自己的梦，我想，你就是一个一直怀有梦想的人。这么说有些失礼，不过像你这个年纪的人，很少有这样了不起的梦想了。而且这并不是空想，而是在一步一步把它变成现实，真是了不起的才干。”

“呀，真是承蒙您夸奖，惭愧，惭愧。要说的话，我算是一个有梦想就会精打细算去实现的人，我很享受这个过程。”

德山专务吃完饭，端着汤碗，忽然像想起了什么，咧嘴一笑。

“说到梦想，怎么说呢，大概是因为我好奇心旺盛。”

“也许正是如此吧。”

“说起来，盐川先生，我因为调查经常要去甲州和信州。在甲府，还有几个能干的员工驻守当地。我经常有事要去现场。前几天在火车上，我可是看见一个大美女。”

“是吗，所以勾起了您的好奇心？”

“是啊。那个美女不能用漂亮形容，年纪也有二十七八岁了，大概是谁家的太太。不过，正是我喜欢的类型。”

“哈哈。”

“大方稳重，别有风情。长着一张知性的脸，但并不冷傲。看那张脸，就知道她其实内心热情如火。幸好旁边没有别的客人，我是个不甘寂寞的性格，于是就跟她搭话了。”

“您还真是胆大啊。”

“是啊。东京到甲府要两个多小时，不是很无聊吗？一开始，我以为这么个美人肯定不会自己一个人乘火车，谁知她周围真没有其他同伴。于是我就心一横，坐到她对面去了。”

“还真是只有您能干出来的事。”

“她在甲府下了车。我本来总是在甲府下车的，但那天正好去上諏访有事。真可惜，没能跟她一起。不过，世界上还真有跟自己梦想中一模一样的女人啊。”

女侍探出头。

“您的车到了。”

德山专务从桌子旁站起身。

“好了，真是闲不下来，今天开始又要四处去活动了。不过，盐川先生，有了您的保证，我可就勇气倍增了。”

浅野忠夫在甲府的书店碰到的是下村永一，同一个学校比他晚两年的学弟。

他的学生时代住在浅野，下村时不时会来找他玩。

毕业后，两人就见过两三次面，这五六年都没有联络，今天竟然偶然在甲府碰上了。好久不见，两人当下决定去附近的咖啡店坐坐。

“你怎么样？”

从下村身上的衣服来看，浅野忠夫推测他可能就住在这里。他的印象中，下村确实好像是去某省当公务员了。

“我辞掉了公务员的工作。”下村笑着回答，“工资少，就算有能力也要按资排辈，没有个出头的日子。那种拘束的地方不适合我。”

“那，你现在在干什么？”

“我在这个公司。”

下村掏出名片，上面写着“东方观光株式会社企划部”。

“东方观光，是干什么的？”

“没听说过吧，是个新公司。”

下村永一吐出烟圈，得意地抬起肩膀。

“学长也不能告诉，这还是个秘密。虽说是新公司，但有大财阀在后面支持，前途无量啊。”

“原来如此。”

“是啊。我本来就是因为反感官僚制度才辞职出来的，所以一遇到这个野路子公司，马上就喜欢上了。今后不知会发展到多大呢，现在还在打基础，公司还很小，正因为如此，可以充分发挥自己的实力。我的能力马上就能转变为公司的业绩，所以干得很愉快。在政府和大公司里，我们这样的年轻员工只是一个小小的齿轮，在这里感觉有意思多了。”

“也就是说，只要有才能和手腕，今后说不定能成为重要人物啰。”

遇见和学生时代不太一样的下村永一，浅野忠夫感到自己好像从悲伤中被搭救出来了。

与其一个人待在旅馆思索信子的行踪，不如暂时让自己解脱一下。

“正是如此。”

下村毫不迟疑地肯定道。

“所以我才干劲十足啊，我来这里就是为了企划做调查。”

“怪不得你看起来不像是来旅行的，你是来做什么调查的呢？”

“秘密中的秘密，我不能透露太多。”

不过，下村似乎管不住自己的嘴巴，还是忍不住说了出来。

“不过，对学长我还是透露一些吧。我们东方观光株式会社准备在东京、甲府、上诹访，也就是所谓的中央线沿线开发事业。当然主要还是观光事业，副产品有森林、水泥原石等资源的开发。具体来说，第一期计划准备从浅川边沿中央线南侧的山脉，直到大月，修建高架铁路、宾馆、高尔夫球场，将来会越过大菩萨岭，连接到轻井泽……”

“听起来是个宏大的计划呢。”

“是啊。专务是个优秀的创意家，而且实力非凡。他很欣赏我，让我驻守甲府，专门在甲府做实地调查。不过，这是秘密。如果泄露出去，我们计划的线路沿线的土地就会涨价。”

“知道了。放心，我不会告诉别人的。而且，我对这种事没什么兴趣。”

听说对方没什么兴趣，下村有些讪讪。

“总之，帮我保守秘密，多谢了。看来你们经济学家都对这种现实问题没什么兴趣呢。”

“搞学问和做生意是不一样的。”

“那是。”

下村并未争辩，问：“你来甲府干什么？是有演讲还是什么别的事？”

“不是，我来办些事。”

“真稀奇。浅野你既不是为了研究经济史，又不是到这里来收集资料……”

“我也有其他事要办啊。”

“什么时候到的？”

“刚到不久。”

“要在这儿待两三天吗？”

“不一定，说不定明天早上就走了。”

“住在哪儿？”

“我对这边不太熟悉，到了车站就随便选了一个旅馆，在汤村。”

下村永一“哦”了一声：“我就住在汤村啊。等会儿我们一起回去吧，可以跟学长再多聊聊。”

“啊，在找一个女人，真是浪漫啊。”

下村永一目不转睛地盯着浅野忠夫的脸。

“哪里。不是的……因为某些原因在寻找她。”

浅野忠夫摆着手，让下村不要误解。

他们在浅野住宿的旅馆房间。听说下村也住在汤村，浅野忽然想起一件事。

他出门的时候，心头暗暗期待，只要去她前往的信州，他们说不定会在哪里偶然遇见。就算不能遇见，去走走她走过的地方也好。这种想法令他有微微的幸福感。

但是实际出来以后，他心中已被空虚感占据。自己在旅途中追寻着幻影，太不现实了。不见到信子本人，看来自己是不可能死心的。

浅野相信，那封信里所写的都是真话。

不过，他还搞不清楚写信人的目的。

然而，信的目的究竟是什么，这并不是浅野现在关心的问题，只要里面说的不假就行了。

他忽然打点行李出发，也是因为相信那封信里的内容。到了这里，浅野陷入一种虚无感。一个人单独旅行，更觉得虚幻。

信子也许是在甲府下车的，这是浅野在火车上推测的。如果她到了甲府，说不定就住在汤村，这也是他的推测。他认为，自己的猜测是很有可能性的。

他告诉下村自己是来找一个女人的时候，看着下村的脸，忽然想到，可以让下村去找找信子可能会住下的旅馆。

当然，他隐瞒了盐川信子和自己的关系。对于其中原委，他只字未提，只说因为某些原因要找她，描述了她的特征。

“应该很容易找到吧。”

下村爽快地答应了。

“汤村旅馆并不多。而且现在是夏天，客人也不多。这个年纪的女人单身一人，马上就能找出来。我和这里的旅馆很熟，去跟这里的掌柜说一说，让他问问这里其他的旅馆。”

说完这话，下村才感叹，找一个女人，真是浪漫啊。

他向浅野告辞，出了房间。

他下楼来，在柜台后面找到掌柜。

“我们这里没有这样的客人。我打电话去问问吧，最好从大旅馆开始。”

掌柜开始打电话。下村向电话那头的人详细描述自己记下的那个女人的特征。

“什么？没有。谢谢。”

掌柜挂了电话。

汤村有两家大旅馆。掌柜又打给了另一家。

“……是这样一位客人，一个女人单身一人，前天到的，不知道以什么名字登记的，真名是盐川信子。”

“请稍等。”

接电话的大概是位女侍。她放下话筒，似乎在问别人。

掌柜能听见她的声音。

“阿重，阿重……你接待的红叶房间的客人，是前天晚上到的吧……是一个人吧……一位很漂亮的女士。二十七八岁……现在有川西旅馆的人来问，有没有这样的客人。”

另一个女人的声音在回答。

掌柜把话筒贴在耳边，扭过头对旁边的下村笑着说：

“泷和酒店有戏。”

“他们说，有这么一个单身女客人吗？”

“还不清楚，现在正在问负责的女侍。好像有。”

“你等等。”

下村赶紧跑到二楼，叫出浅野。

“浅野，有这么位客人住在泷和酒店。现在正在通电话，你出来听电话。”

#3

浅野忠夫接过下村递过来的话筒。听说泷和酒店似乎有线索，他心中一阵激动。

“久等了。”

电话那头的女侍们似乎交谈完毕，话筒里的声音很清晰。

“怎么样？”

女侍听出电话这边的声音不太一样，“呀”地低叫了一声。

“啊，是我在打听。你们那儿是有这么一位女客人吗？”

“确实有一位女客人，不过，您尊姓大名？”

“我叫浅野。”

“原来如此……不过，那位客人不叫盐川信子。”

果然如浅野所料，他不认为信子会用自己的本名。他想问问女客人的特征，对方说：“啊，这个嘛……我让负责那个房间的人来接电话。”

电话转给了一个更年长的女侍。

“我是负责那个房间的人。”

“对不起，我在找一个人。你负责的房间里的客人，大概多大年纪？”

“原来如此。有二十五六岁吧。”

年纪差不多。

“那么，那个女客人，”浅野乘胜追击，“脸长长的，身高一米五八左右，溜肩，对吗？”

“这个嘛，”女侍似乎在回想，“有点不一样。”

“不一样？”

“嗯，那位客人更像是圆脸，个子要更矮一些，身材也不是偏瘦，而是更丰满一些。”

浅野有点急了。他本来以为一定是信子，这个回答令他无法死心。而且，每个人的主观印象多少有些不同。浅野对信子很熟悉，酒店的女侍则不是，脑中的信子多少会不一样。

总之年龄相近，又是单身女性，这两点令浅野无法就此放弃。他准备马上跑去泷和酒店。

“请问，她登记的时候写的名字是什么？”

“川田美代……”

“住址呢？”

“是东京……不过，其他情况我不方便再说，她不是你要找的那个人。”

酒店的这种态度，也无可厚非。光靠一个电话，不可能把客人的信息如数家珍地泄露出去，她们透露的已经够多了。

“不好意思，我现在就过去。您叫什么？”

“啊，那个……”

对方似乎很为难。

“我叫重子。”

“我来找你行吗？十分钟内赶到。”

“好的……”

浅野放下话筒。下村一直在旁边听着。

“她们说不是吗？”

下村一直在旁边听着。他看看浅野的脸。

“是啊。”

两人回到房间。

“接下来我要去泷和酒店。”

“电话里面讲不清楚，我是要亲自去确认一下。”

“还真是有热情啊。”

下村似乎有些吃惊。

“我还真没见过你这样，吓我一跳……我跟去不太方便吧？”

“是的。”

如果对方是盐川信子，浅野想和她单独谈谈。如果不是，下村在旁边他会更不好意思。

两人走出旅馆，向泷和酒店走去，步行只要十分钟。

“如果真是你要找的人就好了。”

下村和浅野并肩走着。他的脸上一脸好奇，似乎和浅野一起调查这件事，让他也感染了浪漫的情绪。

甲府到升仙峡之间只有汤村这一条路，到了晚上也有载客的车来往。

浅野有时也猜测，车里是不是就坐着盐川信子。然而从路边明亮的车窗窥探到，里面大部分都是一家人，或者是带着像是艺伎的男人。

进入泷和酒店的大门，正面就是一个大庭院，弯曲的车道一直通向玄关，两三个穿着和式棉袍的客人在车道边散步。

浅野在玄关处找到叫重子的女侍，是一位四十岁左右的女人。

“我是刚才打电话的浅野。”

中年女侍镇定地向他致意。

“您总算回来了。”

叫重子的女侍来到信子的房间，笑着报告了刚才的事。她落落大方，不见一丝慌乱。信子仅有的一丝不安，也被她的态度打消了。

“是两个人一起来的，一个叫浅野，一个是他的朋友。比起浅野，那位朋友更急躁，真受不了。”

女侍提着一个讲究的铁壶，往小茶壶里倒热水。

“是他的朋友？”

信子猜不出是谁。浅野会带着谁从东京跑到这里来呢？她不禁有些害怕。

“不是，他就住在这边的旅馆里，我们也都见过他，这地方不大嘛。听说他是在东京的公司驻甲府的事务所工作，所以一直待在这儿。好像和那个浅野是朋友。”

女侍把扣着的茶杯拿起来，倒上褐色的茶。

“他们是怎么说的？”

“让我把您登记的名字给他们看。”

信子紧张起来。自己的笔迹浅野很熟悉，授课时的测验、自己写的报告，他都再熟悉不过了。浅野甚至还夸过她，说她的字写得端正好看。

隐约的预感促使她隐去本名，用了“川田美代”这个化名。但是，如果浅野看到自己的字，马上就会被识破。

“我拒绝了。”

女侍慢悠悠地说。

“我说，登记簿只能给警察看，其他外人都不能看。这确实是我们的规矩……浅野的朋友不听，一定要看。他指着浅野说，这个人是特意从东京来找这个女人的。因为登记时不一定用本名，所以要看看登记簿。最后，连浅野也激动起来，态度变得强硬了。”

“……”

“不过，我在接电话的时候，就告诉他们，您的长相跟他们描述的不一样。我咬紧说，根本不是同一个人，看了也没用。要是我一不小心，电话里说漏了嘴，不知道对方还会出什么招儿。幸好太太嘱咐过我。”

“真对不起。”

“不过，太太，出门在外还是要当心啊。照这个情形看，一直到明天早上，浅野会一直盯住这边的。那位朋友那么热心，都不用他自己出手。”

“真麻烦。”

“您明天一早出发吗？”

“我还没有定。”

“那再住一天怎么样？他们总不可能在酒店门口守两天吧？”

“是啊。”

“请务必这么办。只要不走出房间，就不会被发现了。”

信子回答说，那就这么办吧。

女侍重子绝不会刺探客人的隐私，并没有再深入追问，接下来两人聊了些平常话题。

女侍走后，信子独自一人待在房间里。

听女侍说浅野忠夫打电话来打听她，信子一时不敢相信。而且，听说他本人也来到了汤村。

浅野怎么会知道自己的行踪？来到这里，本来是不在信子计划的行程之内。她是准备去上诹访的，但在火车上遇到了奇怪的男人，到达上诹访的时间会很晚，于是她改变主意，在甲府下了车。这些浅野怎么会知道呢？

当然，坐中央线游览信州这件事，她也没有告诉过浅野。然而，他怎么会知道，而且追寻自己而来呢？

无论如何，信子开始反省，是不是自己让浅野陷入了如今的状态。她接近浅野，只是为了学习。请他帮忙看毕业论文，也是因为一直以来她的报告都是交给浅野的，没有其他任何原因。因为学习上的问题，她曾和浅野通过几封信，但内容和字句上，除了学习，她没有提到过其他任何东西。也就是说，浅野会对信子产生兴趣，甚至积极地接近她，是因为这次的授课见到她本人，并去他家拜访开始的。

她想，可能自己不应该去他家。如果她能及早发现他的心意，去过一次就不应该再去了。

信子想，浅野忠夫是个认真的学者，跟自己的丈夫弘治相比，可以说是两个极端。

她最后一次去浅野家拜访，回去的路上，下决心不再跟浅野接近，而且她也向他明说了。但是，接下来在丈夫莫名其妙的安排下，两人再次在城市中心的咖啡店碰面。这次人为安排的邂逅，似乎给浅野忠夫的恋情添了一把火，甚至让平素一本正经的助教，追随信子的足迹来到了汤村。

信子叹了口气。

说实话，信子只是把浅野忠夫当成一个好人，她知道他是个纯粹的学者。不管他对她多么痴情，她都没有回报他感情的想法。

不过，想到浅野忠夫就在酒店旁边的旅馆里凝视着自己，在被他的热情困扰之前，她还是先感受到了他带给她的压力。

#4

几天后。

事务所的办公室就在甲府的繁华街道上，四楼东侧的窗户能清晰地看见甲府城的石围墙，远处是公园。

下村在迎接东方观光的德山岩雄专务。这个办公室就是其公司的甲府事务所。

下村是总公司派遣来驻扎在当地的员工，另外还有一个测量员、一个女事务员、一个杂务工。办公桌挤在事务所的一角，一片宽敞的空间留给了豪华的待客角，因为他们主要的工作就是和客人打交道。房间一角放着制图台，这也是未来会开发土地的公司事务所应有的样子。

德山专务会不时来视察，已经来过好几次了。

像往常一样，下村报告了最近的工作。德山专务鼓励下村说，出资方已经找到了，最近就要正式开始调查。德山专务还负责收购土地等其他诸多事务，所以经常和当地有头有脸的人、县政府的官员见面。

“专务，汤村的泷和酒店那边准备好了，艺伎也已经安排好了。”

今晚，专务要招待当地的要员们。

“啊，好的。”

还有一点时间。

工作告一段落，专务看起来有些无聊。他看上去是个精力充沛的男人，不过一旦手边没有工作，脸上就失去神采了。

下村发现专务有些心不在焉，机灵地寻找话题给专务解闷。

“专务，说到汤村，前几天发生了一件有趣的事。”

下村两手交握，搁在膝盖上，露出恭谨的笑容说。

“是吗？什么事？”

专务似乎兴趣不大，既然下村特意开了话头，不妨一听。

“呀，也不是多么了不起的事情。前几天，我大学时的学长，现在在东京某所大学当助教，他一个人来到这里。这些年我们一直没有见过面，那天我们偶然在甲府街上遇见了。”

“是吗？”

“光是街头偶遇也算不上什么稀奇事，不过，世界上还真有人一大把年纪了，还像少年时一样。那位学长到这里来，是为了找他喜欢的女人。不，说是喜欢的女人，好像两人之间有些什么似的，其实是我这学长迷上别人家的太太了。”

“别人家的太太？还真是最近流行的失足啊。”

专务的嘴角不那么紧绷了。下村见状，上半身前倾。

“详细情况，他还是不肯告诉我。不过据我猜测，那位太太似乎是从东京离家出走，住在汤村，我那位学长就追着她跟过来了。他听说我就住在当地，还拜托我帮他找这个人。当然，做这种事有点心虚，不过，是学长的拜托，我也不好拒绝。而且，我就住在汤村，肯定得助前辈一臂之力了。”

“找到了吗？”

“没有，这事也有些蹊跷。我们找遍了汤村的各个旅馆，最后看起来今晚我们要去的泷和酒店那里，是最可能有眉目的。因为我们听说，有一位身份符合的女士一个人住在那里。”

“于是你就先下手为强，夺人之美了？”

“怎么可能。”

下村笑了。

“我怎么可能做那种事。不过，我很清楚，负责的女侍说谎了。她就是不肯把登记簿给我们看，也就是说，那位太太并不想见学长。这也是因为学长失算了，一开始就报出了‘盐川信子’这个名字。应该是女侍去问了本人，所以被拒绝了。”

“等等。”

专务忽然抬起头，打断了下村的话。

“叫什么名字？那个女人。”

“叫盐川信子。我那学长是这么说的。”

“盐川？”

专务忽然两眼发光。

“那个女人多大岁数？”

“啊，听说是二十七八岁。”

德山专务忽然兴趣大增，自己的故事有这样意外的效果，下村也有些吃惊。

“喂，‘盐川’这个姓，应该不是很常见吧。”

这不是提问，更像是自言自语。

“啊，确实不多见。我也觉得是很少见的姓。”

下村不解地看了专务一眼。

“专务……”

下村发现，德山岩雄听到“盐川”这个姓氏时，脸色很奇怪。能干的部下必须随时对上司察言观色。

“专务认识这位太太？”

“不，不认识。”

专务似乎隐藏着什么，表情一怔。

“你这位学长，还真是执着。看来是位大美人啊。”

“确实。我也是出于好奇去帮浅野的，不过可惜，最后也没见到她的庐山真面目。”

他乘兴继续说。

“第二天我们还是守在泷和酒店前，但是……”

他说了一半，忽然好像想起自己的工作。

“我也有工作，不能一直陪着他，所以我就先走了，但那个女人似乎从泷和酒店逃出去了。”

“那你的学长最后怎么样了？”

“他守在酒店门前，又去车站看了看，如果那个女人坐火车的话，他就能认出她来了。”

“原来如此。最后呢，还是不行？”

“好像是的。浅野学长那天下午三点多给我打电话，说是多谢我帮忙。我问他接下来去哪儿，他说反正已经出了东京，准备去信州转转。”

“为什么要去信州？”

“那是因为，”下村再次微笑了，“那个叫盐川的女人，似乎是离家出走，说要去信州。他就怀着这点微弱的希望，准备自己也去信州转转。”

“现在还有这种纯情的男人啊。”

“确实，现代纯情故事。”

“不过，那个盐川，确实是别人家的太太吗？”

“我不能肯定，不过，听学长话里的意思，是的。”

“你们确实是用‘盐川信子’这个名字去旅馆找的吗？”

德山专务确认道。

“是的。我为了不忘记，还记在笔记本上了。”

“他还说过什么？例如，那个女人丈夫的名字？”

“没听说。他连这个女人是已婚还是未婚都没提。”

“原来如此。但是，她一个女人去住温泉，去信州旅游，看来家里条件不错。”

“是啊。我也不好意思多问。”

专务暂时停止了提问，眼睛盯着别处，吸起了香烟。

“专务，”下村看着对方若有所思的脸，问道，“需要调查一下这件事吗？”

“不用，”德山马上否定了，“没那么严重。不过，你那位学长……”

“啊，他叫浅野忠夫，是L大学的助教。”

“他和盐川夫人……应该是夫人，这位盐川女士，两人到底是什么关系，我还真想知道啊。”

“是。”

“喂，这不是调查，因为我个人的一些原因，帮我打听一下这些情况。”

“是。”

“你刚才说浅野不大愿意讲这些事，所以要当心，不要让他觉得你是在调查。你懂吗？”

“是，那么，我最好去一趟东京，见浅野一面？”

“是啊。”

“写信的话，说不清楚，对方也不会好好回答，当面聊聊效果更好。”

“是啊。”

德山弹掉烟灰。

“就这样，过两天你去东京出差。”

“多谢。”

“不过，浅野已经回东京了吗？据你说，他应该还在信州呢。”

“是啊。那还是五六天以后去比较好。这样，浅野肯定也回家了。”

“就这么办。”

德山看了看钟，这件事就这么定了。

“时间快到了。帮我备车，我要去县政府转一圈。”

“是。”

“还有，晚上宴会的准备也请确认好。”

“明白了。”

下村走后，德山赶紧掏出笔记本，记下刚才下属告诉他的事。

盐川弘治中午才到伊豆长冈。他是自己开车从东京出发的。

他把车开进顺丘陵而建的旅馆街。

这一带有很多高级旅馆，其中最大、最引人注目的是“平野屋”。“平野屋”坐落在道路尽头，是一栋雄壮的建筑，依山而建。

白天的旅馆街陷入一片忧郁的沉静之中。

弘治穿过平野屋庄重的大门，沿着拐角的狭窄小路开上去，进了一个小门。

两三个身披法衣的年轻男人看见从车上下来的弘治，恭敬地行礼。

弘治走进旅馆旁边的一户人家。

“你来了。”

他脱鞋的时候，一位五十二三岁的高贵妇人从里面出来。

“您好。”

弘治停下脱鞋的手，低头致意。

“来得真早啊。”

妇人笑着说。

“是啊，路上车不多，通往箱根的新路很好走。”

“是吗，我和你爸爸还没走过呢。”

“爸爸呢？”

“在里面等你。”

妇人是信子的母亲，两人的长相和身材都很像。

平野屋是信子的娘家。今天早上，弘治早早从东京打电话过来，说自己要过来一趟。

穿过擦得发亮的走廊，进入一个L形的八铺席房间，这个房间面向庭院。紫檀桌前坐着信子的父亲平野平四郎，他正摊开最近入手的古经帖在观赏。房间里有很多平四郎收集的古董壶。

弘治在入口处跪下，低头通报：“我来了。”

“你来了。”

平四郎年近六十，头发斑白，身材瘦削，颧骨高耸。

“来，请坐。”

信子的母亲政子，在弘治后面进来，请弘治坐在坐垫上。

“父亲还是和以前一样啊。”

“是啊，托你的福。”

平四郎对女婿露出笑容。

“你看起来气色不错啊。”

“啊，最近很忙。”

“最近长胖了些，更仪表堂堂了。”

政子看看弘治说。

“信子一向也很健康。”

“是吗。”

父亲不动声色，母亲政子的眉间有微妙的表情。

“是吗，还好吗？”

父亲问。

“她最近在接受某所大学的函授教育。这个夏天，每天都大热天地去学校学习。”

“这孩子以前就喜欢读书。我们做的是旅馆生意，本来对这方面就没有太大期望。T 塾毕业后，她还是想去上大学。”

“学习就算了，那家里怎么样？顾不上你了吧？”

母亲很在意弘治和信子之间的关系，她在委婉地试探。

“不，家里也料理得很周到。”

老夫妇都知道弘治在外面有女人。就算信子不说，母亲有时去东京，到她家里就明白了。弘治迟迟不归的晚上，母亲问信子，弘治一直这样吗？信子总是面带微笑，并不细说。

弘治有其他女人，也是老夫妻从别处听来的传言，信子从没有正面提过这件事。一直以来，她都习惯在父母面前隐藏自己的痛苦。信子会嫁给弘治，是在弘治的父亲还是东都无尽株式会社社长的时代，一位一直很照顾平野屋的实业家介绍的。

“信子最近很少回来啊。”

母亲不禁埋怨道。其实她自己很想去东京看他们，但最近不免有些顾虑重重。信子和弘治之间的氛围变得有些异样，令外人不禁想避开。

母亲想，没有坏消息就是最好的消息。她一边担心东京那边会出什么事，一边只能在家里守望。

“啊，她光顾着学习了，都没想到回来看看。”

“有时间还是回来看看吧。”

母亲赔着笑，请求道。

“是啊，我也一直说，在家里也是玩，可以想干什么就干什么，回长冈来待一段时间。”

“这次怎么了？怎么没跟你一起回来？”

“她去信州旅行了。”

“信州？”

“好像是和学校的朋友一起。”

弘治一脸满不在乎，父亲只是默默看着抄经的笔迹。

“一亿可是个大数目。”

平四郎脸带难色。

两小时后，三人一起吃过午饭，翁婿两人开始聊天。

“我很理解你的心情。”

平四郎把装着经帖的桐箱放在书桌边，手肘搁在书桌上，狠狠吸了一口烟。

“你作为一个银行人，想向前辈们展示新的经营方式，我能理解你的心愿。刚才听你说，那个东方观光很有前途。特别是后面有是土庆次郎撑腰，应该不会有问题。”

“正是如此。”

弘治凝视着平四郎的脸。

“你好不容易和对方的专务说好，要从银行拿出这么一大笔钱来，有些老员工反对，你很为难，这我也能明白。出于无奈，你才向我提出借一亿日元。”

平四郎整理着女婿的请求，但脸色越来越难看。

“不过，弘治，旅馆生意现在越来越难做了。说实话，光是投资设备就要花很多钱，赚得很少，已经不像从前了。”

“我明白。”

“你们是东京的银行，客户和我们这里也许不一样。不过，在我们本地的银行，旅馆也已经很难融到资了。我们以土地为担保，还欠着银行好多钱呢。”

“是。”

“我托老爹的福，在伊豆西海岸一带，有不少山林和土地。把这部分也拿去做抵押，银行说不定才会愿意借给我这笔钱。但是，弘治，想想看，那是我最后的底牌了。因为有那些不动产，我才能把这个旅馆当作抵押，不觉得辛苦。要是把那些也处理掉，就算是我最爱的女儿的老公你来拜托，我也不能马上答应。”

“说得是。”

弘治点点头。

“我也没想能马上得到答复。请您慢慢考虑，也和妈妈商量商量……前面我也说了，我不想再被别人看作是靠父辈的二代。就我来看，也许是我大嘴巴吧，银行的经营已经太落后了，我在旁边看着不禁牙痒痒。这次东方观光的事，五亿日元的融资，行长下面的人就是不肯答应，说是只能给两亿，而且还是一脸孤注一掷的样子。”

“共济银行，就是这样的。”

“所以我说，必须赶上新时代。一直被其他银行压得抬不起头，我一直都忍耐着，这样下去可不行。与其说，是看东方观光的事业有利可图，不如说，是因为后面撑腰的是是土庆次郎，我才这么起劲。剩下的三亿，我跟其他银行谈好了，可以拿到两亿，还有一亿想请爸爸帮忙，所以我才过来登门请求。我也试过其他办法，不过真的是到山穷水尽，才来请求爸爸。”

“明白了。”

老丈人点了点头。

“过四五天，我给你打电话。”

“是，拜托了。”

“我啊，我——”

平四郎看着女婿，表情有些严肃。

“我最疼爱这个女儿的，所以也疼爱你。你好不容易有的事业心，我不想给你泼冷水。我要是有这么多钱，你一说我就拿出来了。弘治，我想问你，这件事，信子知道吗？”

“知道。”

弘治毫不犹豫地回答。

“你没想叫信子来求我吗？”

“信子本来想来的，我不好意思，叫她别这样。”

他面不改色。

“是吗……”

老丈人眉间似乎已经下了决心，弘治并没有错过这个细微的表情变化。

“弘治——”

“是。”

“这件事，先不要对政子提。”

“明白了。”

“你回去后，我再慢慢告诉她。”

“拜托了。”

“今天在这儿住一晚吧？”

“不，东京那边一天也不能耽搁。我现在要马上回去，和东方观光的重要人物会面。”

“一晚上也不歇啊。”

老丈人脸上不太高兴。

弘治想着今晚在箱根等他的艺伎鹤香，眼前已经看不见老丈人的脸了。

暗黑计划

#1

弘治下午才从箱根回到东京。对银行那里，他就说要和东方观光谈事情，出差了。

家里空荡荡的，澄子满面灰尘地来迎接他。妻子不在，家里就没有生机了。

弘治走进房间查看，妻子并没有寄信回来。

“您不在的时候有电话打来。”

青木澄子站在门口。

“是谁？”

“是一位成泽小姐。”

是枝理子。

“其他还有吗？”

“没有了。”

弘治猜测着妻子的去向，信子已经出门好几天了。他本来以为她今晚会回来，看来还早。要是她永远不回来，那真是无法想象。

实际上，要是信子不回来，他会陷入困境。他都跑去她长冈的娘家借钱了，结果还把老婆赶出门，怎么能行？看昨天的样子，信子的父亲最后是下决心要拿出这笔钱。拿到这笔钱之前，信子必须还是他的妻子。

弘治想起了浅野助教。

枝理子说她暗中做手脚，把信子离家出走的事告诉了浅野。枝理子这一步走得太早了些。这本来不是在他授意下的，不过，让妻子和浅野更接近，确实是他计划的一部分。

他出发去长冈之前，枝理子报告说，浅野慌慌张张地出去旅行了。信子和浅野应该不可能碰面。浅野是因为枝理子的通知，知道了信子离家出走才出门的。信子去了哪儿浅野根本不可能知道。

不过，枝理子的信里说了是信州，浅野应该也往那个方向去寻找信子了。

浅野还是学校的老师，不可能一直休假，弘治担心的是，浅野会在旅途中偶尔遇上信子。

当然，他不是真心想让妻子和浅野接触的，这只是为了达成自己的计划采取的临时措施。

“喂，帮我打个电话，”弘治叫来澄子，“就说你替L大学的大村传话，请浅野老师听电话。如果他不在，就问问他去哪儿了，什么时候回来。”

澄子照他说的去做了。

“好像还在旅行，还没回来。”

澄子回来报告说。

“去哪儿了？”

“不清楚。”

“说了什么时候回来吗？”

“今天早上打电话回来说是在上诹访，今天晚上会回来。”

从上诹访打来电话，看来浅野还是去了信州。他要担心的是，在上诹访的旅馆里，浅野是否找到了信子，两人是否同宿同眠了，还是他仍然单身一人。不过，浅野的母亲不可能知道这些。

弘治试着揣摩信子的心理。两人的夫妻之情已经产生了一条不可逾越的鸿沟。信子不和他离婚，唯一的理由是为了照顾在长冈的老父母的心情。

她的娘家是当地的世家。信子一旦离婚，消息马上就会传遍当地，这一定会让道德观守旧的双亲伤心。虽然两人还住在一个屋檐下，已经形同分居，信子还是没跟他离婚，至少在她自己的双亲还在世时不会这样做。这一点弘治很清楚。

他因此有恃无恐。

所以，弘治知道，信子虽然是为了拼命远离他才去旅行，但她最终还是会回来。正因为如此，信子才没有对长冈的娘家吐露半个字。

信子既然因为娘家不能跟他离婚，弘治就决定残酷地利用这一点。这是对不再爱他的妻子的残忍报复。

“有您的电话。”

澄子叫醒了躺在长椅上睡着的弘治。

“是成泽小姐。”

枝理子又打电话过来了。

“你说了我在吗？”

“已经是第二次了。”

弘治懒洋洋地起身，走到走廊里去接电话。

“啊，你在啊？”

枝理子一贯欢快的声音也有几分倦意。

“刚回来，去出差了。”

“去哪儿了？”

“箱根。”

说实话，弘治想起了从昨晚到今早一直和自己在一起的艺伎。

“说谎吧？”枝理子说，“是不是追出去找太太了？”

“她还没回来，也没说去哪儿了，怎么去找？”

“要是出差，早告诉我不就行了……昨晚我一直在等你。”

“我没说要去你那儿。”

“啊，真冷淡。”

话筒那头传来年轻男女的声音，听起来有些遥远。

“有人在吗？”

“嗯。昨晚有些生气，十二点左右我叫朋友们来打麻将。”

“真有闲工夫，怪不得声音听起来有些累。通宵了吧？”

“是啊。不这样心情好不了……喂，那个大学老师，不在家啊。”

“你也打电话去问了？”

“这是什么话，这么说，你也打电话去问了，露馅了。因为太在乎，所以撒谎说什么去箱根，其实是去信州了吧。”

“绝对不是信州。”

“不过，我有点觉得被你利用了。利用我撮合你太太和大学老师，接下来不知道你要把我怎么样。”

“旁边有人吧，不要瞎说。”

“我真不明白你，不知道你在想什么。”

“我没什么想法。就是我以前一直答应你的……不过，男人还要工作，有时有推不掉的应酬，不能一切如你所愿。”

“今晚来吗？”

“那个……”

他在电话里打起了呵欠。

“现在，银行这边有些棘手的问题，暂时没有头绪。你也玩了个通宵，累了吧。”

“是吗？”枝理子忽然生起气来，“你不来就算了。我找别人玩。”

那边的话筒挂断了。

弘治鼻子里冷笑了几声。

枝理子叫来的朋友，总归就是附近的学生、年轻的上班族，或者是她自己去和那些朋友喝酒时交上的酒肉朋友。

和这些家伙混在一起，她马上就会手头吃紧。

不过，他意识到，这也是一个和她分手的好机会。从在大阪时开始，这个女人蛮横的地方莫名其妙地吸引着他，让他离不开，但现在，想到自己的大事业，弘治对枝理子的迷恋不可思议地褪色了。男人最在乎的，还是自己的事业，也许是因为这次一旦成功，自己以后就能拥有更好的女人。大概是因为产生了这种念头，他才决心和枝理子一刀两断的。

不过，弘治不准备自己主动向枝理子提出这件事，他准备让她自己选择去留，这种办法更高明。如果是她自己提出分手，那当然最好，如果她不愿意，那他就再忍耐一段时间，之后再慢慢制造条件，让她自己提出分手。枝理子还觉得自己很年轻，对自己的脸蛋也很有自信，这一点，和已经上了年纪走投无路的女人不一样。

他突然想起什么，给东方观光的德山专务打了个电话。

“专务出差去了。”

“去了哪里？”

“去了甲府。今晚要很晚回来。”

“谢谢。”

弘治想通过德山专务接近他的后台——是土庆次郎。

是土对有能力的年轻人唯才是用，弘治听过许多这样的传说。旧财阀们掌管的地方都渐渐官僚化，在制度上十分僵化，但像是土这种新兴财阀，一旦得到他的赏识，就会得到他的大力支持。

弘治总有一天要把现在的行长派赶出银行，独霸东都互济银行。不过，光靠他一个人的力量很难实现，还是需要像是土这样的后台的支持。也正因为如此，这次才要特别笼络东方观光的德山，像德山那样的男人都能得到是土庆次郎的宠爱，他也绝对可以。

互济银行的资金借出有诸多限制，弘治自己筹集不足的资金，也是出于这样的野心，他准备牺牲妻子的娘家。他已经看穿了，妻子的父母隐约觉察到他们夫妻不和，深深地为此烦恼，希望他们能和好如初。因此，他才有把握，妻子的娘家不会拒绝弘治借钱的请求。

那笔钱一旦入手，弘治就不准备返还了，他一开始就准备霸占信子娘家的财产。

不还钱的借口他也已经想好了，他会制造出妻子的意外事件。

但是，这件事现在还不能马上见成效，需要做好准备，慢慢发酵。

刚好他发现了浅野助教的存在，利用浅野助教，也是基于这个打算。

机不可失，不过，如果妻子现在就这样陷入“特殊状况”中，就没办法从她娘家骗到财产了。

#2

信子住在古城里。

门前就是高高的石墙，旁边绿荫葱葱。黄昏时分，街上的灯火让人如在谷底般。

信州饭田的街道沿山丘蜿蜒而上，信子很喜欢沿着如在谷底一般的老街散步，然后回到住宿地。很久以前，这里曾经发生过大火，高处的街道都是新建的，低处的老街显得有些暗淡低徊。

她从甲府经过上诹访时，没有下车，直接去了伊那，然后返回。本来就是随心所欲的漫游，伊那她也是第一次来。

昨晚她住在高远。

旅馆里没有其他客人，只有她一个人。

她住的十铺席的房间，一个人显得有些空旷，于是请了老板娘的妹妹陪她一起睡。这个房间有古老的纸门，还有江户时代的用具，它们曾经一度豪华，如今却显得潦倒。

这里到处都是桑田，信子走在农田间的路上，有农家邀请她试试制造礼品绳。

这一带自古以来就是发髻绳的产地，现在生产的东西变成了礼品绳。

一根白得发亮的绳子像电线一样挂起来晒干，纸上反射的光如同秋阳一样寂寥。

饭田也是如此。到偏远一些的村落，在古老的农家的空地上，挂着无数白色的绳子，在桑田的衬托下，就像是用白胡粉画在绿色的背景上，赏心悦目。

信子渐渐下了决心。

一直以来，她顾虑娘家，不能随心所欲，这样是不行的。让母亲伤心固然不好，但还是和丈夫离婚为妙。她似乎感到，出来旅行，才能认清真正的自己。

没有一个人，怀着她这样虚无的心情毫无目的地闲逛。在火车上、在旅馆里，其他旅客都有着自己的生活。生活就是一种目的，是度过人生的目的，怀有明确目的的人，他们坚定踏实，一眼就能看出来。同样是出来游玩，但他们有一种把握自己人生的自信。

信子之前也几度下决心要和丈夫离婚，但一次都没有跟娘家说过。不过，父母已经察觉到她家里的气氛，母亲也尽量避免这个话题。在那个古旧故乡的旧世家，女儿离婚会被视为一种耻辱，令人痛苦。

之前想到这些，信子就无法下决断。

不过，已经够了。

新婚不久，她就对丈夫弘治感到失望，她看明白自己不是适合他的妻子时，如同坠下断崖。

这些她没有告诉过任何人。是父母撮合的婚事,她认为自己必须答应。

这种责任感一直持续了五年。这五年中，她简直不知自己身在何处，她一直在随波逐流，毫无头绪。

她也不会其他玩乐，开始接受大学的函授教育，起初是为了散散心，但空虚仍会不时如风暴般席卷她的心头。

最终只能选择离婚，自己治愈自己。对于娘家，她准备暂时就当自己失踪了，不要回去。自己在东京离婚了，这个消息应该马上就会传遍家乡，但也只是一时的。

在乡下的旅馆里，信子下了这个决心，她准备就这样回长冈。和没有下决心前相比，她的心境变得不一样了。

天黑了，灯火从谷底老街一路向上铺展开来。虽然有些迟了，但似乎有些地方的人在跳盂兰盆节的舞。穿着浴衣的人们手摇团扇，悠闲地散着步。

其中也有从外地来这里游玩的城里人。

其中一个人让信子不由得想起了浅野忠夫。他的个子、体形及思考的时候身子略微前倾的姿势，都和浅野一模一样。

他应该从汤村直接回家了吧，浅野孩子般的热情如今只让她生厌。

一个人最好了，以后的生活应该会丰富多彩。还不知道以后要靠什么职业养活自己，不过，再也不会有男人能左右自己的生活了，她要靠自己活下去。

“客人——”

老板娘从楼下上来。

“今天晚上，这边有地藏菩萨的祭祀，要跳盂兰盆舞。您要是没事，一起去看，怎么样？”

老板娘已经换上了华丽的浴衣。

“好啊。”

虽然信子没有心情，不过机会难得，在这旅途之中看一场盂兰盆舞，日后也会成为特别的回忆，让自己想起这个决心初定的地方。

那天晚上，信子睡得很香。

长冈的街上，灯火已经亮起来了。

信子进了自家的玄关，迎面正碰上来办事的女管家，女管家吃惊地笑了。

“啊，欢迎回家。”

她已经在这里工作十几年了。

“好久不见啊。”

信子突然回娘家，她有些吃惊，除此之外，没有其他特别的表情。

“阿君你还好吧？”

“嗯，我就是一个劲儿长胖。”

她露出双下巴笑了。

她十几年前和丈夫离婚后，一直单身抚养孩子。

“小姐，好像有点瘦了。”

“是吗？一直游手好闲，应该不会瘦吧。”

“这次会在家待几天吧。我也好久没见你了，工作的空闲时间会来找你的。”

“这个嘛，可能也不会待很久。”

“东京那边，还是要操心啊。”

信子觉得自己的心思似乎被看穿了，赶紧转移话题，问起了母亲。

“刚才有位熟客在大房间摆宴席，夫人去那边打招呼去了。”

经营一直是父亲负责，不过母亲偶尔也会出面应酬。

“爸爸呢？”

“刚出去，说是要参加行会的聚会。”

没有人在家。信子走进母亲最喜欢待的茶室。

阿君也跟进来：“你先去泡澡，泡完他们应该就回来了。”

“嗯。”

“我把浴衣找出来。”

阿君径直去衣橱里拿出叠起来的衣物。

“东京挺热的吧。姑爷怎么样？”

她问起了信子的丈夫。

“男人们就算天气热，也要去工作，应该很累吧。”

信子很少和丈夫一起回来，只有婚后半年左右回来过一次。之后，弘治就编造借口不来，或者是信子有意避免跟他一起来。

信子进了澡池。

这间主屋已经有将近二十年的历史了。当时是手艺高超的工匠精选材料建成的，到现在还很结实。后来，旅馆那边渐渐建起了一栋又一栋新楼，跟这边就像两个天地。五六年前，也换了浴池，不过家里基本上和信子记忆中的一样。

同样是温泉，但这里是自自己小时候起就有的热汤，进去以后心情都不一样。特别是她刚从甲府那边走完信州路回来，似乎连情绪中的灰尘都被洗净了。

想通了以后回到家里来，真好。如果一早就回来，自己肯定现在还没有下定决心。

旅馆那边传来宴会的欢笑声。

她慢悠悠地泡好澡，起来，回到茶室，母亲已经赶紧回来了。应该是在宴席上喝了点酒，母亲脸颊醺红。

“呀，你回来了。”

母亲穿着盐泽衣料做的清爽夏装。上了年纪的女人，还是适合穿华丽的和服。

“我听阿君说你来了，好不容易才从宴会上脱身。”

母亲一边叫热，一边解开腰带。

“弘治什么时候回去的？”

她问。

“啊？”

看着信子不解的眼神，母亲似乎马上明白了，若无其事地说：“呀，看来你们没碰上。”

“嗯……他来这里了吗？”

信子心中一惊。

母亲似乎忙着解腰带，在衣橱里找衣服。信子沉默了。

看来弘治来过了。母亲说“没碰上”，那一定是在自己旅行期间，或许就是昨天，或是前天。

刚才和女管家阿君说话间，她似乎不知道这件事。那么，弘治在这里并未久留，而是待了一下就走了。

他不像是会特意跑到这里来的人。他的来访，信子马上可以想象到，是跟自己离家出走有关。信子在意的是，他跑过来说了些什么。

信子等母亲坐下来。

母亲终于坐定。不过，母亲的脸在信子看来有些心神不定，母亲似乎在窥探信子的表情。

“弘治什么时候来的？”

信子平静地问，尽量不想刺激到母亲。

“前天中午……你不知道吗……原来如此。”母亲好像忽然想起来，“对了，你和朋友一起去信州了。”

弘治是这么说的。

看来弘治不是为了信子离家出走的事来的，信子感到有些意外。

如果弘治是为了这件事来的，自己反而可以趁机提出离婚的事了。有没有这个事前预告，还是很不一样。

如果不是为了这件事，弘治是为什么来的呢？他不是那种没事跑来玩的男人。

“你吃过饭了吗？”

母亲问。她似乎想隐瞒一些重要的事。

“还不想吃。”

“是吗。”

“妈妈，弘治来这里干什么？”

“我不太清楚，好像是来求你爸爸什么事。”

“求爸爸？”

原来如此。

说起弘治的请求，不可能是别的，以他的性格来说，只可能是跟钱有关的事。

信子盯着母亲的侧脸。

母亲岔开话题：“等会儿爸爸回来，你再详细问他。”

“妈妈已经问过了吧？”

“我知道一点。直接问爸爸，你比较放心吧。”

“是钱的事吗？”

“大概是吧。”

“是一大笔钱吗？”

弘治来借钱的事还是先不说为好。

“我不太清楚……”母亲言语含糊，忽然开始盘问起信子来，“你过得还好吗？”

“……”

信子一时答不上来。如果还是像以前一样含糊其词，也可以蒙混过关，不过这次她做不到。接下去她要宣布自己的决定，还是等父亲回来再说吧。只有母亲，她也许会提心吊胆，阻止自己。

“你们还是好好过吧。”

母亲见信子沉默，赶紧说出了自己的愿望。

“弘治是个男人，有好多交际，我知道你也有好多委屈。你们没有孩子，你肯定更寂寞。不过，男人到了这个年纪，正是拼事业的时候，不得不睁一只眼闭一只眼。也许不该说这种话，不过，你爸爸也曾有一段时间，让我吃尽了苦头。”

“……”

“这种时候如果忍不住，我们也完了。男人年盛力壮的时候，要给他们自由。”

走廊上传来脚步声。

纸门开了，父亲探出头来。他在浴衣上披着一件罗纱和服短外褂。

“您回来了。”

信子和母亲齐声道。

“你来了。”

父亲满眼笑意地对信子说。

“一小时前到的。您出去了，我简直像进错了门。”

“哈哈。”

父亲准备说什么，母亲走到他身后，帮他脱掉外褂，对他使了个眼色。

“东京那边怎么样？”

父亲似乎一时找不出话来。

“还好……”

“还是很热吧……对了，你和朋友一起去信州转了一圈？”

“是的，说是刚回来。”

母亲代信子答道。

“偶尔去散散心也不错啊。”

信子不由得观察着面前父亲的表情。

不管怎么自我安慰，人无忧无虑的时候，和满怀心事的时候，外表看来多少总是会不一样的。信子眼中的父亲，似乎有心事，是在下重大决心时候的父亲的表情，信子很熟悉。

#3

“离婚？”

信子说出这两个字时，父亲和母亲都沉默了。

父亲掏出香烟，一声不吭地吸着。母亲好像忽然想起来了什么，取出团扇，帮父亲扇风。他们的举动都在证明信子的话深深地震动了他们的心。

“为什么？”

过了一会儿，父亲平静地问。

“有很多原因，我不想说。我们过着什么样的日子，爸爸妈妈肯定已经注意到了。”

父亲没有答话。

“弘治有其他女人了吗？”

父亲皱起眉头。

“不知道，我对这种事没兴趣。”

“这怎么能行？信子。”

母亲说，

“你太放任他了，这样是不行的。管太紧了不行，装作若无其事也不会有好结果。如果放任自流，男人玩着玩着就会当真的。”

“你少说话。”父亲呵斥着母亲，“这么说，弘治大概是外面有女人了，真的有吧，我也是这么认为的。不过，你说不是因为这个理由，那，还有其他原因吗？”

“一开始就没有感情。弘治对我没感觉，我对他也是。”

“但是，你们已经结婚五年了啊。”

“我本来应该早下决心的，因为我太软弱才拖到今天。但是，再这样下去，更加是自己骗自己。弘治有我这样的妻子，也不会幸福的。”

“你想得太多了吧。”

父亲吐出烟圈，说，

“大部分夫妻都是这样的，只是有些人把这事看得很严重，有些人不太在乎。结婚五年，到了这个阶段，很多人都会这么想。轻松点不好吗？世上的夫妻都有这个阶段，大家都是装作若无其事就过去了，这样就行了。这样才能维持到老。”

父亲讲的，都是世间的常识。

“人一辈子很长，有起伏是正常的。但是，以后回过头来看，当时因为这种原因离婚，会觉得是件愚蠢的事……信子，再考虑考虑怎么样？”

“以前我从没有跟爸爸提过这种事。这次，我决心已定。”

“你跟弘治说过什么了吗？”

“没有，什么都没说。不过，如果我提出来，他肯定会马上赞成。”

“是吗？”

父亲思考着。

父亲不是随口说出的“是吗？”似乎是话里有话。信子想到，这一定和弘治来这里的事情有关。

“不一定吧。”父亲说，“你自己是这么想的，弘治可没准备和你离婚。”

“你怎么知道？”

信子抬头看着父亲。

“我怎么知道……旁观者清，当局者迷啊。”

“喂，信子，”母亲从旁插嘴道，“你是不是有很多的不满和埋怨？冷静冷静吧，不久以后，弘治肯定也会重新考虑的。”

父母说的话在信子听来，完全没有说服力。他们脑中都只有常识性的家庭观念，信子的情况不一样，两人再继续下去，也不会有任何改变。

“这件事，你再考虑考虑吧。”

父亲最后下了结论。

“首先，我们的亲戚里没有一个人离婚的，大家都家庭融洽。只有你一个人离婚，我觉得很可惜。不是因为说起来不好听，而是为你好。”

“……”

“你离了婚准备干什么？你回到这里来，也不好过啊。女人有家庭做后盾，回娘家来才脸上有光，要是没有家庭了，回到娘家，也不好受啊。”

“……”

“我们家雇了很多工人。我们家出了什么事，大家马上都会知道。你要是离了婚，很快就会变成别人口中的谈资。你也不想工人用奇怪的眼光来看你吧，而且，在这个小地方，话传得快得很……”

父亲说出的话正如信子所料。

“这样一来，你就还是得去东京。去那里要怎么生活？你想过吗？有的话说给我们听听。”

“现在还没有，我准备到时去找一份工作。”

“看看，什么计划都没有，女人都只考虑眼前的事。活在世上可没那么容易。首先，抛弃家庭的女人哪里能找到工作？如果是还没结过婚的，当作婚前的过渡，还能理解。你工作不就是为了吃口饭吗？这样的生活，最后也没什么好结果。”

“是啊，信子。”

母亲也在一旁附和道。

“你要是坚强还好，但到了你这个年纪，一个人去工作，很容易犯错。最后只会更不幸。”

“女人还是待在家庭这个城堡里最安全，这样其他人就不会对你指手画脚了……单身一个人去工作，人家看你的眼神都会有异样，连带我们也脸上无光。人家会说，你们是怎么教养女儿的啊。世上的人都不在乎真相，只看表面，是很可怕的……好了，说了这么多，我是不赞成你和弘治离婚的。”

母亲坐在父亲身边，使劲地点头。

“弘治上次来，一句这样的话也没提。何止这样，他还表扬说，你在家里很能干呢。”

当天晚上，信子就把被褥铺在母亲旁边。

这时，她才知道，丈夫向父亲借钱的事。

“咦，你什么都不知道吗？”

母亲看上去很意外。

“他说要借多少？”

信子不知道弘治要干什么。向跟自己形同陌路的妻子娘家借钱，这种心理她无法理解。

“不清楚。”

母亲忽然变得谨慎起来。知道弘治没有告诉信子这件事，女儿又提出想离婚，此时的她不想给女儿更多的刺激。

“好像数目不小。”

“这件事，我一点也不知道。”

“是吗？不过，不知道最后能不能成，也许是因为这样，他才没告诉你吧，肯定是准备过后告诉你的。对了，你是和朋友一起去的信州吗？”

说是和朋友一起去的，似乎也是弘治故意编出来的话。信子想，丈夫应该是为了向自己的娘家借钱才这么说的。

“爸爸是怎么说的？”

“好像是答应了。我们家虽然钱也不多，但爸爸听了弘治的话，似乎很受打动。他虽然年轻，但还有事业心，似乎干得不错。”

对此信子倒并无异议，在工作方面，丈夫比一般人更霸气十足。

“这次，好像是要把银行的钱借给哪里的观光事业，钱不够，所以来找我们借钱。”

“那应该不是笔小数目吧。”

“我不太清楚。”

母亲含糊其词。

“不过，爸爸说，这个事业的背后是是土庆次郎在撑腰，应该很有希望。爸爸是这么说的。”

“那就是光靠弘治一张嘴说的？”

“不，你爸爸还是很慎重的。他托人去调查了这个融资方，叫什么观光公司，确实是有是土先生在背后撑腰。现在，爸爸对这个计划很积极。”

丈夫的心思信子就更不理解了，夫妻两人同床异梦，还向妻子娘家借钱。这个男人已经把夫妻感情等全都踩在了脚下，这只不过是他自私自利的策略吧？

“这么说来，弘治都没有跟你提过这些？”

母亲说。

“实际上，我们也觉得你从没提过这些事，有些奇怪。不过爸爸也不想让你知道这些事。”

“我必须知道。借钱的事，我希望你们拒绝。”

“为什么？”

“爸爸和妈妈都不赞成我和弘治离婚，但是，我已经在那个家里待够了，我已经无法忍耐下去了。所以，这种时候最好不要发生什么金钱关系……我明天早上就去跟爸爸说。”

信子都快喊了出来。

自己必须坚持下去，她在信州的时候已经下定决心了。信子眼中浮现出在伊那谷的村庄里看到的拉得直直的白色礼品绳，在夏日强烈的阳光照射下，那种强韧的紧张的生命感。信子希望自己也像那些绳子一样。

信子一大早起床后，父亲已经不在了。说是去静冈办事，一大早就坐火车出去了。父亲要办的事似乎和弘治借钱有关，信子感到很不安，母亲也说不太清楚。一直以来，父亲都喜欢自己一个人做决定，从来不跟母亲商量，总是到最后母亲询问才知道，母亲也一直习惯了。母亲本来就对父亲很放心。

“你什么时候回东京？”

“我再留两三天。”

“一直待着都可以，不过这种时候还是早点回去吧。从去信州那时候起就没着家吧？”

“嗯。”

“那更应该早点回去了。总之，先回家一趟。如果你实在忍受不了，我们再来商量。”

信子觉得母亲这么说只是为了逃避。父母都希望把信子塞回夫家，这是世上所有父母的第一反应。

#4

正午过后，信子坐火车前往韭山。途中越过丘陵，有一个大沼泽。从幼年起，信子就喜欢来看这里的沼泽。那时候，她从未见过大湖，这个沼泽让她联想到大湖。这一带附近，至今没有人家。抬眼所见，伊豆山脉的山陵高高耸立，远接箱根群山，一片小小的湖面神奇地映照出山影，湖岸芦苇丛生。

把这片沼泽想象成湖，是出于信子尚未泯灭的童心。在她的想象中，自己从未见过的琵琶湖也是这样的。在学校的地理教科书里，有许多外国的湖的名字，瑞士的湖，总是映照着白色的雪山，这片不知名的湖面，在她的幻想中，可以是柯莫湖，也可以是布里恩茨湖。

信子好久没到这里来了。在如今这心烦意乱之际，来到少女时代熟悉的这片湖，可以让她冷静下来。

湖边如今夏草茂盛，水面反射着强烈的太阳光，划开晴空的山体棱线在水面上投下了颜色更深的影子。

不过，信子发现有一圈水波突然荡开。山影碎了，水波荡漾开来。

信子想，大概是有小孩潜入水中玩水吧。她站在一棵树下，这棵树遮住了一部分湖面。信子移动脚步。

离湖边五米左右的地方，一个戴着稻草帽的男人蹲着身子在湖里舀水。

没想到这里还有人，以前信子从未在这个湖边见过人，观光客与这里是无缘的，旅馆也只会向客人宣传韭山的反射炉、代官宅邸遗迹，不会注意到这里。

信子有点好奇那个男人在干什么。一开始信子以为他在抓鱼，但看起来不像。她离他虽然还有一段距离，动作却看得很清楚，他把舀起来的水倒进手里的大瓶子里。

而且，男子不断地移动位置，舀起不同位置的水，所以湖面上才会有那么多波纹。他在不同的位置重复相同的动作，每次都会换一个新的瓶子装水。

仔细看会发现，岸边整整齐齐地放着好多瓶子。

信子好奇地走上前去看草地上放着的瓶子。只是平淡无奇的玻璃瓶，里面装着混浊的湖水，没有鱼，也没有水草。不过，每个瓶上都贴着一张标签纸，上面写着几个潦草的字。

“呀。”

蹲在水中的戴稻草帽的男子忽然直起身来，看见了信子，发出声音。他的脸藏在帽檐下的阴影里，只有雪白的牙齿格外引人注目。

“请别弄翻瓶子。”

男子似乎很紧张那些瓶子，提醒着信子。

信子不由得笑了。会有人故意要打翻这些瓶子吗？对方似乎把她当成小孩一样看待。

“对普通人来说只是水，对我来说可是很重要的资料。”

男人似乎很认真。

“资料？”

这种随处可见的水会是什么资料？信子想。

男人郑重其事地把水倒进瓶里的动作看起来有些滑稽。

“有什么可笑的？”

男子似乎在责备信子的微笑。

“这些水对我来说很重要。”

说是资料，是什么资料呢？”

在岸边，对水里的男子说。

型。”

始没听懂，仔细一想，原来是湖沼学。

我要过来了。”

乎认为信子是在那边等着自己，哗哗地蹚着水向岸边走过来。

倒有些为难了。别人要做什么是他自己的自由，但如果这个

个人都对他的工作感兴趣，开始长篇大论，那就完蛋了。

吓我一跳。”

那人从湖里上来，抹去膝盖以下的泥。

“没想到这种地方还有人来，而且还是一个女人，真是意外。”

他似乎没像自己嘴里说的那么吃惊。在稻草帽的大帽檐下，他笑容满面。

“我一年到头，都在考察这些沼泽和湖，世上没有什么比湖沼更有意思了。”

男人自顾自地快活地说道。

湖沼研究家

#1

男人把各种各样的采水瓶放进树下的背包里，背包里似乎还装着其他五花八门的工具。

“这些都是测定沼泽的工具。”

青年束紧背包口，掂了掂，似乎在试试分量。

“我已经来这里两天了，今天算是结束了。”

他好像好不容易找到了说话的人，说个不停，即使对方不是信子，也无所谓，他并不在乎对方是谁。总之，只要抓住一个听众就行了，不管对方是男人还是女人，甚至是孩子，都无所谓。

一个人在这么偏僻的地方工作，来了个人自然而然会觉得很亲近吧。如果对方还对自己的研究感到好奇，那就更高兴了。

“虽然这个沼泽不大，即便好好干，也需要一个礼拜呢。这次我是顺便来玩的，只是大致测定一下。”

他把工具收进背包，似乎定下心来，拿出一根烟。

“要坐一会儿吗？”

并没有地方可以坐下来。青年自己坐在树根上，信子没有坐的地方。茂密的草丛中升起一股闷热的腥臭味。

“湖沼学，很少听说。你是在考察什么呢？”

信子被青年的热情所感染，问道。

“各个方面。”他快活地答道，“目的不同，考察的范围和对象也就不同。也就是说，同为湖沼学，有人是为了开发在考察，有人纯粹是研究学问，调查湖沼的形成和成分。我是后面那一种。真的钻进去后，会觉得它很有意思。”

“你会采集浮游生物之类的吗？”

“当然会啊。不光是浮游生物，湖底里的生物、水的环流，我都要考察。湖底的地质情况，也是我研究的对象。从中可以推测出湖沼的形成年代和过程。”

“你考察过各种各样的湖吗？”

“我差不多跑遍全国了。”

青年似乎以此为乐。

“只要一有空，我就会去不同的地方。这是个小沼泽，在大湖上，就要雇一艘船了。冬天要在湖面上打一个洞，从里面取水考察。”

“好有意思的工作啊。”

“嗯，有时候很开心，有时候很辛苦，旁人看来，都不知道我们是在干什么，一点也没有意思。因为考察对象不是人，所以能平心静气。不过，有时候会很危险。”

“……”

“例如，像琵琶湖那样的大湖，有时候会遇上暴风雨，我有五六次差点被淹死。”

“是吗？”

“说起淹死，我的老师就是在研究中殉职的。早春时被冻住的诹访湖，我也陪着老师去过几次，那可是名副其实的如履薄冰，要毫无畏惧才能一步步向湖中心走过去……当时水回暖了，老师最终从诹访湖裂开的冰缝中掉下去淹死了。”

“……”

“老师真是个好人。我每次一个人坐船去湖心工作，都好像能听见老师在湖底向我问候：‘喂，你还好吗？干得不错啊。’”

云出来了，遮住了太阳，刚才还闪着粼粼波光的沼泽水面变成了薄铅色。

“你对湖有什么感觉？”

青年忽然问。

忽然被问到这个问题，信子一时难以作答。这个年轻研究者似乎只对自己的工作感兴趣。

“是啊，说起湖，一般都会觉得很浪漫吧。”

“确实。”

青年点点头。

“我一开始研究湖沼学，就像你说的那样，是带着浪漫的感情才产生兴趣的……华兹华斯写过这样的诗，关于山里的、湖的诗，我都很喜欢，现在还能背下来。”

青年随口背出了那首诗。

似乎他已经在心中默诵几百遍了，没有一丝踌躇，他的这个举动丝毫不让人感到矫揉造作。

“但是，”青年说，“实际上做学问可不浪漫，有时很煞风景。不过，因为干这个的人不多，我自己也乐在其中。表面看来，这个沼泽平淡无奇，仔细一考察就会发现许多东西——这个沼泽的前世今生。沼泽就和人一样，是活生生的。”

他把目光投向已经平静的水面。

“看起来风平浪静，地下却一直在暗暗流动。表面温暖的水，不久就会跟湖底冰冷的水交换，吸收氧气，放出二氧化碳……就像人的血液一样在不断循环。实际考察起来，有趣极了。”

云散去了，太阳重现，太阳已经开始西沉了。

“好了，我该走了。”

他抱起背包，背在背上。

“我自言自语说了这么多，真不好意思。”

青年以为信子还要留在这里，自顾自地准备走开。

“等等。”

信子有些害怕自己一个人被留在这里。

“我也准备走。”

“是吗，那我们一起走到大路，怎么样？”

“你要回去哪儿？”

“长冈。”

“啊，我也是。”

“那，你也住在长冈？我还以为你家在这附近呢。”

“我家在长冈。”

“那我们正好做伴了。”

青年和信子并肩而行，他背包里的器具互相碰撞，发出响声。

“我走到哪里都要带着这些麻烦的东西，一点也不能休息。现在学校正在放假，所以来看看温泉。这是我长期以来养成的习惯，空着手哪儿也去不了，最后总是要带上这么多工具。”

“你住在哪家旅馆？”

"N屋。"

那是一家比信子家更偏僻的小旅馆，说不上高级。

两人开始沿着下山的小路走。草地的热气散发出来，太阳不久就要落山了，地面散发出来的热气朝两人脸上袭来。

信子走下小山丘，叫来了在村子里等着她的车。

"有车在等你啊，"青年见状说，"真是太好了，我还以为要走好长一段路呢。"

"跟我一起吧。"

"真是打扰了，太感谢了。"

青年把背包卸下来，小心地抱着上了车。

车驶向长冈。

"连这么小的沼泽都要考察，真不容易。"信子说。

她想，要搞研究，连这种小沼泽都得考察啊。

"不，我只是在住的旅馆听说有这么个沼泽才来的。我走到哪儿都想着湖啊、沼泽啊什么的。"

"你已经考察过多少了？"

"你是说数目吗？严格可以作为研究对象、收集了数据的，有将近五百个。"

"有这么多吗？"

"有这么多。准确地说，应该接近八百个了。我是从信州的木崎湖和青木湖开始的。琵琶湖我经常去当地考察，从东京经过时也会去。北面到北海道，还有东北，南边去过九州。湖沼的成因也各不相同，归类一下，也有三十多种。我现在考察的是山梨县的富士五湖……"

"听了你讲的，真是大开眼界。"

"普通人可能没注意到……很少有人觉得我讲的东西有意思呢。一般我说到一半他们就不想听了，真是谢谢你啊。”

有这么一个美貌的听众，青年眼睛放光，说个不停。比起他讲的内容，信子更被这个对自己的工作倾注热情的青年本身所吸引，她很羡慕他。

还有这样的人生啊，她想。目标明确的人的眼睛真美。她望着这个绝对称不上英俊的青年的方脸，微笑着。

车已经驶进了长冈的街道。

#2

信子回到了东京的家。

当然，丈夫并不在家。

好久没回家了，这个家看起来竟有些陌生。信子感到自己已经对这个家产生了生疏感，曾经熟悉的衣橱、日常用具、餐桌、书桌、书籍，她都感到很陌生。

她也不准备去丈夫的房间看看。她到家的时候是傍晚，丈夫肯定会很晚才回来。他并不知道她今天要回来，也许根本不会回家。

一般情况下，太太总要问问女佣：“先生每天都这么晚回来吗？”

但这次信子连问都不想问。

她想问的，是丈夫向娘家借钱的事。现在他们处于这种状态中，丈夫的行为令她感到不可思议。

弘治的心思，信子还不能完全把握。当然，一般来说，男人不会把自己事业上的事事无巨细地告诉妻子，不过，弘治确实隐瞒了什么。

信子感觉弘治想隐瞒的，跟这次借钱的事大有关系，她对这件事十分在意。

她查看了自己不在时收到的信，并没有什么需要特别注意的。

“有人给您打过电话。”

女佣露出脸来说。

“是一个叫浅野的人。”

信子面露不悦。

“昨天打过两次，前天也打过两次。”

“……”

“他只是问，太太回来了没有。还嘱咐说，如果您回来了，请一定联系他。”

信子不准备和浅野助教发生任何纠葛。一想到他对她的感情，信子就觉得自己好像被看不见的丝线缠住了。

她想起了前几天遇见的研究湖沼的青年。同样是学者，他和浅野助教很不一样。不是说孰优孰劣，太阳下那青年被晒黑的健康的方脸，现在想起来还能让信子疲惫的心感到放松。

丈夫在夜里十一点左右回家了，大门外传来了他的车声。

信子到玄关迎接，这是身为妻子的义务。实际上，这种习惯信子也仅仅把它当成一种义务。

“怎么，”丈夫见到信子说，“回来了？”

女佣已经睡下了，现在只剩他们两个人。

“我太任性了，真对不起。”

丈夫默默脱下鞋子，他身上传来一阵酒气。

然后，他一个人咚咚地穿过走廊，进了自己房间，像往常一样。

信子准备好茶，敲了敲丈夫房间的门。

“进来。”丈夫说。

信子把茶放在他面前，跟往常不太一样，直接坐在他对面的椅子上。

“你去哪儿了？”

丈夫看都不看茶杯，问。

“我信上写了。”

“是信州吗……一不高兴，就干出这种事。”

“……”

“不过比整天埋怨我要强。”

“对不起。”

信子低头道歉。

“根本不知道你为什么生气。”

“是我任性。”

“这我知道，又不是今天才这样。”

“……”

“托你的福，我倒是轻松了几天。”

“有件事想问你。”

“什么？”

“我去了一趟长冈。”

“哦，是从信州回来的时候吗？”

“……我听说，你前几天去了我娘家。”

“……是去了一趟。”

丈夫似乎有些无可奈何地承认了。

“我还听说，你去是为了办事。”

“是老爷子说的吗？”

“我听妈妈说的，爸爸不肯详细告诉我。”

“我是去借钱的。”

丈夫一本正经地回答。

“工作上有笔钱不够，所以去借。”

“是多少钱呢？”

“你妈妈没说吗？”

“妈妈为你隐瞒，没说。”

“是吗？”

丈夫好像这才注意到信子是端着茶进来的，遂拿起茶杯。他看起来并不是想喝茶，而是想蒙混过关。

信子仔细地观察着丈夫的一举一动。

夫妻两人像这样相对而坐，已经好久没有过了，两人很少这么静下来谈话。

丈夫从外面回来时，从来不跟妻子说话，一回来就进自己的房间。早上也从来不一起吃早餐，他总是让女佣做好烤面包，一边翻报纸一边吃早餐，接着马上就开车出去，就算在家，也没有机会交谈。

关于信子的娘家，他们更是很少谈到。

“你是问我，要跟你娘家借多少钱吗？”

弘治放下茶杯，拿出香烟。他慢慢地用打火机点燃香烟，吐出烟圈，似乎在想怎么回答妻子的问题。

“你爸爸还没答复我呢，问这个干什么？”

“数额很大吗？”

“算是吧。”

“希望你不要向我娘家借钱。”

“哦？”

弘治吃惊地抬起眼。

“为什么？”

这还用问吗？现在他们的夫妻关系如此冷淡，丈夫还向妻子娘家借钱，不知是怀着怎样的心思。他们有好到这个程度吗？

丈夫这边只有膨胀的功利心。

“我又不是借钱供自己玩乐，我干事业需要钱。”

丈夫说。

“我会还的，还会加上高出一般水平的利息。”

光一句做生意就能解释清楚了吗？弘治根本不在乎信子的立场。

“而且，我提出来后，老爷子也跃跃欲试。看他那样子，是他主动想借的。”

这和信子从母亲那里听来的一样，父亲觉得旅馆业已经没什么前途了，他本来就一直在寻找别的大生意，旅馆业几乎都交给母亲去打理了。

“这种生意，就像是靠老婆养的小白脸，拿不出手。”

父亲总是这么说。他一直在梦想着做男子汉大丈夫的伟大事业。不知道丈夫是怎么花言巧语的，父亲至少已经上钩一半了，这一点，信子也很清楚。

“这是男人们的事，轮得到你说话吗？”

弘治粗暴地说。如果是普通夫妻间，信子也就认了，或者夫妻关系很亲密，向娘家借钱也不奇怪。

但是，她和弘治之间并非如此。他向信子的娘家借钱，肯定不是单纯的商业行为。

另外，娘家也没有想清楚。娘家借给女婿钱，背后的心理当然是希望女婿更爱护自己的女儿，母亲的言辞间也透露出这个意思。察觉到信子和弘治之间并不和睦的母亲，从世俗的常识出发，希望给女婿钱能让女儿幸福。父亲除了事业上的野心，当然也抱着和母亲同样的愿望。

但是，这些都只是他们的一厢情愿。

信子没有把自己和弘治之间的真实情况告诉娘家，她总是觉得，就算说了也无济于事。然而，这却让娘家不了解自己女儿和女婿的真实情况。

“你不用担心。”丈夫试着拿出妥协的姿态，“我不会给你惹麻烦。”

“我家没有多少钱。”信子说，“现在的生意也不是很景气。花钱的地方很多，但并不赚钱。母亲也一直在发牢骚。”

“我明白。”

丈夫准备转移话题。

“而且，这种事情你应该事先告诉我。”

“是我不对。”

丈夫温驯地承认了错误。

“……怎么样，到信州和伊豆去了一趟，心情平复了吗？”

“……”

话题就这样被岔开。不仅如此，丈夫还向信子伸出了手。

信子推开他的手，站起身来。

弘治竖起一只膝盖看着妻子走出去，眼中带着一丝笑意。

丈夫的心思看起来很不单纯。

信子回到自己的房间，丈夫最终还是不愿意说出他向父亲借了多少钱，应该是很大一笔钱。母亲和父亲都不肯告诉信子，信子感觉自己面前是一条黑暗的道路。

电话响了。

看看时钟，已经十二点了。现在还有谁会打电话来呢？她拿起话筒。

“喂。”信子说。

电话那头没有声音，信子继续说。

“喂，我是盐川。”

但是，电话那头依然没有声音。

两三秒后，信子耳朵里传来电话挂断的声音。很明显，对方听到信子的声音，马上挂断了电话。

#3

第二天，信子送走了丈夫。

女佣说有信子的电话。

“是哪位？”

“说是叫花井。”

“花井？”

她不记得这个名字。女佣见信子颇为困惑，说：

“是位先生。”

不过，信子完全不记得自己认识这个人。

信子站起身，接过话筒。

“我是盐川。”

“你好，我是浅野。”

信子吃了一惊。她想起了昨晚的电话，那肯定不是浅野。对方听到信子的声音后默默挂断了电话，应该是某个女人要找丈夫。

“抱歉，我用了假名。”

浅野向她道歉。

“如果说是浅野，恐怕会给你添麻烦……喂，喂，能听见吗？”

“能听见。”

“请务必跟我见一面。”

浅野的声音似乎有些激动。

“这样不太好，老师。”信子说，“我已经告诉过您，不能再见面了。”

“我知道……盐川，你知道我去了甲府的汤村温泉吧。”

“……知道。”

“后来我一直在信州，追寻着你的脚步。”

“……”

“我怀着一线渺茫的希望，希望能在旅途中遇见你。回到东京后，我就给你打电话，女佣说你还没回来，这是我第一次在电话里听到你的声音。”

“老师！”信子阻止浅野再说下去，“不要再说这种话了，我只是您的一个学生。”

“我知道，我的情绪还没有整理好。”

“……”

“对不起，你能再跟我见一次面吗？我想让你了解我的心意。”

浅野的声音十分急迫。

信子眼前浮现出追寻着自己的足迹，从汤村走向信州的浅野的身影。对他的深情，她并不是毫无感觉。

但是，不能在东京见面。同情他的感情，答应跟他见面，反而会害了他。

“真是对不起。”她清晰地拒绝了他，“希望您不要再提这种要求。”

浅野沉默了。数秒的沉默，似乎让信子看到了他的表情。实际上，话筒里，甚至能听到他痛苦的呼吸声。

“是吗。”

他似乎很沮丧。

“没办法。这次就算了……失礼了。”

浅野说，然后，他又赶紧加上一句：

“不过，能听到你的声音，已经很高兴了，再见。”

浅野先挂断了电话。

信子当场呆立了良久。浅野说“这次就算了”，也就是说，他对信子还没有死心。

信子对有学者风范的浅野忠夫很有好感。浅野身上有着丈夫弘治欠缺的某些东西……但是这只是好感，浅野那边却不止如此。是自己的错吗？是自己让这位认真的助教发狂的吗？

信子拨了 K 尼龙公司的电话，她现在渴望听到川田美代沉着的声音。

浅野忠夫挂断了电话，回到书房，坐在椅子上，似乎一颗心终于定了下来。

屋外很热，空气都快燃烧起来了。在刺眼的太阳光中，风仍然送来了秋天的气息。

信子最终还是没有答应见面，她似乎准备永远和他保持距离。

浅野心中涌起了一阵悔恨和痛苦，他后悔自己早早吐出了爱的宣言，信子才会因此害怕他。但是，他内心的躁动让他无法控制自己向她表白。在汤村温泉等她的时候、在信州信步漫游的时候，也是这样。刚才他的脑子里一片空白，在电话里听见信子的声音时，没有理由地很开心，感到心中的空白也被填满了。

但是，信子在逃避他，以后可能也会一直拒绝他，但浅野忠夫并不准备就此放弃，他相信以后还会和信子再次见面。不，是一定能再见。

从信州回来他还没见过草间泰子。泰子打过电话来，也来看过他。不过，现在浅野很怕看到泰子，想到自己伤害了泰子，他就厌恶起自己来。泰子两次来看他，他两次都以身体不舒服为借口，躲着没有出来跟她见面。

气流旋涡

#1

东方观光株式会社的事务所在京桥的一栋大厦里。这栋大厦是很现代化的建筑，东方观光租下了其中的两个房间。因为是一栋新大厦，房间里面跟室外一样明亮，设备很齐全。盐川弘治在房间中隔出来的社员室里见到了德山岩雄专务。

德山说有好消息，叫弘治到这里见面。

德山本来准备去找弘治，被他制止了。现在在银行里提这件事不太好，行长并不完全赞成弘治。不过，他有自信，自己最终能解决行长派的反对意见。在事情还没有眉目之前，让德山到银行里来，给行长派无谓的刺激是不必要的。所以，弘治选择自己过来。

"是土庆次郎先生也终于要出手了。"

一见面，德山专务就满面春风地说。

"是土先生？"

"是啊。当然不是他亲自出面的。不管哪个项目，他总是在背后当总指挥。我说他要亲自出手，是说他的心腹宫川常务，将要直接负责我这边的事。”

“啊，那么……”

弘治瞪大了眼睛。宫川常务的名字，他当然也是早有所闻。

是土的王国有五位心腹重臣。他的大本营电铁，由是土先生的长子来打理，其他的旗下公司——电影、不动产、百货商店这些，都由那五人来担任社长，打理事业。宫川常务现在是是土庆次郎会长的智囊，参加了他麾下的重要事务。他是是土的左膀右臂，也是以后辅佐长子的人。这位宫川竟然直接参与了东方观光的事业，确实相当于是是土庆次郎亲自出马。

“两天前，我在某处见到了宫川常务。近期我们就会交换合同。”

“那么，他们应该也会出一大笔钱吧？”

“那是有条件的。不过，作为我们来说，”专务摊开双手，“我们也希望有自己的自主性。不一定会对是土先生言听计从。”

专务似乎在暗示他对是土心存防备。确实，是土庆次郎曾经数次从公司手里抢走生意，甚至得了个“强盗庆次郎”的外号。

不过，如果说是土对东方观光心存不轨，也就说明这个项目确实前途无量。

“所以，为了保持我们的自主性，我们要尽量筹集资金。把是土先生当成后援就行了。之前跟你谈好的，没问题吧？”

“没问题，肯定来得及。”

弘治告诉了德山自己融资的事情。

“听你这么说，我就放心了。”

德山专务的身板似乎挺得更直了。是土积极参加，给了他自信。比起上次见面，他看起来游刃有余，气色更好了。

弘治放下心来。是土态度如此积极，这项投资毫无疑问，是值得的。

这样一来，行长也会打消疑虑，答应这项融资。同时，从信子娘家拿到钱也更容易了。

“过段时间，我把你引见给这位宫川常务。”

德山专务已经把他的笔记本从口袋里掏了出来。

“我跟宫川先生也提起过你，他也很想见你。约在哪天好呢？他说看你的时间。”

对方的好意难得。对弘治来说，见见是土财阀的重要人物，肯定不是坏事。

“后天怎么样？”

“好啊。我没问题，我联系宫川先生看看。”

好事不断，弘治眼前一片光明，连外面照进房间里的光，都觉得没有自己面前的道路光明。

德山专务慢悠悠地端起咖啡杯。

“盐川先生，问你一个无聊的问题，你的家乡在哪里？”

他一脸好奇地问。

“在山阴。”

“哈哈，那边姓盐川的多吗？”

“挺多的。特别是我们村里，姓盐川的接近一半。有什么……”

“没有。我有个习惯，喜欢凭姓氏来猜别人的家乡。遇到姓氏比较特殊的人，我会直接猜出来，吓人家一跳。我倒不是对这方面有什么研究，也没熟记《新撰姓氏录》。不过，因为见过的人多，自然而然就能猜出来。盐川这个姓，我倒还没遇见过，所以才问你。”

“原来如此，真是个有趣的习惯。”

“不过，”专务眼含笑意地盯着盐川弘治，“最近，我还真碰到过盐川这个姓，她是个女人。”

弘治吃了一惊，看着专务红光满面的脸。

“是在甲府……我们有事务员驻扎在甲府。他们都是为了这项事业在那边常驻的，做些测量、调查、收购土地的工作。我经常因为工作去甲府，工作完了以后就和职员闲聊，一个年轻的职员说起了前几天他遇到的一件事，一件很奇妙的事。世界之大，还真是无奇不有啊。”

“……”

“那人说，自己的一个朋友在东京某所大学当助教，偶然跟他在甲府相遇。问他来做什么，原来是追随一个女人来的。仔细一问，还是助教的意中人，有很大可能住在甲府，助教便从东京追了过来。”

“……”

“我这个下属也爱凑热闹，就说起甲府附近的汤村，这个女人最有可能在那边落脚，他把朋友带到自己住的地方。他也住在汤村，于是打电话找遍了几乎所有的旅馆，找这个叫盐川的女人……所以，我又碰到了一个盐川，印象特别深刻。”

弘治取出一根香烟，慢慢叼到嘴里，专务拿出打火机帮他点火。

弘治吐出烟圈，抬起眉头。

“后来怎么样了？”

他看起来对这个话题很感兴趣，表情却没有一丝变化。

“后面就没什么了。助教打听遍了每个旅馆，最后也没有找到那女人的下落。不过，助教并不死心，还跑去甲府车站死守……能被一个男人这么挂念，那个女人还真幸福啊。不过，说到大学助教……对了，忘了说，他好像是个经济学方面的老师。想来是个钻研高深学问的冷静的人，真意外，还是个疯狂的情种呢。”

弘治对这段话不置可否，眼睛望向别处，吐出白色的烟圈。

“盐川这个姓，还真是到处都有啊。”

#2

第二天晚上，盐川弘治来到了“白栅栏之家”。跟往常一样，他一声招呼不打就推开了门。玄关处一双鞋子都没有。

听到声响，里面传来一个女人的声音。

“谁啊？”

“是我。”

没人回答。弘治走上走廊。家并不大，他马上就站在了房间门口。

“我进来了。”

“请进。”

枝理子面对三面镜，两手抬起，正在梳理头发。她已经换上了睡裙。

“准备睡了吗？”

弘治看看四周，在角落里一个壶形的新式椅子上坐下。

“是啊，也没什么事可做。”

枝理子一边梳头发一边摇动脑袋。弘治盯着她看。

“你老也不来，我一个人，又没什么事做，不如早睡。”

只听见梳子和头发细微的摩擦声。

“有件事要请你帮忙。”

女人并没有回答，只是专心地看着镜子，解开头发。

“之前那个大学老师的事，你再帮我调查一下……”

“不要。”女人忽然尖声叫道，“你就是有事的时候才来利用我，我又不是侦探。”

“……”

“我早就知道，你的心已经不在我身上了。”

“没有这回事。”

“别想蒙混过关……你不来的时候，我一直在想。”

“你想怎么样？”

“分手吧。”

“分手？”

弘治张开嘴，似乎颇感意外，看着女人的侧脸。

“是的……我们都已经四年了，也该到厌倦的时候了。”

她并不看他：“我很明白你怎么想的。所以，现在就做个决断吧。我这种女人最讨厌男人先提出分手。太没面子了……我知道你的想法，所以主动提出来。这样，你也高兴吧。”

“这是你自己乱想。我可……”

弘治说。

“别糊弄我。坐在那儿一言不发……我要分手补偿金。”

“你有喜欢的男人了？”

“如果真有了，我也不要补偿金了。你得给我一笔钱，让我一个女人也能活下去。”

“要多少？”

弘治的嗓子有点干涩。

“一千万日元。”

“真不少啊。”

“现在银座有一个不错的酒吧在出售，对方说五百万日元卖给我。很便宜，我准备买下。还有店铺改装，招女招待，店里的用具也都要花上五百万日元。”

枝理子打理好头发，在镜前站起身，拍拍衣服，坐在弘治对面。睡裙的裙角散在椅子上，她的表情和平时不太一样，看上去已经下定了决心。

弘治看着自己的情妇，好像在看一个陌生人。

“你是认真的吗？”

“当然是认真的。”

枝理子睁大了眼睛，正视着他。她的表情并不像是在闹别扭。

“怎么，你以为我是在开玩笑？”

“当然是玩笑。”

“别小看我。”

女人恶狠狠地说。

“我可是认真考虑过的。”

“不过，你这个主意可不怎么样。”

“怎么？”

“你要价太高了。你应该先估量估量我的荷包再说。”

“一千万日元对你来说不算什么。”

“你是说让我去私吞银行的钱吗？”

“你可别吓我。我知道你拿得出来。”

“不好意思，我只是个打工的。虽然职位不低，也就是个互济银行。工资也就是个课长级别。”

“别敷衍我。总之，我知道你拿得出来才提出这个数目……银座那边我已经付了定金了。”

“你还有这笔钱啊？”

“定金又不多。我只是把你给的钱存了起来……别岔话。我以后再也不看人脸色了，从今往后。”

“真了不起。”

“你什么时候能拿出来？还有一个月就是最后期限了。”

“看来是真的最后摊牌了。”弘治轻笑道，“一谈到钱，就完了。”

“是啊，分手补偿。”

女人纤细的手指夹着香烟。烟圈在她指间萦绕，手上的戒指闪闪发光。这也是弘治买的，当时花了七十万日元。

“我很了解你，所以才提出这些要求。我讨厌整天提心吊胆，担心男人先提出分手……承蒙你照顾，从大阪到东京，也是你安排的。不过，我也因此浪费了青春。”

“说是为了我？这几年你不就是靠我养着吗？浪费青春什么的，我可帮不上忙，是你自己选的，有什么资格埋怨我，我也付出了代价。”

“是指钱吗？”

“不光是钱。”

“啊。”

女人点点头。

“是说你太太。你是想说，因为你和太太相处不好。”

女人露出冷笑。

“那也无可奈何。我本来是不准备分手的，想要一直厮守。我产生这种想法也是你的责任，可不能怪我……不过，我可不会求你不要分手，或是去从别人那里打听你的消息。你心里没有我，我就会马上转身走开。”

“我先问一句，有人在背后给你撑腰吗？”

“你不要以小人之心度君子之腹。让我去打探你太太和浅野之间的事，真是狡猾。放心吧。既然已经决定要分手，其实也无所谓，不过，我没有其他男人。所以让你出所有的钱。”

女人的表情看上去似乎一步也不肯退让，眼角已经泛着泪光。

盐川弘治注意到了枝理子眼角的泪水。

不知道这是悔恨的泪水，还是因为和他诀别而难过。

弘治看着枝理子的脸，她居然发狠要起了分手补偿。这个女人虽然久经风月，却是个痴情的女人。

两人交往已久，弘治对这一点心知肚明。她能从大阪跟他到东京来，就是证明，现在眼泪都出来了。

她说他的心已经不在她身上了，这也是事实，他确实已经对她失去了兴趣。但是，并不是因为有了新的女人才失去兴趣。

枝理子想得还是太天真了，她对他仍然余情未了。

女人要和男人分手，要么是因为知道自己要被抛弃了，要么是自己有了新的爱人。现在的枝理子并不符合这两种情况。其实是莫名其妙的不安让她脱口而出，提出了要分手补偿。

“一千万日元太多了。”

弘治唇上浮现着微笑，说。

“不多。”

“太多。”

“根本不多。”

“我觉得多。最近我手头缺钱。今年年底到明年经济情况会更不好，也就是说，我给你一千万日元，实际上价值更高。”

“小气鬼。”枝理子噘起嘴，“你能拿得出来的。”

“拿不出，我就是互济银行的一个小职员。”

“你有办法的。没有一千万日元，我可不干。”

“那我就一分也不出了。”

“……”

“不给补偿金，我省了钱，你也能一直待在这里了。”

枝理子板着脸看着弘治。不过，她的表情底下没有一丝欢喜。

现在还不能扔掉这个女人，弘治心想，还有用处。至少，在找出理由逼信子离婚前，还需要她。

他不准备返还从长冈的妻子娘家借到的钱。他一开始就打算吞掉那笔钱。他要完成这个计划，枝理子还需要再留一段时间。

“卑鄙。”

枝理子盯着弘治。

“随便你怎么说。总之，你现在还不能离开我。”

“你很有把握啊。”

“我在说事实……你说已经为银座的酒吧付了定金，肯定是说谎。”

“是吗。”

“你非说有，把收条给我看看。”

“没有收条。”

枝理子已经演不下去了，她的表情也起了变化。

“对我要这种小手段，可行不通。”

“……”

“一千万日元是吹牛吧。”

“我值这么多。”

枝理子脸上渐渐露出微笑。她似乎有些不好意思，不过笑容还是想压也压不住。她盯着弘治的脸，也渐渐恢复了以往的媚态。

“把你卖了也不值这些钱吧？”

“你还真是小看人。”

“没有小看你。不过，我放你走的时候，会给你比这个更高的价。”

“你说的话能信吗？小气鬼。”

“其实，你并不想离开我，对吧？”

弘治寻找坐在自己对面的枝理子的手。

枝理子把自己的手藏在桌子底下，这是她最后的抵抗。

“少来这种怀柔政策。”

女人已经完全失去了自我。

“喂，别这么说，我们和好吧。”

最后，他抓住了枝理子的手，他拉起她的手，暗暗用力，把她拉过来。

枝理子上身倾斜，被他从椅子上拉起来，绕过桌子，倒在他身上。

弘治用膝盖撑住枝理子，她的手搭在弘治脖子上，斜倒下来。两人的重量让椅子嘎吱作响。

弘治抱紧枝理子的身体，堵住她的嘴唇。女人就像吊在他身上，把脸埋在他胸前。

“坏蛋。”

她移开嘴唇，说。

“我坏吗？那是当然的。”

“坏。一下子就搞定了我。”

“当然，我爱你。”

“你不爱，我知道你。”

“你总是自以为是，还要离开我吗？”

弘治用力抱紧女人苗条的身体。

女人在他的双臂中似乎喘不过气来，脸都皱了起来。

弘治得到了自己想要的答案。

#3

弘治回到家，已经是半夜一点多了。

他推开外面的大门，大门没有锁。也就是说，妻子信子还没有睡。

玄关处的灯还亮着，里面传来信子走过走廊的声音，弘治弯下腰脱鞋，信子已经来到他身后。

“你回来了。”

她穿着白天的衣服，腰带还整整齐齐地系着。信子就这样一直等丈夫等到快两点。

她毫无怨言，也不问：这么晚了，有什么事忙到这个时候？三年前，信子只是随口问了这么一句，就被丈夫打得脸都肿了起来。

弘治一言不发，走上玄关。信子从玄关下来，关上大门，灭了灯。

弘治打开客厅的灯，抽起了烟。他把身体埋在垫子里，似乎很疲倦，支肘半躺着。

信子烧了热水，泡了杯红茶拿过来。

信子把茶杯放在丈夫面前，对晚归的丈夫说声“晚安”，是信子的习惯。

“等等。”

丈夫叫住她。

弘治瞪着头发和衣服都一丝不苟的信子，他觉得信子是在故意嘲讽他。每当看到这个女人整齐的头发和衣服，他都会产生一种冲动，想把她的端庄一举粉碎。

“有话对你说。”弘治说，“坐在这儿吧。”

“好。”

信子坐在远离丈夫的一张椅子上。

“明天开始，我要出门，要去四五天。”

“是出差吗？”

“也算是出差，最近有点累，要出去休养几天。”

信子低下眼睛，没有说话。

这次，她也没有问弘治的目的地，还有什么时候回来。他们夫妻之间已经养成了这样的习惯。

“就这样，”弘治说，“我还要顺便去一趟长冈，就是上次借钱的事。”

“……”

“我想和老爷子讲定。上次去的时候，他很感兴趣，但还没有最后确定。这次我们要讲好条件。”

信子仍然不开口。

“话先讲清楚，我就算从你家借来了钱，也不欠你什么。”

他以肘支头，看着妻子的脸。

“我们还是和以前一样。你要是因为我从你家借了钱，就给我摆出一副高傲面孔，那可不行。”

信子胸中升起一股怒火。不过，她并没有说出口，说了也没用。她最担心的是不知道丈夫从娘家借了多少钱。上次她回去的时候，父亲和母亲都奇怪地不愿意提起这件事，他们似乎是在担心，如果讲出来，信子向弘治抗议，他们夫妻之间的关系会进一步恶化。

不过，她回来问丈夫，丈夫也不愿意告诉她。他就是这种人，问了也是白问。信子要是再追问下去，他只会把她当傻瓜一样敷衍了事，或是暴力相向。

“知道了。”

信子点点头。

“晚安。”

她站起身来，对他点头致意。

弘治半躺着伸出手，把垫子拉到头后面靠住，半睁着眼送信子走出客厅。

信子的脚步声在走廊，接着是远远传来关门的声音，虽然听不真切，但应该是从里面反锁了门，弘治心中一动。

不过，他马上告诉自己，和这个女人不会再在一起生活了。不久，他就要去长冈，拿到那笔钱，就算大功告成了，钱也不用还。明天，德山专务还要介绍他去见是土庆次郎一手提拔的得力干将宫川。这也等于见到了是土庆次郎。

弘治躺在垫子上，想："这是我的绝好机会。"

"就看这次的见面了。都说人的一生只有三次机会，恐怕这样的机会以后再也不会有了。必须给宫川留下好印象。这样，我才有大好前途。"

他胸中的野心迅速膨胀。

"不能一直待在互济银行，接下来就要靠是土飞黄腾达了。听说是土唯才是用，有个人被他看中，现在已经成了财界的新星，而这个人以前也不过是个出租车司机。现在呢，已经是是土集团独当一面的人物了。"

弘治思绪万千。今晚，他挽留枝理子，也是因为这段时间还有用得着她的地方。

她感觉到弘治的心已经远离她，于是提出要一千万日元的分手补偿，这个女人真是蠢得好笑。当然，真正分手的时候弘治是一分钱也不准备出的。

第二天，弘治拎着一个轻便的行李箱就出了门。

他并没有直接去银行，而是乘坐出租车到了枝理子家。

"啊，要去旅行？"

枝理子到玄关来迎接他，似乎刚睡醒，看见他的行李箱，问道。

"是的，准备带你一起去。"

"啊，真的吗？"

枝理子睁大了眼睛。不过她马上说：

"昨晚都没说，你什么时候决定的？"

“忽然想到的。”弘治说，“我把箱子先放在这儿。今晚九点半左右，在新宿站等我。”

“新宿站？那是要坐中央线吗？”

“去甲府。好好玩个四五天。”

“真的吗？”

枝理子还是半信半疑。

“我行李都拿过来了，对你说谎干什么？”

“忽然变好了，看来还是要偶尔吵个架的。”

枝理子高兴极了。

弘治叮嘱她不要迟到，回到了等在外面的出租车上。

带枝理子一起去，这是他今天早上才决定的，也是洗脸的时候才想到的，他立刻觉得这是个好主意。

信子和往常一样，冷静地把丈夫送到了玄关。如果是别的女人，肯定会再次提起向她娘家借钱的事，但信子没有再提。

母亲从小教导她，不要让丈夫带着不愉快出门。

不过，在弘治看来，她总是比他棋高一着，让他觉得很是晦气。

不管他在外面做什么，信子都不会追问，只是默默旁观。弘治反而觉得这是在嘲笑他，令他心中十分恼火。

当天，弘治像往常一样在银行做完自己的工作。今晚他要去见是土集团的宫川常务，这件事他没有告诉任何人。这件事不到自己有十足的把握，他不准备告诉任何人，包括行长在内。他准备过后再告诉众人，让他们大吃一惊。

有客户请他下午去打高尔夫，他拒绝了。他等着时钟指向五点，见面约在六点。

这次见面约在柳桥一个清静的料亭，看来宫川常务经常来这里光顾。

当然，东方观光的德山也作为介绍人来了。

宫川常务有一米七左右，身材魁梧，微微挺着一个啤酒肚。头上已经顶着银发，映衬着他红红的脸膛。浓黑的眉毛显示着常务充沛的精力。

宫川常务一直面带笑容地看着弘治和德山。今晚，常务是一个好听众，一直听德山滔滔不绝，频频点头。常务对弘治的意见也虚心倾听。

虽然宫川话不多，但看上去是个值得信赖的人，甚至对自己如此礼遇有加。这么看来，是土庆次郎确实对这个项目十分上心。

“确实如此。”

宫川说。

“是土先生很关心这件事，所以叫我来了解一下情况。看样子，是土先生很有信心。世人虽然对我们说三道四，还给是土先生取了绰号，不过，我们还是很讲道义的。不会做那种没良心的事。请不要理会外面的流言、杂志的八卦，和是土先生亲自见面看看吧。男人中的男人，这正是用来形容是土先生的。”

“常务先生这么说，我们就放心了。同样是筹集资金，后面有是土先生撑腰，我们公司的信用度也会上涨。”

“哪里，请让我们加入吧。”宫川常务微笑着说道，“不过，请别误会，我们绝不会把你们公司吞并，就让我们做你们的坚强后盾吧。”

“太好了。”

德山专务求之不得。

弘治很想在德山不在的时候，私下跟宫川常务说几句。他希望宫川能直接把他介绍给是土庆次郎。

宫川常务走向走廊，似乎是要去上厕所。一个艺伎赶紧跟在他身后。

德山专务目送宫川出去，高兴地对弘治说：

“常务对我们的项目很感兴趣啊。看来这事成了。”

趁德山和身边的年轻艺伎调笑时，弘治也站起身。

宫川常务在擦手，跟着他的艺伎不知去哪儿了，不见踪影。真是天赐良机。

“常务先生。”

他对宫川微笑，低头靠近他。

“啊。”

宫川露出柔和的笑容。

“有件事想请您帮忙。”

弘治说。

“哦？”

宫川和蔼的眼角聚起皱纹。他讨人喜欢的小眼睛落在弘治脸上。

“这件事，请不要告诉德山专务。”

“啊，原来如此。”

宫川嘴角泛起微笑。

“我想请常务先生介绍我认识是土会长。”

“啊，这样啊。”

常务继续用手帕擦着手指。

“当然，不是马上。”弘治赶紧说，“会长想必每天也事务繁多，常务先生能不能帮我转达一下我的愿望？只要会长哪天有空，我一定前去拜见。”

“是嘛。”

“我很尊敬是土会长。说起来您也许会觉得是阿谀奉承，平时听多了，当今财界，会长这样有实力的真是少见。我们这些年轻人真是敬仰万分……会长的信念，下定决心排除万难做事业的魄力，让我们不由得肃然起敬啊。”

“啊，是吗。”

“我只是个互济银行的小小职员。当然，我知道大家背后都叫我们放债的。不过，我对自己的工作很有热情，希望有一天让互济银行也像其他银行一样面上有光。我要像市中银行那样干。不过，这必须仰仗是土会长的支持。”

“啊，是吗。”

“所以，请向会长转达我的心愿，希望他能对我的工作指点一二。”

不管弘治说什么，宫川只是附和着点头，嘴里说着“是吗”。

宫川脸上洋溢着春日阳光般温暖的笑容。有几根白发在灯光下闪耀。

宫川总算放下白手帕，仔细地叠好，放进裤子口袋里。

“常务先生，大概什么时候可以安排我和会长见面？”

宫川一脸和蔼，弘治趁势问道。光表白大志不行，还得提具体要求。

“这个嘛，”常务笑着侧头说，“会长可是很忙的啊。”

“那是当然。我的时间是随时都可以的。请常务先生不要忘记，把我引荐给会长先生。”

“明白了。”

宫川这才答应弘治。

两人同时回去不太好，弘治故意迟了一步。

弘治装作要去醒醒酒，穿上木屐，来到庭院。庭院很窄，不过布局很是讲究。黑暗的天空中繁星点点。

他把冷冷的空气吸进肺里，仿佛吸进了希望。

宫川常务答应他了，脸上也始终带着微笑，看来对他很有好感。

是土庆次郎应该马上就能见到了。他在报纸和杂志上读过许多关于是土的传闻，在现实中能得到跟这个了不起的人接近的机会，他感到这会改变他的命运。

弘治对宫川常务说的话并不是奉承，他相信自己有实力给这个财界的权威留下印象。他相信自己的才能并不输于是土身边的这些干将。

宫川常务如此爽快地就答应了自己，肯定没问题。不过，宫川常务只是微笑地听自己说话，并没有积极地回应，这一点令他有些不满。不过，常务在这么重要的职位上应该有很多话不能说吧。比起随口答应自己，弘治对这样的常务更为放心。

同样是重要人物，德山的段位还是不够。不，就算他工作的互济银行的行长和副行长，比起宫川常务来，也黯然失色。

之后，弘治又和德山专务陪了宫川常务一个多小时，两人目送常务的车远去。

“好了，好了，”德山专务敲敲自己的肩膀，“好了，我的任务结束了。”

他笑着看着弘治。

“真是多谢您了。”

弘治真心感谢德山的介绍。

“怎么样？”

德山一脸自得。

“以前只是听说，没想到真是气度不凡。从头到尾面带微笑，态度自然，也不装腔作势，自然而然就令人信服啊。”

弘治夸起了宫川常务，不过，这是他的心里话。

“你还真是马上就五体投地了啊。”

德山专务满足地笑着。

“确实如此。是土先生能有今天，也是因为麾下有这些人啊。能找到这些人才，是土先生还真不是平常人，不愧是当今的霸主之才。”

弘治几乎可以看到自己陪侍在霸主左右的场景。不过，自己的这点心思可不能被德山看穿。

弘治认为，德山多少得到了是土的赞赏，但算不上是土身边的人。他本人虽然把是土当作后台挂在嘴边，但事实并不尽然如此。

也许是土只是觉得德山小有才华，利用起来顺手。他相信，自己的手腕会更令是土欣赏。

不过，当前还是得和德山斡旋下去。到了适当的时候，就可以踢开德山直接和是土联系了，德山只是自己的踏脚板。

虽说是踏脚板，自己还必须往这个男人身上投不少钱。要把他当踏脚板，这笔钱就必须得出，这可以说是弘治为自己抢占有利地位的资本投入。自己银行应该会拿出一大笔钱，长冈的信子娘家也必须让他们拿出更多钱来。信子的父亲本来就是个有点傻气的老头，如果知道是土已经成为弘治的后盾，也许会拿出更多的钱。

他准备这次去长冈时一定要强调这一点。

弘治心中已经开始摩拳擦掌，跃跃欲试。

德山专务提议说去酒吧玩玩吧，弘治礼貌地拒绝了。

“接下来我还要见人。”

“你也真是个忙人啊。”德山笑道，“那就算了。下次带你去我常去的酒吧，我的老巢。”

“真不好意思，德山先生，我们以后就紧密合作吧。”

弘治好像回到了热情鼓舞的学生时代，见过了宫川，德山就不值一提了。

“当然，当然。”

德山紧紧握住弘治的手。

弘治好像忽然想起了什么，说：

“对了，专务先生，我明天要去长野办事情。”

“是出差吗？”

“不算是出差。因为银行的关系，要去见一个大客户。我去做资产调查，顺便打打高尔夫。”

“真不错。你这样的忙人，是应该找时间休息休息了。冒昧问一句，你应该打得不错吧？”

“没有。”

德山一再追问，弘治只好说出了自己的个人记录。

“说不定是我的好对手哦。我们的观光酒店建成后，旁边的高尔夫球场开张时去比比看。”

“不敢。”

弘治微笑。

“是这样的，你在甲府有常驻的员工对吗？”

“是的。”

德山一脸不明所以。

“其实，我想见见那个人，了解一下当地的情况。”

“哦，求之不得……那你会在甲府住几天吗？”

“应该会。直接去长野太辛苦了。”

“今晚就走？”

“是的。和那人见上一面，先到甲府，然后再去长野，就轻松多了。”

“去见他也不需要我写介绍信，不过你们第一次见面，我还是写个纸条吧。”

“麻烦了。”

车已经到了玄关。德山拿出自己的名片，拿起桌上的钢笔写起来。

“就这样，把他当成你的下属就行了。详细问清楚，有不明白的，就让他带你去看看……是个不错的小伙子。”

德山把名片递给弘治，脸上浮现出微妙的笑容。

#4

弘治赶到新宿站时，枝理子正站在站台上，拼命从沿地下通道阶梯上来的人群中寻找着他的踪影。火车还有五分钟就要发车了。

“这么晚才来。”

枝理子看到弘治的身影，跑过来。她穿着一身崭新的柠檬黄套装，戴着一顶白帽子，令弘治觉得眼前一亮。

“打扮得真漂亮啊。”

“嗯，我太开心了，真是等不及了，还有些担心。”

“担心什么？”

“你虽然那么说，但也有可能中途改变主意取消行程，你总是一会儿一个主意。”

“这次没问题。”

从新宿到甲府，快车只需要两个半小时。两人并排坐在指定席上。

夏季即将结束，二等车厢里坐满了去山里的年轻人，列车简直就像是背包和登山手杖的运输车。而一等车厢的指定席上就看不见强壮的登山男，行李网兜上也没有登山背包。

“今晚要住在甲府吗？”

枝理子看着荻洼一带流过车窗的灯火，问道。

“不是住在甲府市里，是住在温泉。”

“知道了，是汤村吗？”

“对了。你知道得还真详细。”

“我猜的，只是知道这个名字。”

“听谁提过？”

“忘记了。你不在的时候，我也要和其他人打交道啊。”

枝理子盯着弘治的脸。不过，看样子她正在兴头上。

车里的两个半小时并不无聊。

他们在甲府站下了车。

“住在哪儿？”

“泷和酒店。”

“现在去还有房间吗？”

“我用你的名字打了电话，预约过了。”

“还真是准备周全。”

车穿过甲府市内，十分钟左右就到了汤村的入口。泷和酒店就在温泉街入口不远的地方。

“欢迎光临。”

年轻的女侍一脸睡意地迎接两人，已经快一点了。

“请问您是哪位？”

“我是东京的成泽。”

成泽是枝理子的姓。

“啊，我接到过您的预约。谢谢光临。”

“房间不错吧？”

“是，我们是特 A 级的。”

女侍满脸笑容地回答。

女侍领着他们到房间里歇脚，一个举止大方的中年女侍接替了年轻女侍。

“你是负责这个房间的吗？”

弘治盯着她的脸问道。

“是的，正是如此。”

“是吗……一周前，一个叫盐川的女人来过这里，你知道吗？也不是用的‘盐川’这个名字……看起来有二十七八岁，身材苗条，穿着白色衬衫，拎着黑色行李箱。”

旁边的枝理子瞬间一脸紧张。

打听

#1

听盐川弘治说出了客人的特征，女侍点点头。

“您认识她吗？”

“她是我表妹。”

弘治一脸认真地说。

“啊，原来如此。”

枝理子在旁边听着，似乎要说什么，看看弘治的脸色，又赶紧把话吞下。

“她在这里住了几天？”

弘治问。

“住了三四天。就在这间房间。”

“还真巧。”

“真是个美人。我们见过不少客人，这位客人真是少见的美人。”

“那天晚上，这里发生了点事吧？”

“啊，您说什么？”

女侍吃了一惊，抬起头。

“不用隐瞒，我们是表兄妹，我听她说起过。听说是一个男人跟着我表妹从东京来找她，是真的吗？”

“……”

女侍看上去很有经验，没有立即回答。

“您是听那位太太说的吗？”

她反问道。

“啊，那倒不是。”

弘治看女侍担心的脸，说：

“这种事她当然不会到处说，不过我还是知道了。”

“那，那个男人……”

“我不认识。”弘治打断她说，“不过，真是件麻烦事，对吗？”

“一开始对方打电话来的时候，这位客人就嘱咐我一定不要告诉对方她在这儿。但是，对方带着一个人，好像是住在汤村的某个公司里的人，说是他朋友，那个人倒是特别热心，帮他到处找。”

“原来如此。”

那个人就是东方观光驻甲府的办事员。德山专务介绍他明天去见这个人。

“最后，表妹跟那个人没见面吗？”

“是的。最后还是躲掉了。”

“不过，你有什么证据，证明表妹没有见那个男人吗？”

“不可能的。”女侍用力地摇着头，“当时太太都那样躲着了，不可能跟他见面。”

“不过，对方还是坚信表妹住在这儿啊。”

“啊……一开始是我们极力隐瞒。最后那位朋友还是心存怀疑。”

“那个男人都追着她到这儿了，不见到她就回去，真是不可想象啊。”

“这是先生您乱说了。那位客人一直躲在房间里，一次都没有外出过。而且，也没有人进过这个房间。”

“不过，你不是只负责这个房间吧？你还要去其他房间。”

“是的，是这样的。”

“就算出房间散步，这么小的地方，也可以马上就回来。所以，也有可能在散步时碰到。”

“不可能。”女侍说，“那位客人似乎很不想见到那个男人。一开始住进酒店的时候，用的也是别的名字。因为对方刨根问底，我们才知道她姓盐川。”

“一开始住进来用的什么名字？”

“好像是川田。”

“原来如此……听你这么说，对方还真是死皮赖脸啊。”

“嗯……不过，怎么说呢，对方这么诚心，我们也心存不忍呢。”

“女人就是同情心重啊。不过，这件事总算是过去了。”

弘治用强调的口吻说。

“我们本来就应该为客人着想。客人也很小心，在这里多住了一晚。”

女侍看着弘治的眼睛，清楚地说。

枝理子在旁边，听得眼睛放光。

“看来发生了好多事啊。”

女侍走后，枝理子坐到弘治身边。

“我明白你来汤村的原因了。”

“是吗？”

“真不明白你在想什么。”

枝理子直勾勾地看着弘治的侧脸。

“那位大学老师还真的追到这儿来了，真了不起。”

“那还要多谢你写信告诉他。”

“不过，我可不知道会在这汤村……我只是写说去信州旅行了。”

“浅野老师根据这个线索，寻到这里来了。”

“怎么样？自己的太太被别的男人穷追不舍，感觉如何？”

“没什么感觉。”

“不要硬撑。”

“没有硬撑。”

“你要干什么，问来问去，到底准备拿你太太怎么办？”

“就是因为想把她怎么样，才来追究这些无聊的事……枝理子，我要你帮忙。”

“我一直在帮你。”

“没有合适的理由，是没有办法顺利离婚的。”

“我早就看穿你的心思了。不过，有时候我也搞不懂。刚才我听见你在那里盘问女侍，你看上去就像是嫉妒得不得了。”

“那是你的错觉。”弘治说，“我对妻子没有感情。不过，要不着痕迹地顺利离婚，还得制造一些必需的材料。”

“你所说的材料，就是和大学老师的不伦之恋吗？”

“正是如此。”

“不过，天不遂人愿啊。好不容易那个老师都追到这里来了，结果什么也没发生。”

“那我们就制造出来。”

“啊？”

枝理子吃惊地瞪大了眼睛。

“制造？”

“对。意外起火，有什么是不可能的呢？对，说到火，这就是像在玩火。”

“你又想到了什么坏主意？”

“你在这里一直待到明天傍晚。”

“你呢？”

“明天下午，我往伊豆方向去。”

“你一个人？”

“对。”

“为什么不带我一起？都把我带到这里来了，难道准备把我扔下不管？我不管，就算你不愿意，我也要跟着你。”

“不行。”弘治冷静地说，“我这是为了工作。”

“怎么回事……难不成有别的女人在热海等你？”

“我对这种事已经没兴趣了。不，应该说，我对女人已经没什么兴趣了。”

“说得好听。”

“真的。去伊豆完全是为了工作。带着女人去谈这种场面上的事，太不像话。”

“这我知道，但是你一开始不说清楚，我心里没底。”

“我以后会解释的。反正不是你想象的那样。还有，有件重要的事要拜托你。明天有你的任务。”

“我要干什么？”

“现在我就告诉你。”

弘治把枝理子抱进怀里。

“给我灌糖水可不行。”

“……”

她满足地闭上双眼，又睁开，用柔软的手帕在他的唇上一点。

“明天啊，”弘治说，“甲府市东方观光有个常驻本地的员工，你明天和他一起游玩一天。”

“啊，我知道了，那个人就是跟浅野老师一起到处找你太太的那位。”

“猜得真准，确实如此。我会介绍你们认识，然后你们就去喝喝茶，吃点东西，跟他一起到处走走。”

“那，明天傍晚我能和你会合吗？”

“你的任务到傍晚就结束了。”

“我和你在哪里见面？”

“对了，我在伊豆，你就去热海吧。之前的事就拜托你了。”

“不过，应该不光是游玩吧？”

“当然，我是有目的的。”

#2

盐川弘治准备去甲府的东方观光事务所，他等到十点半，估摸着大家都上班了，才从汤村出来。

“你在这儿先等着我。”

到了甲府的繁华街道，弘治让枝理子先下车。

“你应该马上就谈完了吧？”

枝理子一脸不安，站在街头。

“大概就三十分钟，最多五十分钟。”

“尽量早点。”

枝理子在车外挥着手。

弘治上了写字楼的四楼，入口狭小，玻璃门上写着几个不相称的大金字：东方观光株式会社甲府事务所。

“总社的德山专务给我打过电话。”

下村恭敬地迎接弘治。因为是初次见面，他似乎在偷偷打量弘治。对“盐川”这个姓他记忆深刻。弘治装作没有注意到，面带微笑。

下村热情地介绍了他们现在进行的工作、交涉的状态、未来的展望，甚至把蓝图都拿了出来。

看来，他是个工作上干劲十足的大好青年。

介绍告一段落，弘治故意看了看手表。

“啊，到中午了。”

“啊，真是失礼。常务先生，我陪您去哪里吃饭吧。”

下村没有称呼盐川的姓名，而是以他名片上的职务相称。

“不，实际上我跟人有约。对了，如果方便的话，你也一起来吧。”

“哪里，那就给您添麻烦了。”

“哪里，没关系。对方是我的熟人，从东京来的朋友。”

“……”

“是个可爱的女孩。”

“啊？”

下村瞪大了眼睛。

“这个女孩今天早上从东京出发，才刚到，今天就要回去，她对甲府不熟悉，就是想到处看看，和你肯定谈得来。”

“但是，我……”

“不用担心。见面就知道了，那女孩很活泼，没心没肺的。我还有很多事要问你，边吃饭边聊吧。”

因为年龄和地位的差别，下村难以拒绝。而且，总社的德山专务还专门提醒他盐川来了要好好照顾。下村无法拂逆客人的意愿。

他们到了繁华街道上一个精致的餐厅。

弘治在前面推开门，带着下村进去。坐在墙边的枝理子举起了手。

她从柠檬黄套装中露出雪白的手腕，周围似乎也变得明亮了。

枝理子看见跟在弘治身后的下村，拉开椅子站起身来，她的动作轻快优雅。弘治微笑着给双方做了介绍。他对下村说：

“这是东京来的枝理子小姐。”

他直接以名字相称，让下村感到轻松了许多。

“我听说，您是第一次来甲府？”

下村坐在枝理子对面的座位上问。弘治坐在两人中间。

“嗯，以前从没有来过，所以才拜托常务先生。”

枝理子眨巴着眼睛，看着下村。在向前倾斜的白色帽檐衬托下，她的眼波更显妩媚。弘治肚子里暗笑：真有一套。

“不过，真可惜，我今天傍晚就必须回东京，如果能在这儿住一晚就好了。”

“时间太短了，真可惜。不过，大致逛一圈还是够的。有时间的话，我可以带您去看看我们公司准备收购的地皮。”

跟工作有关的事，下村就热情百倍。

下村被枝理子勾起兴头，说要带枝理子去看自己公司收购的地皮，弘治见状，内心窃笑。

“枝理子小姐，”他对旁边正在挥动刀叉的枝理子说，“我们找对人了。让这位先生陪你去转转怎么样？”

话语之间很是亲密，当然，也不是对自己的女人说话的腔调，而是对认识的年轻姑娘说话的语气。

“啊，常务先生也一起吧。”

下村赶紧补充。

“不，我就……”

弘治稳重地微笑着：

“我有些事要办，不能奉陪。真可惜，下次再慢慢陪你们。”

“但是，那就……”

下村曾收到德山专务的指示，盐川常务来了，要周到地接待他。一时不知如何是好。

“没关系。”

弘治察觉到这一点，用餐巾轻轻按按嘴唇。正餐吃好了，服务员端出水果。

“我准备坐下一班火车回东京，银行有紧急联络，计划有变。”

“您真忙啊。”

下村单纯地惊叹道。特地来甲府视察，但什么都没看到就要回东京了。

“你就帮我个忙，”弘治对枝理子笑道，“帮我照顾好枝理子小姐，送她上火车。”

“我没关系。”

枝理子暗暗加大火力，亮出更诱人的眼神。

听说弘治不参加，下村反而面露喜色。弘治装作没看见，看看手表，站起身来：

“那，我就先告辞了。”

“拜托你了。”

“您走好。”

下村直直地站起来，一本正经地行礼。

“枝理子小姐，”弘治大方地转过脸说，“玩好了要早点乘火车回东京啊。”

“是。”

“我和他哥哥是好朋友，出了事我要负责的。”

弘治向下村亲切地望了一眼。他怕下村追问之下露出破绽，先交代了一句。

下村说要送他到车站，弘治拒绝了，在餐厅前坐上出租车。车窗里弘治的手向两人挥动了几下。

“真是气度不凡啊。”

下村回到桌子旁边，对枝理子说。

“嗯，是个可靠的人。”

“真可惜。你要是再住一天，我就能带你玩遍这周围。今天天太热，晴天站在山顶上，能看到富士五湖，景色美极了。”

“下次再来吧。今天只能这样了，您就稍微带我转转吧。”

“明白了。”

下村心花怒放。能和枝理子这样的女孩来一次意外的野餐，简直是从天而降的幸运。

这和陪伴银行的常务这种人不一样，不需要汇报收购交涉的过程，也不需要展示设计图，太轻松了。只要陪这个女孩悠闲地散散步就行了。

“真对不起，道路太窄了，只能随便到处看看，委屈您了。”

他诚惶诚恐地说。一起坐着小型车，下村心旷神怡。

“没关系。”

枝理子微笑道。

车离开了甲府的街道，往日下部、盐山一带前进。从盆底驶进山路，汽车驶离了国道，驶入小路。

道路崎岖曲折，每转一个弯，周围的景色就一变。

坐在枝理子身边的下村，滔滔不绝地说个不停，手忙脚乱地开闭车窗，给枝理子讲解沿途景色。他一脸幸福。

路边的农家渐渐少了，他们到达一个山岭，道路仍然蜿蜒曲折，通向另一个山间。下村在这里停下车，是考虑到枝理子回东京的时间。

“啊，真美啊。真没想到能看到这么美的景色。”

下村面带笑容，自豪地站在枝理子旁边。

下村挺起胸膛，指手画脚，开始卖弄他对这一带的了解。枝理子转动身体，向他指的方向看去。枝理子身上高级香水的气味不断飘到下村鼻子底下。

下村觉得枝理子的脸美得不可正视。她的表情也落落大方，活泼可亲。虽然是个大家闺秀，但同时也风情万种。下村想，如果以后她能经常来这里，就能接近她了。他一面介绍风景，一面陶醉于自己的美妙幻想中。

不知不觉，他们离等候的车越走越远。下村喜不自禁。

脚下的林木间，能看见一潭碧水。

“那是富士五湖之一吗？”

“怎么会？”

下村为枝理子的无知微笑了。

“那也是一个湖，不，应该说是个池塘吧。”

“如果是个湖，那真是个可爱的湖。”

在山上和这个女孩谈论湖，真是浪漫，下村心想。

“啊，”她口中发出一声惊叹，“有人在湖里。”

“哪里哪里？”

下村乘机靠近枝理子。

“啊，真的，好像不是在游泳。”

“穿着衬衫。还戴着一顶宽檐稻草帽。在干什么呢？”

“应该在做调研吧。”

好不容易沉醉于一幅绝妙的风景画中，有人来打扰，下村感到有些扫兴。

“那边是大菩萨岭。”

他转过身去。山体起伏的棱线，划开了亮得耀眼的天空。

“山顶那里就是分水岭。降到大菩萨岭上的雨水，流到东边就汇入多摩川，流到西边汇入笛吹川，对了，这是著名的《大菩萨岭》开头的一句呢。”

“啊，下村先生真是什么都知道。”

两人一边说话一边移动位置。

“呀，刚才那个人，还在湖里捞什么东西呢。”

枝理子看着湖那边说。

“好像是在取水，肯定是研究湖沼学的人。”

下村毫不关心。

他现在关心的是盐川常务和枝理子的关系。枝理子的哥哥是常务的朋友，这话可信吗？

于是下村提出了长久以来的疑问，关于盐川常务的姓。

“枝理子小姐和常务先生认识很久了吗？”

“嗯……哥哥和他是好朋友，我小时候就认识他了。”

“原来如此。”

下村放下心来。

“常务先生已经有太太了，对吗？”

枝理子眉头微微一皱，马上恢复原状。

“嗯，当然啊。他太太很漂亮。”

“是吗？”

下村低下头，看着脚下。

“怎么了，有什么事吗？”

枝理子在旁边问。

“没有，‘盐川’这个姓，不多见啊。”

之前，德山专务追根问底时也说过这话。当时下村讲起自己的学长大学助教浅野忠夫的事，引起了专务的强烈兴趣。

这次下村见到盐川常务本人，自己也对此产生了好奇。德山专务并没有再多说什么，正因如此，下村才想从枝理子口中打探出秘密。

“太太太漂亮了，丈夫总归要担心啊。”

他先是顾左右而言他。

“这个，怎么说呢，我不是男人，所以不知道男人心里怎么想……下村先生为什么会这么说呢？”

她故意眨动着大眼睛。这是她自己颇有心得的媚态表演之一。

“之前发生了一件奇怪的事。”

“奇怪的事？”

“我有个学长，是个学者，喜欢一个叫盐川的女人，特地追到了甲府，我也从旁帮他找。”

“啊！”

枝理子装出大吃一惊的样子，在下村眼里更加天真无邪。

“这件事，能再透露一些细节吗？”

“为什么？”

“我悄悄告诉你，”枝理子故意压低声音说，“肯定是盐川先生的太太。我猜就是。”

“是吗？”

“是的。我隐约听说，他太太和谁好上了，不过不知道原来是位学者。下村先生，既然你也在场，肯定知道很多细节，讲来听听，我绝不会告诉盐川先生。有些事，还是不告诉当事人为好。”

枝理子神秘兮兮的样子令下村全无招架之力。两人之间的秘密，就是两个人亲密的象征。

#3

当天傍晚，盐川弘治到了长冈。

这里他以前很少来，一来就得跑几趟。他在车里想：要达成自己的目的，估计还要跑几趟。

车行驶在狭长的温泉街上，拐个弯，马上就到了平野屋门口。旅馆的玄关处，有两三个客人出来散步，女侍和管家正送他们出来。到了夏天，温泉这边也很冷清。

弘治明白，信子的父亲也有放手一搏的想法。父亲总觉得，不能一直守着利润微薄的旅馆业。蹲在长冈这个地方，前景好的事业不那么容易找到。不过，对于这件事他很慎重。也有些人从东京来邀约，说有好生意可做，他从没有轻易上钩过。

弘治虽然知道信子父亲的性格，不过这次还是准备把他的财产都骗过来。

小地方的人有一种心理，就是盲目相信有名的企业家，特别是只要亮出是土庆次郎的名号，就能畅通无阻。

所以，之前弘治那套说辞，已经令信子的父亲上钩了。这次是土的心腹宫川也出面了，整件事可信度就更高了。

昨天，信子父亲打电话到银行来，和他约好了时间。母亲到玄关来迎接他，信子又没有一起回来，母亲感到十分落寞。

“爸爸在吗？”

弘治信心十足。

“在等你。”

母亲当然已经知道弘治是为什么前来。她表情看上去十分不安，目送着女婿进了丈夫房间。母亲很清楚弘治的性格。

女婿有些才能，行动力也很强。但他身上有某些东西让人很不放心。

母亲觉得老实的男人最好。并非出自当父母的偏心，女儿信子和弘治合不来，对这件事，她和信子一样担心。

她没有对弘治直说。不过，在这件事上母亲也劝阻过丈夫。

但是，丈夫早就已经不甘于温泉旅馆老板的身份，压抑已久的事业欲被激发了出来。

不管怎么说，有是土庆次郎在后面撑腰。他的手已经伸到了箱根、伊豆一带，不知道赚了多少钱，这都是有口皆碑的事。这些事平日都耳闻目睹，不会有假。

另外，是土集团成长壮大的过程中获得的巨额利润——这都是依靠是土一流的缜密计划、大胆的行动攫取的积蓄。

实际上，丈夫认为只要是土出面，拿自己手上的大片土地做担保也值得。再从当地的银行借一笔钱，凑足弘治提出的金额。

但是，在她的反对下，丈夫最终把借出的金额从一亿日元减少到了六千万日元。

她小心地避开丈夫和女婿商谈的房间。

丈夫不喜欢妻子出现在谈生意的房间里，这种场合她总是回避。

丈夫和女婿已经关在房间里一个多小时了。

母亲在这段时间里一直心神不定，旅馆的事情也不管，坐在自己房间里担心。

听见女婿走出房门的声音，母亲赶紧出来，她早就坐不住了。

弘治走到走廊上，见母亲过来，有些迟疑地站住。

“那个，弘治，信子怎么样？”

她低声问着，以防信子父亲听见。

“啊，挺好的。”

弘治露出一丝笑容，低头致谢。

“你来我们也很欢迎，不过，时不时也带信子一起回来吧。”

这就是母亲的期盼。如果他们夫妻俩能一起回来，老两口不知道会多么欣慰。

“下次一定。”

女婿回答说。

“……你和爸爸谈得还好吗？”

“嗯，大致上获得了他的支持。”

母亲虽然早有心理准备，还是如鲠在喉。

“那么……”

她脸色有些苍白，接着问：

“爸爸准备拿出多少？”

弘治瞥了丈母娘一眼。

“说是六千万日元……我这次因为有很好的项目，需要一亿日元，不过，爸爸还是有点担心，六千万日元也不错。”

弘治说。

一步

#1

八点多，弘治到了热海的 R 旅馆。

枝理子已经先到了，在房间里等着他。她换上了旅馆的和服，坐在窗边的宽背椅上，读着一本书。

“真早啊，什么时候到的？”

女侍帮弘治搬行李进来，弘治心情不错地对枝理子说。

“我已经到了两小时了。”

枝理子几乎从椅子上跳了起来。

“我来晚了，对不起。”

弘治难得心情这么好。

“赶紧去泡澡吧。”

“看起来心情不错啊。”

“工作很顺利。”

“太好了，你这个工作狂。”

“男人没有了工作，还剩什么？就像女人失去了美貌。”

在长冈，信子的父亲已经完全中了他的圈套，答应拿出钱来。他的皮包里已经放着其中的一部分，五百万日元的支票。

“接下来的钱什么时候到？不早点就来不及了。”

弘治对信子父亲说。

“我会尽快给你。不过，涉及土地，要先找到买主，急不得。”

“找到买主了吗？”

“已经有眉目了。买主是名古屋的一个财阀，很早就想在这边开发事业，以前也和他谈过一次，当时我拒绝了。”

“不错的下家啊。”

“说不定。之前是对方主动的，当时肯定能卖个好价钱，现在我们主动要卖，价钱就不一样了。”

父亲说。他答应弘治，会想办法，尽早拿出剩下的钱。

一开始，弘治不指望能骗到这么大一笔数目。一开始有七八百万日元他就满足了。不过，势头越来越好，他的心也就更大了。信子父亲积极参与，也让他信心百倍，野心加倍地膨胀起来。

到了现在这个地步，事态已经偏离他的最初打算，像热气球一样越吹越大。对当前的局势，弘治并非没有感到不安。不过，他相信，撑死胆大的，饿死胆小的。

他没有想到，信子娘家会拿出这么多钱，他多少改变了最初的计划。他不准备吞下整笔借款，准备还一半。

弘治泡完澡，和一直等着他的枝理子坐在餐桌边。

“那个下村怎么样？”

“是个很热心的人。”

枝理子精心化妆的脸在灯光下微笑。

“照顾得我无微不至。这样的话，得好好利用他。”

“提到浅野助教了吗？”

“嗯，不用我提，他就都说出来了。让他开车带我去参观准备开发的山区，效果真不错。”

“是吗。在甲府的餐厅我也观察了他的表情，看来对你没什么抵抗力。”

“他还说，下次请务必再来。我照你嘱咐的，答应了他。他很高兴。”

“那就好。下次再去，我会好好计划一番。”

“看来你那边也进行得很顺利，今天真是圆满的一天。”

“是啊。”

弘治忽然看了看手表。

“咦，”枝理子马上发现了，“有事吗？”

“嗯。”

实际上，他想早点联络宫川常务。

不过，已经八点多了，常务应该也不在公司了。还是明天一早直接打电话到他家吧。

这样一来，弘治就能越过东方观光的德山专务了，那个人不过是他的踏脚板，重要的是是土庆次郎。要接近他，必须先拉拢他手下的宫川。

“去散散步吧。”

弘治装作是为了这件事看手表。

“好啊。我们出去走走？”

“现在走着去太晚了。开车去网代那边兜风吧。”

弘治望着窗外海与街道分界处的那道热闹灯火。

两人穿着旅馆的和服坐上了车。

车驶向热闹的海边大道。残暑仍盛，出来乘凉的人不少。土产店一向熙熙攘攘，旅馆街的海岸大道上挤着不少观光团。

正前方，白色的热海在夜色中朦胧浮现。经过热海城，有五六辆急救车停在那里。山崖上照明灯雪亮，有一群人围在那边。

司机放慢车速。

“有人自杀。”

弘治从车窗向外探望，松林间能看见黑色的海。山崖下也有灯光在闪动。

“看起来像是。”

司机把车暂停。

“连夜搜寻自杀者的尸体，就算是经常有人在这里自杀，也是件麻烦事啊。”

“真没办法。”

司机总算开动了汽车。

“这么黑，能找到尸体吗？”

“大概是挂在山崖上哪里了，所以在连夜搜救呢。”

“真可怕。”

旁边的枝理子说。雪白的照明灯很刺眼。

“是啊。”

司机附和着。

“我们住在这里，已经习惯了。不过，看到有人自杀，还是会感觉不好……不知道为什么要寻死。”

车已经驶离了刚才那一带。沿着小路向下，前面是漫长蜿蜒的海岸线，远处灯光闪烁。

那边就是网代。

“人要寻死，有各种各样的情况。”

“什么啊，自杀的人，最终都是弱者。活着也没什么用。”

“也不能这么说，肯定是遇到了很难过的事。”

“弱者。”弘治说，“总之是失败的人，这个世界优胜劣汰，说什么民主主义，其实人和人之间的竞争，跟政治和社会局势无关，永远都会存在。最终还是强者胜出。”

“还真是个冷血的人，不知道什么是同情。”

“同情？”弘治反驳道，“同情对他们并没有什么用。不是吗？又没有真心想为他们做什么，光是同情毫无意义。光是嘴上说，那个人好可怜，自己好同情，却连一百日元都不愿意出。真正的同情，就是不惜钱财，舍身相助。光是嘴上说说，毫无用处。”

“这就是你的处世哲学吧。”

“总之，不管别人说什么，人最终还是要靠自己的力量生活下去。也就是说，不管别人夸你还是骂你，对自己来说，是没有任何实质影响的。”

弘治这么想，很大程度上是受到了是土庆次郎的影响。他的力量哲学对试图接近他的弘治早已产生了影响。这并不是从报纸和杂志上受到的影响，而是弘治在实践中亲身感受到的。

他们开车在网代的街道上兜了一圈，然后原路返回。

当天晚上，弘治的梦也很不安分。

旁边睡着的枝理子已经不成问题。她已经被打入他的过去了。

他面前有一个新的世界。他现在正在一步一步扎实地走向那个新的世界。一个互济银行的职员，在社会上根本不入流。

早上。

八点钟，弘治就打电话去东京。枝理子还没醒。

一大早，宫川常务肯定在家。是土庆次郎每天早上都会召集骨干开会，美其名曰“早饭会”。当然，宫川也要参加会议，所以必须在他上班前打电话。电话连上了。

“真早啊。”

宫川的声音很爽朗。

话筒那边可以听到狗叫声。

“您马上就要上班了吧？麻烦您了，有些话想跟您说。”

“我正准备出门。”

“之前跟您说的，跟是土先生见面的事，最近有机会吗？”

“……”

“实际上，我这边也有些进展。”

“是吗。太好了……那么……”

常务沉默了片刻，说：

“今晚，社长要去歌舞伎座看戏。一开始还是不要太张扬，装成在这种场合偶然遇见，我来介绍，这样更好。怎么样？”

“那太好了。”

“那我就来安排。你晚上八点半左右，在歌舞伎座的走廊和大厅附近等着。”

“真是太感谢了，我一定到。”

挂断了电话，枝理子这才起床，她伸出头来。

“喂，给谁打电话了？”

#2

弘治白天去了工作的互济银行，但他根本没有心思工作。

想到今晚就能见到是土庆次郎，他内心一阵激动。

第一印象很重要。是土在看到弘治的瞬间是否对他满意，是一局风险很大的赌博。可以说是决定他一生命运的赌博。

听说是土庆次郎这个人爱憎分明。当然，以前因为事业发展的需要，他尽量抑制着自己的好恶。现在他已经攀登上名副其实的高峰，已经不必再为了生意压抑个人好恶。现在，所有人，不管他们处在事业的何种阶段，都会集到他身边，看他的脸色，仰仗他的鼻息。

这一天，无论行长找弘治谈什么事，他都心不在焉，只是等着天黑。

本来应该联络一下东方观光的德山专务，但这个人只是他接近宫川的踏脚板，利用价值已经不多，与其在他身上花时间，不如直接去接触最高权威。

晚上八点多，弘治出现在歌舞伎座铺着深红地毯的走廊上。他没有心思去看戏，再等半小时，对他来说，就像要再等两三个小时。

看看节目表，八点二十分，现在的节目会结束，离下一场还有二十分钟的休息时间。宫川说的就是这段时间。

这出戏总算结束了。观众熙熙攘攘，从走道涌入走廊。

弘治不由得望向会场，不见是土庆次郎的身影。他有些不安，不过宫川已经那样说了，一定没错，是土肯定会出现。他沉住气，松了松领带。

到了八点半，他走进大厅。

这里已经成了一个大会客室，周围贴着与戏剧相关的画和名角的照片。

弘治看见中央的沙发上坐着一个穿和服的老人，他的裙裤角拖到地板上。

这就是在照片上见过的是土庆次郎，银发和红润的脸膛相映生辉。

五六个盛装打扮的艺伎围在他身边。

宫川常务站在是土老人身边，不过是土对宫川看都不看一眼，只顾跟艺伎说话。他开怀大笑的脸，让人无法想象这是一位手段毒辣的企业家，就像一位普通的好大爷。

稍微远一点的地方，有两三个中年男人神神秘秘地站在旁边，大概也是集团里的重要人物，他们身上也散发出威严庄重、令人无法漠视的气场。

弘治不由得放轻脚步，走进大厅。当然，这里并不只有是土庆次郎一行，其他客人要么坐着，要么看着墙上挂的画。

最先注意到弘治的是宫川常务。两人眼神相会，他对弘治使了个眼色。

弘治向坐在椅子上跟年轻艺伎说话的是土微微欠身，然后对着宫川低头致意。

“上次多谢你了。”宫川先开口说，“你也喜欢看戏吗？”

他微笑着问道。

围着是土的女人们打量了弘治一眼，然后继续专心服侍是土老人。

宫川在旁等待，见是土和艺伎们的调笑告一段落，才走上前来。

他弯腰贴近银发老人耳边，低声说话。

坐在沙发上的是土，目光望向站在稍远处的弘治。虽然已有心理准备，弘治还是感到一阵冲击直袭他的心脏。

常务又接着在是土耳边低声说了两三句话，最后是土轻轻点了点头。

宫川伸直腰，向弘治招招手。

“这位是盐川弘治先生，东都互济银行的常务。”

是土老人嘴里似乎“嗯啊”了一声，声音很难听清，只见他嘴唇微微嚅动了几下。

不劳宫川介绍，弘治马上站到是土面前，低头致意。

“呀。”

是土的声音听起来很精神。不过，接下去，他凹陷的嘴唇就只是微微嚅动，完全听不清他在说什么。

从是土的表情看不出初次见面老人对自己是否有好感，不过，他并未露出不悦的神色。也许是在被艺伎们围绕的好心情下，很难不高兴。

弘治只待了两三分钟就离开了。回到走廊上，剩下他一个人，他脑中仍是空空一片。

盐川弘治自从在歌舞伎座见过是土庆次郎，一直很想知道，是土对自己印象如何。

当时，老人脸上并未显示出明显的好恶。也许是因为老人的脸看上去都反应迟钝，而且他又被艺伎团团围住，没有工夫好好看自己。旁边的宫川常务介绍了他，不过，是土庆次郎只是嘴巴嚅动了几下。

他觉得应该问题不大，但还是很想知道结果。那一瞬间的会见，他已经几乎赌上了自己一生的希望。对是土来说，可能只是与陌生人擦肩而过，可对自己来说，却是人生的重要路口。

第二天，弘治从银行给宫川常务打电话。

“啊，昨天怎么样？”

宫川说。他的声音听起来很爽朗。弘治觉得光听声音就知道结果了，如果当时情况不理想，宫川的语调应该会更沉重，现在他的声音却很轻快。

在电话里面很难问出口，弘治就说，自己要去拜访他，对方回答说，恭候大驾。

是土集团的总部远离城市中心。这是一栋两三年前建起的高楼，当时这栋庞然大物还成为人们口中一时的话题。大楼里有是土集团的主要事业：运输、酒店、兴业、土地开发等各种公司。

走进这栋现代化的大楼中，弘治对自己现在所在的东都互济银行的古老建筑也心生嫌恶。他觉得，那栋老建筑正体现了两者事业的规模和经营上的差距。

宫川常务在一个气派的房间里迎接弘治。

连着房间，有一个会议室。室内光线充足，墙上装饰的名画，让这里就像一个画廊。是土庆次郎是个有名的美术品收藏者。

天花板很高，墙壁和地板都像镜子一样光亮可鉴。

弘治看到宫川常务一脸忠厚，一股感激之情油然而生。他低下头行礼，这是对昨天的事表示感谢。

“真是不敢当。”

常务两鬓银发闪耀，柔和地笑着。

“请坐吧。”

弘治的身体深深陷入皮沙发里。

“跟会长虽然是初次见面，我已经被他的威严深深折服。”

弘治小心地试探。

“看来我还是太年轻啊，本来以为自己见过不少大人物，已经有些眼界了，在会长跟前，还是诚惶诚恐啊。”

“哪里。”

常务笑道，看起来他心情不错。

那就没问题，弘治比打电话的时候更放心了。如果是土庆次郎对自己印象不好，宫川常务肯定也不会再对自己有好脸色。常务是会长的心腹，是土庆次郎说一不二，他的部下都唯他马首是瞻。

不过，光是自己的想象，弘治并不满足。他想清楚地从宫川嘴里听到是土老人的想法。

“在那种场合，还有新桥还是赤坂的美人们在旁边，会长应该对我印象不深吧。”

弘治说出了自己的担心。

“哪里，怎么会。”常务还是面带微笑地回答说，“该看到的会长都看到了，他的眼睛可是很毒的。”

“哈哈哈。”

“到了那个年纪，反应多少会变慢。我有时也想偷偷懒，但最后总会被发现。会长可是一切都心里有数，一刻也不能放松。”

“原来如此。”

“刚才你也说，当时一堆女人围着他，不过他对你很有印象。当时他嘴里说了什么，对吧？”

“是。”

弘治不知道是土说了什么，他等着常务解释。

“其实，那也是会长的一个诡计，他其实什么也没说。”

弘治有些吃惊。

“老爷子很喜欢用这一招。后来我问他对你的印象如何，他说，看起来是个很有意思的年轻人。”

“啊，真的吗？”

弘治一开始就觉得应该没问题，宫川明确的确认让他心中一阵激动。

“我也对你大力推荐。本来，在那种场合撮合你和会长认识，并不是件简单的事。”

“我明白。”

“最近，我再慢慢把你的事告诉他。总之第一印象肯定不坏。老爷子看上眼的东西，绝对不会忘记，也许不久他就会向我提起你呢。”

盐川弘治和常务分手后，驱车前往东方观光总社。

东方观光总社在京桥的一栋大楼里。这个公司才刚成立，事业尚未全面开展，所以办公室暂时设在这里。

德山专务一看见弘治，马上从办公桌前站起身来。

明亮的阳光，从玻璃墙射进来。

德山专务吩咐一个女孩拿来了威士忌。弘治推辞说，大白天喝酒不太好。德山专务说，天气热，就当喝冷饮了，硬是倒了一大杯。

对弘治来说，德山已经不太重要了。能和是土庆次郎接触上，德山就失去了大半的价值。他准备等事情再到下一个阶段，就把德山踢出局。比起中间有人隔着一层，直接建立联系更可靠。

不过，现在他还必须不动声色。

总之，接近是土庆次郎要以参加这次的南甲信观光事业为前提。是土对这次的项目也食指大动，这已经是无法遮掩的事实。

所以，对于弘治来说，为这次的观光事业融资已经势在必行。这样一来，目前就必须继续和德山保持接触。不过，等将来自己有了眉目，就可以随时把他踢开。

“另外，融资的事，”弘治开门见山地说，“总算有眉目了。当然，光靠银行是不行的，我自己帮你拉到一些融资。以前跟你提过了，现在已经差不多定了。”

“啊。”

德山专务深深地低下头：

“你的厚意，没齿难忘，真是多亏有你……你能拿到多少钱？”

他的双眼放光。

“银行以外，我还融到了六千万日元。”

“啊？六千万日元？”

“不，这是第一笔，以后看情况，应该还有后续资金。”

德山专务猛地站起身，走到弘治身边，两手紧紧地握住他的手。

“多谢。”

专务用力跟他握手。

他接着表示感激之情：

“这么一来，我们公司的项目就有盼头了。现在，宫川先生也对这个项目很感兴趣，不过，如果我们自己基础不扎实，就算是土先生有兴趣，也不会把我们当回事。”

德山看来也期待着是土的青睐。

“那就多多拜托你了。你真是我的大恩人。我们社全新登场的时候，请你务必支持。”

支持的意思，就是让弘治加入新公司。也许，是德山担任社长，弘治担任专务。

“具体的事以后再说吧。”

弘治闪烁其词。

不能着了德山的道儿，等是土那边的情形清楚了，就可以直接抢走这个公司的项目。

融到了巨额资金，就等于捏住了这个公司的半条命。反正融资金额并没有设定期限，可以随时撤回。

“说来，前几天你去甲府了吧？”

之前的话题告一段落，德山放下心来，谈起了新话题，接下来就是闲聊了。

“我们驻扎在甲府的下村君告诉我了。”

“啊，那件事啊。我因为临时有事，辜负了他的招待。”

“真可惜。”德山说，“下村君也是这么说的。在融资之前，务必想带您到现场看看我们的计划蓝图。”

“下次再慢慢看吧。”

“下村君说，他带着你带来的年轻女士转了一圈。他好像挺高兴。”

“啊，是吗？”

弘治发出爽朗的笑声。

“那是我朋友的妹妹。是个喜欢到处抛头露面的大小姐。好奇心很强，看来，下村君很在意她啊。”

弘治微笑满面。

#3

德山专务和宫川常务在经常光顾的料理屋见面了。他们刚款待完T省的官员。四位官员一起光临，喝了个烂醉，带着土特产回去了。他们遣退艺伎，总算在一个小房间里安坐下来。

他们说了一会儿刚才回去的官员的坏话，接着谈起了盐川弘治。

“还是个少爷啊。”

德山下了评语。

“脑子不错，不过关键时候靠不住，还是个富二代，就是这个感觉。”

“是啊。”

宫川同意德山的评价。

“太过于自信了。这种人很常见。”

“根本原因是跟银行行长合不来，所以在银行有些孤立。老爹是银行成立时的功臣，行长也不好说什么重话，行长也挺犯愁的。”

“你知道得还真清楚。”

“那当然，要跟您借钱啊。不知道您会提出什么条件，再怎么用心也不为过。”

德山扬扬得意地说。

“那么，大部分融资都是他自己搞来的？”

“嗯，他是这么说的。在银行里，行长派唱反调，所以不能如愿以偿。不过，只要我们能拿到钱，怎么都无所谓，只要利息打个折扣。”

“那么多钱，他是从哪里弄来的？看他年纪轻轻，倒挺有手腕的。”

宫川问。

“这个嘛，实际上，他想让太太的娘家出这笔钱。”

“他太太的娘家很有钱吗？”

“说是在长冈经营一流的旅馆。这倒不算什么，不过听说手里有很多土地。能拿出多少钱，要看土地能卖出什么价。也就是说，盐川君说服了岳父拿出这笔钱。”

“你还真是消息灵通啊。”

宫川笑着说。

“我们也是放手一搏，所以四处都安排了眼线。”

德山解释说。忽然，他觉得盐川弘治这家伙的举动很奇怪。

之前，他去甲府的时候，从下村那里听说，盐川的太太一个人悄悄来到汤村温泉，下村的一个学长，一个年轻的助教追寻她而来。

盐川夫妇关系似乎并不和睦。

尽管如此，盐川却让妻子娘家拿出一大笔钱来，不知道意图何在。妻子娘家能这么干脆拿出钱来，也是奇怪。

德山脑子转得很快。他知道，盐川弘治想接近宫川常务，也能猜出对方的意图。盐川的目标是是土庆次郎。

刚才，听宫川说，昨晚盐川和是土见了一面。据宫川说，是因为盐川死皮赖脸拜托，无可奈何之下才安排的。

所以，两人在这里笑话盐川弘治是个少爷。

德山能够想象出，弘治的意图是打算在接近是土后把自己抛开。虽然年轻，却不失为一个阴谋家。

不过，在弘治面前，德山没有露出半分不悦。他担心的是，弘治的诡计在骗妻子娘家拿出钱这件事上是否奏效。

不知道弘治打算怎么做，不过，肯定有阴谋。

德山觉得自己似乎见过弘治的妻子一次。

那是在去信州的火车上。当时一等车厢很空，他看见窗边坐着一个二十七八岁的女人。德山被这个女人吸引，跟她搭讪过。

对方忽然在甲府下了车。

后来他听了驻扎人员下村讲的事，也许，那个女人就是盐川的妻子。

德川觉得有趣的是，偶然在火车上遇到的女人，竟然是现在自己计划的同谋者、诡计多端的银行家的妻子。

他想找个机会见见弘治的妻子。

招待

#1

德山岩雄专务准备想办法去见见盐川弘治的妻子。

如果她正是去信州时自己在火车中遇见的女子，那就有趣了。而且，盐川的妻子似乎有着恋爱上的烦恼，这一点更令他兴趣大增。

一开始，他准备邀请盐川弘治夫妇一起吃饭，不过，这样似乎很没意思。德山想单独见见弘治的妻子。

而且，得知少爷盐川弘治在策划着什么，他更想见见这位太太了。

不过，德山虽然想见盐川的妻子，但并没有被正式介绍，苦于没有合适的机会。他想趁弘治去银行上班的时候，去弘治家里拜访。理由可以随便编造。他可以说是有事来见面，或是路过附近来打声招呼。

德山一旦下定主意，就会马上付诸行动。马上就到十一点了，弘治肯定已经去上班了。

德山开着豪车出发了。

他先是在银座买了礼物，驶向弘治家所在的中野方向。

鹭宫一带就是郊外，不过，近来这边的人家也越来越多。车站前也有了像样的商店街。德山对七八年前的这一带很熟悉，对这几年东京人口的暴增也大吃一惊。

到了盐川家附近，这一带树木茂盛，是一片幽静的住宅区。盐川弘治的家在这一带算是显眼的。肯定是用他死去的老爹的遗产建起来的，建筑样式新潮，看起来就是弘治的品位。

德山把车停在门外，按响了玄关的门铃。从门前的行道走向玄关，蔷薇爬满了红砖围墙。那边是有一片开阔草地的庭院，植物繁茂。

开门露出脸来的是一个十八九岁的女佣。

“有些事，想见见你家主人。”

女佣接过名片。

“我家先生已经出去了。”

“真可惜。”德山一脸遗憾，“不过，既然已经来了，我能见见太太吗？她在家吗？”

“请稍等。”

女佣走进去。

一切如德山所料，他心情愉快，都等不及看到弘治妻子那张脸了。

女佣回来说：

“请进。”

“啊，太冒失了，我还是告辞吧。”

“不过，太太说请您进去。”

“不，先生要是在，我还有事跟他谈。不在的话，我就择日再来拜访。”

他把礼物递给女佣。

“对不起，请您等一下。”

女佣赶紧进屋去请示。

德山在玄关处站了一会儿，不知不觉有些心跳加快，这是从来没有的事。里面传来一阵脚步声，很明显不是女佣。映入德山眼帘的，是一个穿着白色和服的女人，身材苗条，从走廊向这边走过来。他看见了她的脸。

啊，果然如此。是当时火车上的那个女人。德山赶紧垂下眼睛，双手握住，垂下手臂，一派恭谨多礼的样子。

白色身影已经进入他的视线。

“欢迎您来。”

德山抬起眼睛，盐川的妻子正低头行礼。从衣领中间可以看到她雪白的后颈。德山不由得吞了一口口水。

“啊，是太太啊。”

他回了一礼，信子抬起脸来，两人这才视线相对。她那对美丽的眸子没有任何波动。一瞬间,德山甚至有些惊慌失措。他虽然早有心理准备，但面对现实，还是无法保持淡定。他想起了自己在火车上的行为。

“您家先生不在啊。”

德山竭尽全力装出一副彬彬有礼的样子。他脸上的笑容也有些太用力了。他也是与人应酬惯了的人，这正是他的拿手好戏。

“是的，不巧，他去银行了。”

盐川信子回答说。

“真可惜。刚才我给了女佣名片，我是承蒙您家先生一直关照的东方观光的德山。”

“哪里，多蒙您关照。”

信子再次行礼道。

“今天我就告辞了，下次再来拜访。”

如果可能，德山真想与盐川的妻子好好聊聊。不过，他还是压抑住了自己的欲念。

她还记得自己是之前在火车上的那个人吗？从她脸上看，似乎已经忘了。这样反而更好……

德山出门后，坐上车想道。

信子把刚收下的名片拿进丈夫的书房，放在书桌上。

名片上的抬头是“东方观光株式会社专务董事德山岩雄”，这个名字从未听说过。当然，丈夫不会把客户的事全告诉自己。他对这种事总是保密，自己的交际圈也从来不介绍给信子。

信子觉得似乎在哪里见过德山这个人。似乎就是在最近，她见过这个人。

不过，她想不起自己最近认识过什么新朋友。

那么，肯定是路上偶尔见到的。不过她只是对他的脸有些印象，却想不起来。

信子回到了自己的房间。

丈夫因为职业缘故，要见各种各样的客人。银行的客户身份各种各样。不过，东方观光这个公司却从没听说过。本来，互济银行和市中银行不一样，打交道的客户企业规模比较小，公司没听说过也是常有的事。

但是，信子忽然感到心头一片阴影掠过，那是因为“东方观光”这个公司名字。近来，有很多高尔夫球场开张，大都冠上“观光”的名号。酒店、登山缆车，还有观光车公司，也都属于这一类。

信子感到的阴影，来自她想到东方观光似乎和丈夫弘治想从她娘家拿到的钱有着某种关联。她倒不是觉得东方观光是骗子公司，不过，这个无名的公司更令她怀疑丈夫的投机本性。

一直以来，丈夫就是这种性格。有一段时间，他沉迷于股票，也对赛马很有兴趣，麻将也打得不错。

但是，他从来没有静下心来读读书。他的书房里没有书，名不副实，结婚不久，信子就看穿了他的外强中干。

“我不喜欢读书。”他曾对新婚的妻子说，“读书没什么用，还不如相信自己的直觉。”

丈夫弘治没有理由地对自己充满自信。当然，他脑子转得很快。如今在互济银行，被大家夸脑子灵光，也是因为他直觉敏锐。

不过，信子总感觉这样下去很危险。她总感觉，弘治的做法会在某一天葬送他。

弘治不喜欢读书，常常表现出无知和教养缺乏的一面。他平时的言谈举止中已经泄露了这一点——就是这个人，居然是一流大学毕业的——她曾经好几次有这样的感觉。

“我不像你，不是个书虫。不过，在现实社会里，不是读了很多书就能变成优等生。那只是在学校里的事。例如，就算我像你一样知道许多知识，在工作中也没什么用处。”

弘治曾经这样说。

信子并不想完全否定他的说法。不过，光是这样，他还不满足，只是一心沉迷赌博，令人担心。

他的这种性格，在银行的工作中也有表现。

“行长脑子已经太旧了，年纪大了，缺乏决断力。”

他经常说出这种话，以自己的决断力自豪。不过，他全凭自己的直觉做判断，信子可以想象，他所做的生意多少有些风险，只不过至今没有出什么大纰漏。

最近，从丈夫嘴里不再能听到这类抱怨了。很长一段时间，关于工作和自己在外面的事，他都对信子绝口不提。

信子知道，长冈的父亲已经上了弘治巧妙的圈套。首先，父亲根本不愿跟自己说清楚这件事。不，大概是说不出口。

父亲这么做，是希望缓解信子和弘治之间冰冷的关系。不过，父亲的性格中并非没有投机性，信子所担心的是，弘治利用了父亲，而且不是简单的利用，整件事上似乎笼罩着更厚的乌云。

这件事跟弘治对自己的态度无法分割开来考虑，丈夫肯定有所企图，这不是单纯的正经生意，信子知道，里面肯定有诡计。

但是，信子却无从得知事情的真相。丈夫对她一切保密，她打听不出来，只能请娘家对丈夫提高警惕。

#2

当天晚上，丈夫照例回来很晚。

信子告诉了他今天上午有客人拜访的事。

“你说德山来了？”

弘治似乎有些吃惊。

“说是来附近办事，顺便来拜访。”

“什么时候？”

“十一点半左右。”

十一点半左右——弘治想了想。这么看来，是特意挑选自己不在的时间来的，特意趁自己上班时来拜访，用意何在呢？

如果真的有事，打个电话就行了。实际上，如果不是特别重要的事，他们都是打电话沟通。大家都很忙，如果真有麻烦的事，他们会先打电话确认，对方在公司的话，再见面详谈。

就算是在附近办事，明知道自己不在家还来拜访，弘治不明白德山为什么这么做。

“东方观光是个什么样的公司？”

信子问。

“观光公司就是观光公司。”

丈夫果然不肯正面回答。他皱起眉头，似乎很不高兴。

“你问这些干什么？”

丈夫皱着脸，盯着妻子。

“我就是想知道他们是干什么的。”

信子还想知道，这个公司是不是跟弘治向自己父亲借钱有关。丈夫弘治似乎已经猜到了这一点，他本来就是个感觉敏锐的人。

“观光公司，这还不懂？”

他扔下这么一句，就回到了自己的房间。

从丈夫的表情，信子猜出，这个观光公司果然和弘治向长冈娘家借的那笔钱有关。不过，丈夫似乎完全不想回答她的问题。

第二天晚上。

弘治还是很晚才到家。对来玄关迎接的信子，弘治少见的温和。

“德山先生啊，”他一进门就说出德山的名字，“邀请我们明天晚上在O饭店吃饭。怎么样？”

“是吗？”

信子垂下眼。

“我不想去。”

“为什么？”

丈夫问。

“好不容易邀请我们，还是去吧。”

“我去的话，你方便吗？”

“他那边也会带人来。东方观光是我们银行的贵宾。德山先生事实上就是社长，这次见面虽说是私下的，不过跟银行的生意也不能说是没关系。”

“你也在吗？”

“我还有些事，”弘治马上说，“已经约好了，推辞不掉。”

“我一个人不太方便。”

“我们已经约好了，”弘治兴致很高，“你就在那儿待一个小时，德山先生也很期待。”

“可是，”信子抗议道，“这是你工作上的客户吧。你要是在还好说，我一个人出席真是有些奇怪。”

“我说了我已经有约，德山先生也知道了……整天在家里无事可做，这种事要帮忙吧。”

这句话对信子起了作用。

“我去。”

她干脆地答应了。

“当然应该。”

弘治刚才还很愉快的脸变得阴沉了。

“我不去，你更高兴吧。每次和我一起出去都不开心。”

说着，他又抽起了烟。

德山岩雄六点就出了事务所。

他今天一身西装笔挺，头发也精心打理过。

昨天，他跟盐川弘治见面时，告诉他自己在他不在的时候去他家打扰了，第一次见到了他太太，希望今后两家之间也多来往，想要在O饭店招待他们一家。

盐川弘治礼貌地道谢，不过他说自己有约在先，妻子会来出席。

弘治还说：

“我家那位很少出席这种场合，应该会很高兴。”

德山当然求之不得。昨天，他在盐川家门口见到了盐川太太，她比之前在火车上见到时更具魅力了。

O饭店最近才落成，以其豪华的建筑成为话题中心。能在这里和自己心仪的女人见面，德山很满意。而且，女人都喜欢气派的地方，在这种地方见面，自己也会看起来平添几分魅力。

侍应生带他到西餐厅订好的桌子旁边。

盐川信子还没有到，德山大大咧咧地坐在侍应生拉开的椅子上，眼睛紧盯着入口的门。

德山等了二十多分钟。每次门一开，他的眼睛就赶紧看过去。

餐桌上已经摆好了两个人的刀叉。当然，其他的桌子上，客人们都已经在进餐，只有德山一个人形单影只。

这时，门开了，一个女人走进来。德山一看，还以为自己认错人了。在火车上，还有昨天在盐川家门口看见的盐川太太，和现在完全不一样。她并没有浓妆艳抹，只不过作为被招待的客人，略施粉黛，穿着和服。衣着并不奢华，在这豪华的餐厅中却令人眼睛一亮。

“您好。”

他笑着打招呼。

“等您好久了。”

“真对不起，我来晚了。”

信子点头致意。

“昨天多谢您来拜访，不巧今天弘治也没时间，我只好一个人来了。”

“欢迎，请坐。”

德山赶紧把她带到桌子边。侍应生拉开椅子，请信子坐在德山正对面。

越过桌子上的兰花，信子的脸看上去闪闪发光。

德山没想到盐川的妻子是如此一个绝代佳人。事实上，在火车上打招呼的时候，他也心存妄想，希望旅途中有机会下手。昨天在玄关见到信子时，他也没想到她打扮起来如此美丽。这个房间里，放眼望去，不管是外国女人还是日本女性，都没有信子这么气质出众。

德山心满意足。

“您先生不能来，真是可惜。”

他手里拿着侍应生端来的葡萄酒杯，说。

“我本来想招待你们夫妻俩，但您先生很忙……不过，夫人您能来，真是荣幸之至。”

“多谢您的厚意。”信子轻轻低下头，“我家那位一直承蒙您关照……承蒙您招待，他却不能出席，真是对不起。”

“哪里，今后也要和两位多多来往。盐川先生我经常见到，夫人您昨天我第一次认识，能在这里一起用餐，真是荣幸。”

德山用刀切着餐盘里的食物，心想，看来她不记得在火车上的事了。

看起来，她完全没有印象。如果她还记得自己在火车里的无赖行为，应该也不会一个人来这里。而且，如果她想起来了，也一定会表现在脸上。

不过，当时她根本没怎么仔细看自己的脸。不管自己怎么搭讪，她都一直避开身体转过脸。

她完全没有想到，火车上的那个男人竟然会作为盐川弘治的合作伙伴，坐在自己的面前。

德山忘不了那时她一脸厌恶的面孔，但这并没有让他感到不快，反而激发了他的欲望。

现在，盐川的妻子正一脸平静地在他对面动着刀叉。女人前后不同的表情，引起了德山深厚的兴趣。她现在看上去端庄大方，当时却嫌恶的脸都变了形。德山觉得，女人表现出激烈感情的时候，那张脸最能催动欲望。

“之前也和您先生说过，”德山一脸和善，用友好的语气说，“我和他意气相投，我现在经手的一个项目，您先生很感兴趣。我因为工作也见过不少人物，恕我直言，您先生这样的人才还真是少见。”

德山可以想象，盐川夫妇间存在一些问题，他们夫妻关系并不和睦。盐川弘治今天没有出现，可能也是因为和妻子之间关系冷淡。从驻守在甲府的下村的报告来看，也确实如此。

但是，自己必须装作对一切毫不知情。当着信子的面，只需一个劲儿地夸奖她丈夫。

“我自从认识您家先生，简直如同天降救兵，事业上也获得了他的大力帮助，所以必须向夫人道谢。”

“……”

“所以，我很想见夫人一面。昨天正好是一个很好的契机，去拜访了您家，第一次见到了夫人。回家的时候，我就想到要请两位吃个饭，加深交往。今后，就别把我当外人了。”

“哪里哪里。”

信子轻声回答。刚才德山说的“投资”的话题引起了她的注意。似乎和弘治向长冈的父亲借的钱有很大的关系。

信子的父母瞒着信子，没有告诉她具体金额，不知道丈夫为这个人融资了多少。信子决定直接问他。

"弘治在做什么，其实我不大清楚。"信子说，"德山先生所说的，他也没有告诉过我。工作上的事，我一个女人，当然什么也不懂。如果今后要关系更密切，您可以多告诉我一些工作上的事。"

"那是当然。"德山马上回答，"那是当然的……您家先生没有告诉您工作上的事，也符合他的性格。银行业务事关机密，弘治对您保密，正说明他人品可靠。"

德山用餐巾一角擦擦嘴唇，谨慎地说：

"不过，就像您刚才说的，夫人也必须对我们的工作有所了解，这样才能从心底亲近起来。"

"多谢理解。"

信子道谢说。

"我想问问德山先生，弘治帮您公司融资的数目是多少？"

"这还真是个开门见山的问题。"

德山忠厚地笑了。

盐川弘治什么都没告诉她。她在意的是，大概是丈夫想从她娘家借的钱。弘治没有对德山明说，德山也能从自己获得的情报中推测出来。弘治对妻子隐瞒了这一切。

他的这种态度，似乎和盐川夫妇关系不好有关。德山觉得这件事相当有趣。

特别是，听甲府的下村说，这个女人在逃避某个大学的老师。两人之间一定有什么，老师才会追来，而女人害怕眼前即将发生的事，所以逃开了。

德山一瞬间有些犹豫，自己是应该把弘治从长冈借出的金额全部告诉这个女人，还是应该含糊其词，应付过去呢？不过，现在这个时候，还是不说为妙。短短的几秒钟，他做了这个判断。

“大部分都是从您先生的银行融的资。不过，您也知道，银行也有个限度……”

德山委婉地解释道：

“离我们希望的金额还差一大截。一般的银行可能就此撒手不管了，盐川先生却给了我很大支持，从其他地方帮我融到了资金。”

信子知道，那就是从她父亲那里借到的钱。

“金额大概是多少呢？银行以外的融资。”

“我当时提出的是三千万日元左右。”

数目意外地大。而且，听德山的口气，似乎还不止于此。

长冈的父亲，从哪里拿出这么一大笔钱呢？娘家手边肯定没有这么多钱。父亲会不会以旅馆的土地建筑为抵押，向当地的银行借钱周转呢？但是，信子以前就听母亲说过，旅馆的土地以前就因为资金周转已经做了抵押。

所以，这次融资只有出让西海岸的土地了。难怪父母对信子说不出口。

为什么父亲对弘治要如此言听计从呢？当然，他们希望因此能修复女儿冷淡的夫妻关系，所以才答应了女婿的请求。但是，这笔钱也太大了。

德山仔细观察着信子忽然笼罩上阴影的表情。

看来，丈夫什么都没告诉她。她这是第一次知道融资金额如此大，以致花容失色。她的脸上显得十分不安。

事情越来越有趣了，德山暗地里想。

说不定，她会去阻止丈夫。不过，弘治这个男人，虽说是个有钱少爷，却相当一意孤行。他我行我素，一心想让世人对他刮目相看，不可能就这么听从妻子的意见。因此，夫妻之间的关系才越来越冷淡——

德山心中升起了一个念头。

德山见识过各种各样的女人，不过他认识的，只有艺伎和酒吧的风俗从业者，一般的良家妇女，而且是盐川妻子这样的女人，他并不了解。

他停下拿着餐具的手，说：

“以后，多多来往吧。”他解释说，“夫人整天都待在家里吧。”

“是的。”

信子轻轻点了点头。

“不光是夫人，日本的家庭妇女，都关在家太久了。一直关在家里，就和丈夫的交际范围离得太远了……这个世上，能让女人高兴的地方也多得是。有机会的话，我带您和先生一起去。”

说是带信子和弘治一起去，其实是假的，德山真正希望的是和信子独处。而且，招待夫妻两个，也可能只有信子一个人来。今后也不是没有可能出现这样的情况。

德山已经开始考虑，要带信子去哪里玩。

他之前交往的女人，只要出钱就能陪他，似乎没什么意思。良家妇女，特别是信子这样的女人，倒是需要颇费苦心，大费周折。不过，这倒让德山的心里荡起了一阵青春的悸动。这是在那些风月场所的女人无法带给他的。

盐川信子应该不会断然拒绝他的邀请，德山怀着一线希望。他很有自信，这个女人对自己的丈夫心怀不满。

而且，她似乎很担心丈夫从娘家借的那笔钱。想到丈夫平日的习性，她会更加不安。

德山觉得，这种状况下正是自己接近她的大好时机。自己只要向她许诺，会劝盐川弘治，让他不要找个人融资。德山就告诉她，自己会努力的。当然，努力并不一定会有结果。

这么想着，德山发现了一个奇妙的矛盾。与妻子已经形同陌路的弘治，竟然准备从妻子娘家借出一大笔钱，到底是何居心？从弘治冷酷的性格来看，有这个可能，不过从一般逻辑上来说，却有些奇怪。

盐川弘治有不可告人的阴谋。德山直觉感到：他不可信任。

不过，他还不知道弘治到底想干什么，他准备以后见到弘治时再慢慢观察。知道了他的真正用心，自己也好制定策略，攻陷他的妻子。

德山这顿饭吃得很愉快。如果可能，他准备最近再邀请信子出来。他对盐川弘治完全没有道义上的内疚，因为盐川弘治背着自己，直接去接触是土庆次郎。这就是个没用的少爷。弘治做梦也想不到，这件事宫川常务偷偷告诉了自己。很明显，他想把自己当作踏脚板往上爬。对这种人，自己没必要讲道德和人情。德山这样想道。

德山一边这样想，一边偷偷看着坐在他面前的盐川的妻子的脸。

饭吃完了。

因为是第一次，他必须表现出绅士风度，送她出去乘车。

“多谢款待。”

信子叠好餐巾放在桌子上，礼貌地道谢。

“哪里哪里，这顿饭吃得很开心。”

德山微笑道：

“倒是我，占用了您的时间，真是不好意思。”

“是我占用了您宝贵的时间，真对不起。”

“向您先生问好。”

两人从椅子上起身。

出了餐厅，就是长长的走廊。墙、天花板、窗户都设计考究、造型新颖。

德山请信子先走，两人走上了红地毯。

#3

驻扎在甲府的下村出现在东方观光的总公司。他这次来东京，是来报告跟当地交涉的情况，听取总公司的指示的。

下村来到专务办公桌旁边，大致报告了相关情况。

"看来，一切顺利啊。"

德山听后，露出满意的表情。

"应该会一切顺利……专务先生，我们的工作再开展下去，现在的人手恐会不足，能请人过来帮忙吗？"

"可以吧。"

德山点头答应了。

"我准备再增派两个人。总之，给我好好干。"

"多谢您了。"

下村说。他的表情变样了，声音都不一样了。

"专务先生，有件事不知道该不该说……"

"什么？"

"跟盐川先生有关。"

"是吗？"

一听到"盐川"两个字，德山首先想到的是信子。不过，他马上意识到，下村指的是盐川弘治。

"我之前告诉您，东都互济的盐川常务不久前来了，当时，他还带了一个年轻的女人一起来。"

"嗯。"

下村之前提起过这件事。

德山猜想，盐川和妻子信子关系不好，那个女人大概是他的情人。下村说，那是个年轻的漂亮女人。

“怎么了？”

德山显出一副很感兴趣的样子。

“那个女人，前两天又来找我。”

“第二次来？”

“是的。”

下村脸有些红了。

“为什么？应该不是盐川派来视察现场的吧？”

“是一件很微妙的事情。”

“原来如此。”

“之前，盐川的妻子从东京来，曾经住在汤村温泉，我以前说过吧？”

“说过。”

“当时，那位太太用了化名住酒店。我的学长，叫浅野的大学老师来纠缠她……这些专务先生也都知道了。”

“你说过。”

“盐川先生的那位朋友，那个女人，对这件事非常关心，这次也问了很多，关于这件事。”

“怎么说？”

“有些难说出口。”

下村一瞬间有些犹豫。

“对盐川君不利的传言，我都藏在心里，别担心。说来听听。”

“跟盐川常务没什么关系，跟盐川太太有关。”

“盐川太太？”

“是的。实话实说，她让我这么干……让我证明，盐川太太住在汤村那天晚上，浅野和盐川太太住在一起。”

“喂，”德山全身倾向前，“那是什么意思？”

“我也不明白她想干什么，所以就问了。她说，原因现在不便说明，总之，叫我这么做。我觉得这样会给盐川太太添麻烦，对盐川常务也不好，就拒绝了。”

“那是当然的。那个女人还说什么了？”

“可她不愿死心。还说，这件事盐川常务也知道。”

“什么？”

德山睁大了眼睛。

“盐川想叫你证明，自己的妻子和其他男人有外遇？”

“说是盐川常务拜托她这么做的。”

“还真是不可思议。”

德山盯着下村的脸。

“实际上没有这回事，对吧？”

“没有。我可以证明。我一直陪在浅野身边，不过，她让我务必证明盐川太太和浅野住在一起。”

“你拒绝了吗？”

“拒绝了……不过，她一直不死心。”

下村擦了擦汗。

德山明白了。这个下村，估计也喜欢那个年轻女人。所以，没能完全拒绝。

不过，下村还是感到棘手，所以选择了向德山坦白。

德山一边吸着烟一边听下村说。他脸上的表情看起来有些呆滞，其实脑子里转得很快。

盐川弘治为什么指使那个女人收集自己妻子不贞的证据呢？

这是因为盐川夫妇关系冷淡。盐川一边给妻子套上“不贞”的罪名，一边从她娘家借出一大笔钱。这两者的矛盾，怎么解释呢？

和妻子关系不好，有其他女人，这样的男人很常见。不过，盐川弘治有些异常。和妻子关系冷淡，从男人面子上来讲，就拉不下脸去跟妻子娘家借钱。然而，他却向妻子娘家借了一大笔钱，甚至会让妻子娘家倾家荡产。

这件事跟盐川弘治以自己为一时的踏脚板，直接投奔是土庆次郎的策略有些相像。所以，弘治这个人，就是个阴险狡猾的男人。

盐川弘治的意图，清晰地显现在德山脑中。

“喂，”德山对年轻的下村露出笑容，“估计盐川先生有他自己的想法吧。每个人的情况各不相同，我们不好从旁搅和。”

“是。”

下村答道。不过，从他的眼神来看，他觉得有些不可思议。

“所以，对那个女人……叫什么名字来着？”

“是成泽小姐。”

下村一瞬间连眼睑都红了。

德山装作没看见。

“对那位成泽小姐的请求，你还是考虑考虑吧，怎么样？”

“是。”

下村的表情，与其说是为难，不如说是困惑：

“那么，专务先生，是让我证明盐川太太和浅野住在一起吗？成泽小姐说，让我去把浅野住的汤村旅馆的登记名簿拿来，在旁边写上盐川太太的名字。”

“真是好计谋。”德山开玩笑说，“就这么办，怎么样？”

“但是……”

“喂，”专务马上收起了笑容，“成泽小姐是在盐川先生授意下拜托你的，对吧？那这就是盐川先生的意思。如果现在我们辜负了盐川先生的信赖，生意就会陷入困境，不管怎么说，他答应借给我们一大笔钱。”

“是。”

“虽然有些不合道理，但我们还是得听他的。他们夫妻间会因此受什么影响，就不用我们管了。夫妻间的事，旁人管不了。不能凭常识判断……”

“是。”

“你和那个叫浅野的学者很熟吗？”

“不，也算不上熟。我们在学校时，就是学长和学弟的关系。这五六年来也几乎没怎么见过面。就像之前告诉您的，我们是在甲府街上偶然遇到的。”

“原来就是这个程度。”德山不以为意地说，“那么，要给这个浅野添一些麻烦，也是无可奈何。个人交情和公司的事，孰轻孰重，你心里有数吧？”

道理有些奇怪，不过下村也只好点头。

“而且，这个浅野还对盐川太太着了迷，一路追过去，让他背这个黑锅，估计他还求之不得呢……”

“是。”

“换成我也会求之不得。”

专务吐出的白烟都飘到了下村鼻子底下，眼睛也眯成了一条线。

“最后，如果盐川先生和太太离婚了，太太跑去浅野那里，也不是我们的责任，是他要这么干的。他又不是小孩，自己做出来的事，因为这个离婚，不可能。如果最后离婚了，是因为以前就有各种原因，离婚也是必然的，不离，就说明这些小诡计都不能破坏他们的夫妻关系。这都是他们自己的问题。”

“明白了。”

下村擦去额头的汗，点着头。

“成泽小姐特别去拜托你，说明她信任你啊。”

德山笑着拍拍下村的肩膀说。

自杀

#1

已经是晚上十点了，丈夫还没有回来，远处传来电话声。

女佣已经睡着了，信子从起居室走到走廊去接电话。

不知道是谁在这个时候打电话过来，当然，肯定不是丈夫。他不管多晚回来，即使在外面过夜，也都不会打电话跟妻子说一声。信子把话筒凑近耳朵。

“这里是盐川家。”

对方没有马上出声，信子先开的口。

“对不起。”

是个男人。他说了这么一句，就“啪”的一下挂断了电话。

信子返回房间，接着开始读之前读过的书。

那是一本湖沼学的入门书。之前在长冈偶然遇到的那个年轻人的话，信子至今难忘。

不过，湖沼学这门学问，就像那个年轻人所说，还不为世人所知，相关的书也只能找到一两本，少得可怜。

她在大学上函授，学的是经济，不过信子对自己不了解的知识总是很有好奇心。

读着湖沼学的书，她想起了自己在烈日下每天去学校的时候，浅野忠夫的身影也久违地浮现在她的脑海，最近，她几乎忘记了他。

她想起了低头走在学校长廊上的他高高的背影，同一个班级的同学在背光的走廊里人头攒动。

天气已经不知不觉转秋了。

信子回到房间，又看了三页《湖沼学》，听见电话铃又响了。

信子放下书，又来到走廊上。

“喂。”

电话那头静寂无声。

信子再次出声，然而对方依然沉默。信子觉得奇怪，对方已经挂断了电话。

信子放下话筒，以为对方又搞错了。

也许是因为接电话的不是对方想找的人，对方以为打错了，话都没说就挂断了电话，好像跟之前是同一个人。

她再次回到房间。

又读了一两页书，但是她发现根本读不进去。她觉得电话会再次响起，总是心神不宁。

丈夫还要两三个小时才会回家。

大概又过了二十分钟。

信子的预感应验了，电话又开始响了。

信子十分踌躇。第二次的时候，她还以为是打错了，这已经是第三次了，不可能是打错电话。

信子没有马上站起身来。

铃铃铃，电话声有节奏地响着。

有人拉开了纸门。电话一直响，本来已经睡下的澄子好像起床了。信子这才站起来。

她和澄子同时走到走廊。

“没关系。”她说，“你去睡吧，我来接电话。”

“是，对不起。”

澄子缩起头，回了房间。

信子拿起话筒。

“喂……”

对方还是不出声。这已经是第三次了，信子倒没有生气，反而感到十分不安。

“喂喂。”

她再次出声。如果对方再不说话，她准备挂上电话。

“……是盐川家吗？”

是个男人低沉的声音，有些嘶哑。

“是的。”

信子感觉有些害怕。

“……我是浅野。”

信子吃了一惊。

声音听起来，不像是浅野。她以前接过浅野的电话，这次直到他报出姓名，信子都没有听出来。这个声音，比她以前听到的更沙哑。

信子准备说点什么。她刚刚才想起浅野。

但是，她什么也没说。浅野还是打电话来了。自从从信州回来，他一直保持着沉默。

“喂，”浅野低声唤道，“是信子吗？”

浅野从没有这么叫过她。他一直叫她“盐川”，从没称呼过她的名字。信子屏住呼吸。

“……对不起。”

浅野忽然说。信子不知道他是什么意思。电话忽然又挂断了。

第二天上午十一点左右。

弘治昨晚最后还是没回家。信子坐在起居室里。

“太太，有电话。”

澄子叫她。

“是谁？”

“没有说名字。说是太太来听电话就知道了。”

“是谁啊？”信子低头思索，“是一位上了年纪的太太。”

“是吗？”

总之，先去接电话吧。

“我是盐川。”

信子接过电话说。

“是盐川太太吗？”

对方确认道。

“是的……”

“我是浅野的母亲。”

意想不到的人打来电话，信子吃了一惊。对了，这个声音，正是浅野的母亲。之前信子去他家的时候听到过。不过，电话里的声音不像平时那么稳重大方。

“有一阵子没联系了，您还好吗？”

信子问候道。对方没有回答。

信子觉得奇怪。

对方忽然说：

“忠夫今天早上七点钟，去世了。”

信子一时不敢相信自己的耳朵，以为自己听错了。

“您说什么？”

她心跳加速。

“忠夫今天早上七点，去世了。”

话筒那边，浅野母亲的语气跟刚才没有任何变化。

“啊，浅野先生去世了？”

她反问道。

“多谢您平日照顾。”

母亲压抑着悲痛说。不过，她的声音开始颤抖。

“是忽然患了急病吗？”

信子耳朵里似乎充满了噪声，令她不知身在何处。

“不是。是自杀。”

“自杀？”

信子脑中嗡的一声。

她不知道该说什么好，一时说不出话来。

“一直承蒙您照顾，所以通知一声。今晚要守夜。”

对方挂断了电话。

信子呆呆地站在电话旁边，她的膝盖在颤抖。

浅野忠夫自杀了。

真是难以置信。不过，她也不是没有过这样的预感，自从信州回来，浅野忠夫再也没有跟信子联系过。所以，信子都已经渐渐忘记了他。

然而，这件事还是有了最终的结局。

浅野忠夫并没有忘记她，他的沉默，只是死前的征兆。

浅野忠夫过去的身影，一瞬间涌现在信子眼前。

在学校里，在他家里，送她出门的他。

追寻她来到甲府汤村温泉的浅野……这个人自杀了。

她回到房间，好长一段时间不知身在何处。

浅野的母亲，特意打电话来通知她，是因为觉得儿子是为信子自杀的。电话里的声音听来，不是简单的通知。

昨天晚上，浅野打来的电话里，声音也和平常不一样。而且，之前两次电话也都是浅野打来的。

“对不起。”

第三次，浅野这么说。他的声音嘶哑，那是与信子做最后的告别。之前两次，他打来电话，却没有出声，一定是不知道怎么跟她告别……但是，最后他说的“对不起”是什么意思呢？

信子不肯接受他的爱，他一直纠缠信子，这是他的道歉。

浅野忠夫是个优秀的青年学者，不过，他太纯粹了。信子可以想象，浅野的母亲有多么恨自己。

母亲电话里说，今天要守夜。也许她的意思是说，现在就算她赶去，也只是徒增困扰。他的遗体旁边应该已经有亲友聚集。在这种情形下，信子跑去，只会令人烦恼。

但是，死去的儿子爱着信子，母亲也许希望信子能来为他守夜。

母亲颤抖的声音也显示了她矛盾的心情。

信子恢复过来，给花店打了电话。她吩咐花店送去美丽的花束，名字只写上“信子”。

没有写上丈夫的姓“盐川”，是信子对浅野的一种补偿。

#2

晚上七点左右，信子做好了去浅野家的准备。她换上丧服，把念珠放进手提包，走到玄关。

叫来的车已经在门前等着她。

正在这时，丈夫的蓝色车回来了，停在门口。丈夫昨晚没回家，今天倒是回来得很早。

弘治意外地看着站在玄关处的妻子。她身着丧服，令他吃了一惊。

“出什么事了？”

丈夫问。

信子低下眼睛，回答说：

“浅野先生去世了。”

“浅野？”

丈夫似乎一时未能理解。

“我函授时的老师。”

“啊。”

丈夫惊叫了一声。

“那个浅野？”

他有些毛骨悚然。

“是生病了吗？”

信子一时无法说出浅野是自杀。

“不太清楚，浅野的母亲打电话来通知的，我准备去为他守夜。”

“……”

弘治站在原地，目不转睛地看着妻子坐上车。

“信子。”

丈夫追上坐上车的信子。

“浅野是什么时候死的？”

“听说是今天早上。”

“说了是生病吗？”

丈夫眼神很认真。

“没有人告诉我，也没有听到谁说，我不清楚。”

“哦。”丈夫接着说，“难道是自杀？”

“……”

信子心中翻江倒海，丈夫也感觉到了这一点。

说浅野是自杀的，是丈夫因为浅野和妻子间的特殊关系猜测到的。信子没有回答，她想为死去的浅野忠夫掩护，也有与丈夫对抗的意思。

“去了就知道了。”

信子吩咐打开车门等待的司机关上车门。

车开走了，丈夫还站在原地。

在车里，信子百感交集。信子想着这个在旅途中追寻自己的男人，最近一直没有见过他，虽然自己无法回应他的感情，但知道他自杀了，还是忍不住泪流满面。

他是母亲的独子。信子这番前去，很难面对他的母亲。

浅野家到了。

信子远远下了车，踏上许久未来的浅野家玄关。玄关的门上贴着黑框的“忌中”二字。两三个邻居站在一旁，似乎在窥探这家发生了什么事。里面的玻璃门映出红色的灯火。

信子的手搁在玻璃门的门把手上，线香的强烈气味袭面而来。玄关下面，堆满了客人脱下的靴子和木屐。

信子还没出声，就看见了里面一个穿着黑外套的女人的身影，那是草间泰子。虽然两人之前并不亲近，这个年轻女孩从前曾用憧憬的眼神望着自己，信子还记得她。她圆圆的脸，一双大眼睛，是个漂亮的姑娘。泰子曾经丰满的脸颊如今凹陷下去，似乎老了五六岁。现在，她正站在自己面前。

“请别脱鞋。”

她说。这就是不让信子进去。泰子走下玄关，穿上鞋子。

“对不起，请到外面来一下。”

两人走到黑漆漆的室外，泰子转过身，对信子说：“我并不希望……”她的声音里感情强烈，眼睛直视着信子，“盐川信子你来这里。”

“啊？”

“我很爱浅野忠夫，忠夫是被你杀死的，请回去吧。考虑到忠夫的心意，我们把你送来的花放在了他枕边……”

成果

#1

盐川弘治成功地从妻子娘家借出了六千万日元，不算之前的五百万日元。

比起他一开始提出的金额，少了很多。长冈的信子娘家没能如愿卖出土地，说只能拿出这么多，请他见谅。

信子的父亲来到银行，亲自把钱交给了弘治。

“告诉信子的话，她会担心，还是不要告诉她了。”

弘治跟岳父说。所以，他们约好，不要去他家，到银行来交钱。

“我收下了。”

弘治收下六千万日元的支票，写了一张收据。

“明天我就把这笔钱拿给东方观光。我说过好多次了，是一笔很有赚头的生意，您完全不用担心。”

“那就全拜托你了。毕竟，这是我的全部身家了。”

父亲再三叮嘱。

“我明白。东方观光现在还不出名，马上就会有是土先生加入，现在的资产就会膨胀三倍，经营方面，是土集团也会派出人才。这是一笔绝好的投资。”

“我也是这么想的。”

父亲深信女婿颇有经营才能。虽然只是个银行职员，对经营却很有一套。

“如果父亲有意，可以把出资换成股份。”

“是啊。”

父亲有些踌躇，他有些不安。

“这个，以后再说吧。”

弘治见势，趁热打铁说：

“不过，我是这么想的，是土先生那边真的进来以后，员工就很难分到股份了，倒是现在把股份捏在手里保险。”

“是土先生真的会出力吗？”

“岂止是出力，将来这条观光路线会成为是土集团的一个重要事业。现在不过是东方观光这个公司先动了手,必须先顾及他们的颜面。说实话，虽说还是个小公司，东方观光的股票最近也涨了一大截。”

“这件事已经公布于众了吗？”

“是土系内部还是尽量保密，不过还是有人已经听说了。”

“听你这么说，我就放心了，拜托你了。”

“明白了。”

“对了，本来想去你家一趟，不过，去见信子，还是带着她妈一起去比较好，下次再说吧。”

岳父这么说，还是顾虑女儿女婿间的关系。他虽然没有说出口，请弘治好好照顾女儿，但这句话已经写在脸上了。

弘治把岳父送到东京站，并没有马上回银行，而是一个人进了一家餐厅。

他倒不是特意来一饱口福，而是要一个人好好想想今后的策略。现在现金已经到手了，必须重新想想以前的计划是否需要改进。

六千万日元，现在来看不是一个小数目，虽说是别人的钱，但已经等于进了自己的口袋了，所以必须想出一个最有效、最安全的投资方法。本来弘治准备把这笔钱借给德山，但钱真的到自己手里，就这样借给德山，太可惜了。这么一来，只是为德山做嫁衣裳，不如直接去讨是土的欢心。

他沉思着。

德山那边，互济银行的干部们已经同意借出两千万日元，这纯粹是银行贷款，但自己手里的这六千万日元不一样，他不准备就这么轻易地交给德山。

还是让德山先拿到银行的两千万日元忍耐一阵吧。之前虽然约好了是一亿日元，不过两千万日元也够他手头急用了。不久是土那边的资金进来，两千万还是一亿都不算什么大问题。反正，最后是土会把那个公司吞并。就算现在交给德山整整八千万日元，也只是帮他的忙，对自己没有任何好处，是土庆次郎和自己还是隔着一层。

盐川弘治想起了是土集团的某位重要支柱人物。在是土势力还没有如日中天时，他曾经拿出两亿日元，赢得了是土的信任。

自己的金额不算多，不过，如果不能给是土老人留下深刻的印象，就毫无意义了。弘治准备仿效那位是土集团的重要人物。

弘治主意已定，没有通知德山，直接给宫川常务打了电话。他说有急事想见宫川常务，宫川说在公司等他。

“有意思。”

宫川常务见到弘治，听说了他的决定，微笑道：“正如你所说，比起通过德山，直接把钱给会长，更有意义。”

“宫川先生也这么想吗？”

弘治见对方对自己的想法表示赞同，松了一口气。

“是的。虽然有些对不起德山，不过我们最后总归会成为一家人，也不算是背信弃义。没关系。”

“那我就放心了。”

“那，德山那边怎么交代呢？”

“先给他银行的两千万日元，请他们再忍耐一段时间。”

“也许德山君要大失所望了，他要是有什么怨言，就由我来出面。”

“要是能这样，我也轻松多了……对了，宫川先生，我想去见会长，怎么接近他比较好呢……我准备当面把六千万日元献给会长。”

“原来如此。之前在歌舞伎座给你做了介绍，不过，当时旁边有许多闲杂人等，你也没能如愿以偿说上话。如果是正式见面，还是在公司里比较好，这样比较合适。”

“如果可能的话，真想和会长当面聊聊。”

“那，这么办你看怎么样？今天我问问会长有没有空，他明天好像要去多摩川。”

“多摩川？”

“会长在和泉多摩川有栋别墅，我们就这么叫。会长买下了整个丘陵，要去那里休息个四五天……那里差不多就是会长的第二个家。”

宫川半边脸浮起笑意。

“原来如此，我听说过。”

“会长每天早上都会早起。在自己家的时候，他会召集骨干们一起开早饭会，在多摩川那边就不行了，就剩下他一个人。不过，早起的习惯是不会变的，你想见会长的话，那个时候最合适。”

“宫川先生，请务必帮我搭个桥。”

“明白了。”

“宫川先生，今晚有空吗？就当提前庆祝吧。”

“不用了。”

当天晚上，盐川弘治就住在料亭。第二天傍晚才回家。

就在这个时候，他在自家玄关处碰见穿着丧服的信子。

他得知，浅野死了。

不过，现在他满脑子想的都是和是土庆次郎见面的事。

宫川告诉他，八点钟去见是土老人。那天早上，弘治提早二十分钟到达了是土的别墅门口。

小河附近都是平坦的住宅地。其中有一个小山坡，在郁郁葱葱的路边树掩映中，远看似乎耸立着一座山中城堡，屋檐在朝阳下闪闪发光。从山道到山顶，道路像一根卷住山体的丝带，蜿蜒而上。铺好的道路光滑可鉴，映照着早晨的阳光。通往山顶的别墅的道路，两边都是茂密的树林。

弘治把六千万日元的支票小心地收在口袋里。

玄关处就像旧日大名宅第一样，气势非凡。宫川常务走在女佣后面，满脸笑意地现了身。他比弘治先到，等候多时了。

“好，请进。”

地板比高级旅馆还要讲究，走廊弯弯曲曲。

弘治没有被带到正厅，而是一个狭小的茶室。打开小巧的采光纸门，多摩川就在正下方。对面是晨雾掩映中的丹泽山脉。

“会长说，就在这里谈吧……选在这里，可是特别待遇。第一次见面的人，一般会被带去大客厅。一开始就被带到这里来，说明会长对你很满意。我在会长身边很久了，看得很清楚。”

弘治听了，大为感激。

“都是托宫川先生的福。”

他频频点头致谢。

走廊上传来咳嗽的声音。在清晨新鲜的空气里，弘治敏锐地捕捉到了老人沙哑的声音，他赶紧正膝端坐。

是土老人坐在炉边点茶。

他所用的茶具看上去都很名贵。这位大人物，在他手里什么东西看来都名贵异常。

是土老人看上去只是平凡的老爷子。盐川弘治坐在客座上，毕恭毕敬地端起了茶杯。

老人淡淡地帮盐川点茶。

仪式完毕，盐川弘治诚惶诚恐地说出自己心中的话。他的眼睛紧紧盯着佝着腰的老人。

“之前拜托宫川常务转告给您，现在我手头有六千万日元现金。钱不算多，如果能用在这次的项目上，那就光荣至极了。”

虽然比不上某位骨干拿出的两亿日元，但弘治准备凸显自己全心奉献的一片诚意。

是土庆次郎年轻的时候历经艰辛，奋斗到今天，可以说看尽了人间冷暖。当然，在工作上，他风格冷血，被人称为怪物，但待人接物上，则颇具魅力。他这种类型的人，会让人感觉盛气凌人，也是常有的事。

弘治窥探着老人脸上的反应。

但是，弯腰往茶杯里倒茶的是土庆次郎，脸上没有出现任何表情变化。只有他突出的下唇动了几下，似乎轻声嗫嚅了几句，但听不见一句完整的话。

弘治为难地看着旁边的宫川常务。

宫川赶紧移到老人身边，两手撑在地上，倾听老人的耳语。他像一只蟾蜍一样趴着，一一点头。

就这样持续了一分钟之久。

宫川常务最后深深点头，回到弘治身边。

“刚才会长说了，”他翻译道，“多谢您的厚意，不过，这次还是不要直接交给他，还是先交给德山吧。”

弘治似乎被人打了一拳。只见老人正在悠悠地扇着茶杯。

看来还是行不通。

“别担心。”宫川一脸安慰地说，“会长夸奖说，你虽然年轻，但还是个难得的人才。光凭这一句，你到这里来也是有收获的。”

“……”

“会长可是个嘴上不留情面的人。而且，以他现在的地位，对谁也不必客气。说话也是从不顾虑的。”

“那就是说，”弘治终于看到了一线希望，“会长觉得我不错？”

“是啊。”

宫川用力地点了两三下头。

“我一直都待在会长身边，很了解他的习惯。在评价别人的时候，从他嘴里能听见夸奖的话是很难得的。”

“我提出的请求，会长听了是不是不高兴？”

“没有的事，绝对没有这种事。刚才我也说过了，请你放心。”

不过，弘治还是放不下心来。不管怎么说，对方并没有收下自己献上的六千万日元。这也就等于说，会长拒绝了自己。

问题大概出在金额上，如果是几亿日元，也许会长就会收下了。仔细想想，现在的那位重要干部拿出两亿日元，是在战后不久，要是在今天，相当于两百亿、三百亿了。想到这一点，弘治就觉得自己拿出的钱不值一提了。

信子的父亲要是能拿出一亿日元就好了。六千万日元，反而让自己徒招耻辱。

弘治不禁一个人羞红了脸。宫川的话，是他最后的一根救命稻草，他说会长夸奖了自己，这应该不是客套话。

他在心中咀嚼着这句话，以抵消自己刚才的失败带来的沮丧。

弘治在是土家大概待了半个小时才离开，他马上去找德山，是土已经发话了，把六千万日元交给德山，他不需要再踌躇。

“呀，真是帮了我的大忙了。”

德山笑逐颜开。

“乡下人没眼界，后面还有，这是第一期，还请见谅。”

弘治气势弱了一截，如果光是面对德山，交钱时他一定趾高气扬。是土的话现在还在他耳边回响。

“哪里，说句不好听的，我还以为这么一大笔钱又是小地方借来的，一时半会儿不能到位。全靠盐川先生啊。”

加上银行借出来的正规贷款两千万日元，一共是八千万日元，德山已经很满足了。

当天晚上，德山招待弘治，两人频频举杯，弘治回家的路上去了枝理子家。

之前一直盘踞在他脑海中的问题有了定音，他忽然就想起了浅野助教的死。

“浅野老师死了。”

弘治一边把外套递给枝理子一边说。

“啊？”

枝理子瞪圆了眼睛，一瞬间似乎屏住了呼吸，看着弘治。

“什么时候？”

“昨天早上。有人通知了信子，那家伙就穿着丧服赶紧出去了。”

“是生病了吗？”

“信子是这么说的，但死得这么突然，有些奇怪。”

枝理子没有说话。

“喂，浅野死了，不是更好吗？”

“……”

“他死了，就剩下你太太一个人，很难为自己辩解了。”

#2

枝理子两眼放光，对弘治说。

“浅野死了，反而对我们有利。这么一来，你太太就很难为自己辩护了。”

“你还真是诡计多端。”

弘治看着枝理子可爱的脸。

“说我诡计多端，好像我是坏人。”

“可爱的小恶魔。”

“我这可是为了你着想。为了你，地狱我也敢下。”

枝理子这么说，是因为她还梦想着能和弘治结婚。

枝理子妖艳的瞳孔闪闪发光。为了自己心爱的男人，什么都愿意做，这是下定决心的女人不可思议的美丽眼睛。

“我现在马上去甲府。”

“甲府？”

“去见下村。”

“……”

“我准备去唆使他制造信子出轨的证据。现在不趁热打铁，时间长了，他醒悟过来就晚了。”

“是吗。”

“他现在可是拼命讨我欢心哦。呵呵……”

枝理子耸耸肩膀。

“现在我叫他做什么他都会照办。对，要趁热打铁。”

“好。”

弘治点点头。

“那就明天一早坐火车去……不过，”他两手放在枝理子双肩上，“太沉醉于自己的演技，小心弄假成真啊。”

“你吃醋了？”

她笑道。

“这一点我还是相信你的。”

“可是，他可是为我发狂了。”

“别太过分。可怜的家伙。”

“比你可天真多了。不过，对这种人，我可一点兴趣也没有。”

“有兴趣就麻烦了。”

他抱住枝理子的肩膀，把她的脸转向自己。

“那么，你具体准备做些什么？”

他放开她，问。

“首先，证明信子和浅野一起在汤村的旅馆住过。”

“证据呢？”

“浅野住过的旅馆里还有他的笔迹。上次，和下村见面的时候，我拜托他从旅馆拿几张登记名簿用纸，在浅野的名字旁边写上信子的名字。”

“泷和酒店那边怎么办呢？”

“幸好，信子是用化名住宿的。”

“原来如此。”

“瞧你，”枝理子看着弘治脸上的表情，“一下子一脸哀怨，看来还是关心太太啊。这样的话，我就罢手。”

“没有的事，请你务必这么干。”

“过后不会后悔吧？”

“要是会后悔，就不拜托你了。”

要做好准备，长冈的妻子娘家借来的钱不用还了。弘治想。

妻子娘家可能会因此家道中落，濒临破产，这一点他心知肚明。借来的钱不能随意支配，不是自己的钱，总觉得不舒服。老想着利息啊，归还本金啊，什么也干不了。

反正信子已经和自己貌合神离，只是名义上的夫妻。同样是分手，不如在分手时，从她身上多捞一些油水。

他觉得，这可以算是对不爱自己的妻子的报复。

不过，他也不准备跟眼前的枝理子结婚。她是个好的游戏对象，但不适合家庭。

弘治想有一个稳定的家庭。这次，他要找一个为了自己牺牲一切、甘于照顾自己的妻子。

不过，这件事不用着急。今后，自己的人生会上一个台阶，一个接一个新的女人会出现在自己面前。现在，他还想多享受充满期待的空窗期。

幸好，是土庆次郎对自己的印象也不坏。那之后，宫川常务曾经打电话来告诉他，是土老人心情不错，他自认为是底牌的资金提供，对是土来说也不算什么大事。

“不过，他觉得你很有魄力。”

宫川常务这样说。

“喂，”枝理子并未察觉弘治的心理，说，“今天晚上，去哪里跳舞吧。”

“跳舞？”

“我今天好高兴。看来，和你结婚的日子越来越近了。”

#3

“哦？说是要给是土先生六千万日元？”

在料亭的内室，德山专务饶有兴趣地听着宫川的话，忽然笑起来。

“还嫩啊，这家伙，真以为自己是实业家了。”

房间里还有四个艺伎，里面有几个德山和宫川经常照顾。

两人谈论这种话题，却并没有把女人们打发走。虽说是密谈，却毫不避讳。也就是说，两人都觉得盐川弘治还是个毛头小子，不足为虑。

“是土先生是怎么说的？”

德山问。

“老人家都笑了。不过早晨为他点茶，也算是给足他面子了。”

“这还真是是土先生的高明之处，对方的心思都逃不过他的眼睛。”

德山似乎十分佩服，低下了头。

“不过，德山先生，那个盐川，就像你所说的，不当心的话，以后会扯你后腿啊。”

“这我早就料到了，一直都很警惕。不过，我还真是幸运。”

“哦？怎么说？”

“这个人跑去找你，你也一一告诉我，是土先生也护着我。我现在的全部身家，就算你们都拿去，我也不后悔。”

“那可真是不敢当。你好不容易拼搏到现在，请坚持到底。今后我也会支持你的。”

“多蒙您一直支持，每次听到这些话，我都感激不尽……盐川那边，我就装作不知道，怎么样？”

“当然，这样最好了。这家伙做梦也想不到，我们经常这样见面。”

“那六千万日元，就多谢了，我收下了。”

“有了这个人，你也方便不少啊。”

两人放声大笑。

艺伎们见两人说得起劲，不便打扰，只在旁边低声窃窃私语。

“那是昨天早上发生的事吗？”

“是的。大概盐川马上就去找你了吧。六千万日元的支票，他可是小心地藏在胸口的口袋里啊。”

“他态度还好，跟我说，好不容易筹到了这些钱。我当时不知道还有这一出，所以也谢了他……女孩子们看起来很无聊，怎么样，我们去酒吧坐坐？”

德山说。

“啊，准备回去了吗？酒吧的话，我们也想去。”

“不如去俱乐部吧，更有意思。”

艺伎们忽然精神起来。

“原来如此，你们还年轻，就想着跳舞啊。就去一家看看，怎么样？”

德山对宫川常务说。

“俱乐部有点……”

宫川似乎有些犹豫。

“偶尔去去，换换口味。”

女人们听了这话，开始对宫川下功夫。

“阿宫，去吧。”

两人带着艺伎们，乘两辆车从料亭门口出发。

德山坐在前面一辆车上，宫川坐在后面一辆车上，两人身边都各坐着一个艺伎。

已经十点多了，车向赤坂方向驶去。

最近，这一带已经成了新的欢乐街，目之所及，霓虹灯闪烁耀眼。

车停在一个俱乐部门前，侍应生穿着外国兵式的红色制服恭恭敬敬地打开了门。

两人在艺伎们的簇拥下，踏上红地毯，走向客座。

俱乐部几乎已经满员了，侍应生给他们收拾出了一个大桌子，众人坐定。

舞池里，人头攒动，大家都在跳舞。艺伎们都已经按捺不住了，一直望向舞池。

德山向侍应生点了酒。望向舞池，接着，他“啊”的一声，一脸诧异。

他靠近旁边的常务：

“喂，宫川先生，那边跳舞的不是盐川吗？你看，在舞池中央穿着白衣服跳舞的男人。”

“哪个？”

宫川也望向昏暗的舞池。

“啊，真的，是盐川呢。”

他仔细辨别着。

“今晚还带了一个年轻女人啊。”

德山饶有兴趣地看着。

“是这儿的陪酒女吧？”

宫川说。

“不，应该不是吧。看着像良家妇女，舞跳得不错。”

“那，难道是盐川的情人？或是出轨对象？”

“大概是情人。”

艺伎们听到了他们的话。

“阿宫和阿德，你们干吗老盯着别人！我们也快去跳舞吧。”

她们催促着。

“怎么办？”

德山看着宫川。

“在这里碰面，不太合适。”

宫川歪着头。

德山看着和年轻女人跳着伦巴的弘治，脑中浮现出信子的身影。

信子肯定正在家独守空闺。

德山马上站起身，装作去洗手间，其实去了打电话的地方。

他掏出记事簿，拨起电话。

“是东洋堂吗？”

对方是银座的贵金属商，接电话的是值班的店员。

“我是德山，你们老板在吗？告诉他是东方观光的德山。”

他等了一会儿，老板来接电话了。

“这么晚真对不起，你能带五六颗宝石来吗？……对，已经很晚了。我现在在赤坂的L俱乐部。你告诉这里的侍应生，我就会出来……对。要戒指，钻石、猫眼石、红宝石等，拿给我看看。”

德山挂断电话回到座位上，宫川正和艺伎们喝酒。又来了几个陪酒小姐，一桌热热闹闹。

两个年轻的艺伎已经去舞池跳摇摆舞了。

“盐川呢？”宫川低声说。

“已经回那边的桌子上去了，好像准备走了。”

“没看到我们吧？”

“没有。”

宫川笑了。

“他忙着自己的事呢。时间还早，应该准备再去一家吧。”

“这样下来，今天不用回家了。这家伙，还真会玩。”

“是啊。看这样子家里一定夫妻不和吧？”

“不太清楚，他似乎对家里也很有一套。”

德山说。他自以为对盐川夫妇的情况很了解。

“好了好了，他们准备走了。”

德山望过去，只见盐川弘治让女人先行，穿过狭促的桌子，走向出口。

“怎么样，那个女人？”

“看上去不像是酒吧里的女人，搞不清楚底细。”

不过，宫川似乎放下心来，迫不及待地拉起喜欢的艺伎步入舞池。

侍应生悄悄走到德山身边，弯下腰。

“东洋堂的人来了。”

德山点点头，拉开椅子，站起身来。

“怎么又站起来了？”

艺伎们都看着他。

“有点事。”

德山笑着走向出口，一个四十岁出头的胖子站在衣帽间门口等他。

德山跟他打招呼：

“这么晚还叫你来，真对不起。”

“哪里……这地方真不错。”

“有没有安静一点的地方？”

他问侍应生。侍应生把他们带到餐厅的一角，这里客人不多。

德山给一再推辞的宝石店老板点了一瓶啤酒，自己打开盒子，里面放着七八个宝石戒指。

餐厅的吧台很明亮。在灯光照射下，钻石闪闪发光，猫眼石显现出一条彩虹一样的光晕，红宝石如同镶嵌在深红色天空上的一颗明星。

“这个多少钱？”

他拿起猫眼石。

“这个可是上好的，要六十万日元。已经很便宜了。”

德山把猫眼石放在手上，从各个角度对着光线看。

“就这个了。”

他爽快地说。

“多谢惠顾。这个不管送给谁当礼物，都是拿得出手的。”

宝石店老板从包里掏出一个小盒子，把猫眼石收进去。

“专务先生，对方多大年纪？”

“二十七八吧。”

“这样的话，这个成色，完全没问题。”

双重人格

#1

德山专务到东都互济银行拜访盐川弘治，两人在会客室谈话。

他们谈的是明面上从这家银行借的钱，只是程序上事务性的见面，这种时候作为一个年轻的银行家，弘治就显得十分优秀。态度潇洒大方，脑子也转得快，对财务方面也十分精通，谈起事情来十分利落。

德山边谈边想，如果这家伙没有那些过剩的野心，今后也许会成功。他对自己的才华太过自信，不可能满足于做一个小小的互济银行的职员，特别是这个银行里，行长以下，上了年纪的职员都相对保守，这一点他也无法忍受。盐川曾经数次跟德山抱怨过。

说穿了，盐川弘治怀着莫大的野心，想要去实业界闯出一片天。

为此，他不惜牺牲自己的妻子。

那天晚上，德山在俱乐部目击弘治和年轻女人跳舞后，打电话到弘治家里。

“他还没有回来。”

信子在电话里这样告诉他。

听到信子的声音，德山眼前浮现出之前在O酒店见面时信子的那张脸。

“有件要紧的事要联系您先生。”

深夜打去电话，德山找了个借口。

“他大概几点会回来？”

“这个，不太清楚。”

信子的声音似乎很为难。弘治回不回家，身为妻子的她并不知晓。

也就是说，他经常流连在外。

“那我就明天打电话去银行吧……啊，明天我会跟他讲的，这么晚打电话过来，您就不用告诉他了，我怕他不高兴。”

信子答应了。两人的对话看似平淡无奇，德山却觉得自己又接近了信子一步，两人之间有了一个小秘密。

没有什么比拥有共同保守的秘密更能让两个人亲近，德山准备尽可能制造和信子之间的小秘密。

从这一点上来说，这次打电话很有收获。而且，他也证实了自己意料之中的事，盐川弘治和外面的女人打得火热，经常不回家，信子总是独守空房。

此后，德山一直把装着猫眼石戒指的小盒子放在自己的口袋里。到了公司就把它放在办公桌的抽屉深处，出去时有些麻烦，不过他还是会带在身上，不知道什么时候，这东西就会派上用场。他一直带着这东西，不忘寻找机会接近信子。

德山不止那天晚上打去了电话。

第二天晚上，还有隔了一夜后，晚上他又打去了电话。

但是，弘治都不在。如此频繁地深夜往先生不在的家里打电话，一般来说是十分奇怪的事。

但是，德山想通过这样做，让信子知道，自己很关心她。

“我们的项目最近进展迅速，马上就要进入实施阶段了，所以，有很多事要跟您先生联系。不过，他今天又不在家，没办法，明天我给他银行里打电话。”

他这么说。每次，他都嘱咐信子，不要告诉弘治自己打过电话。

这也是德山的一个实验。如果信子没有听自己的嘱咐，告诉了弘治自己深夜打来电话的事，第二天弘治必然会打电话来询问。不过，弘治从来没有问过这件事。

之所以会这样，德山觉得应该有两个原因。

一是因为弘治完全不着家。这样一来，他根本不可能听妻子说起这件事。

二是就算他一直住在外面，有时也肯定会回来，信子应该也会告诉他德山深夜打来过电话。但是，弘治方面没有任何反应，看来信子忠实地听从了自己的嘱咐。

德山一次次给信子打电话，渐渐觉得对她的热情之火在自己胸中熊熊燃烧。如果能在电话里表达自己的情意就好了，不过他还是谨慎地控制住了自己的冲动。否则引起她的反感，以后对自己戒心重重就不好了。

在德山的脑海中，浮现了信子独自在家时，自己忽然去拜访，递给她自己口袋里装着宝石的小盒子的情景。

对女人积极进攻，德山很擅长。他在自己的想象中，来到丈夫不在的信子家，采取了实际行动，对信子做了爱的表白。

但是，现在时机还未成熟。和他以往打过交道的女人不一样，信子这样的女人相当难得手。小心翼翼地一步一步接近她，对他来说充满了乐趣。本来，这位夫人已经身陷于一条裂缝可能引起全盘崩溃的不幸处境里。

在德山面前侃侃而谈的弘治，看起来过着规矩正派的生活。他说话时的利落劲儿，无可指摘的专业态度，令人无法相信他过着如此堕落的生活。

这个男人也许有双重人格。

一边和自己接近，一边伺机一举和是土庆次郎攀上关系。幸好，中间有宫川常务，自始至终都没有对自己隐瞒，他的计谋才落了空。如果没有宫川，不知道会变成什么样的局面。宫川曾说，这个男人以后会挖自己的墙脚，确实如他所言。

不过，在银行里的他，看上去完全不像是那样的人，待人亲切大方，无可挑剔。

还有，他从妻子的娘家拿出钱来用于这个项目，也是为了向是土庆次郎献殷勤。虽说那是信子娘家的钱，弘治似乎有所企图。和妻子关系不和，却从妻子娘家借钱，不符合常理。他能轻易拿到这么一大笔钱，手腕也真是不容小觑。

对付女人他似乎也很有一套。那天在俱乐部看见的年轻女孩，大概是他的情人之一，他应该还有其他女人。可以好几天不回家，就说明了这一点。

德山专务和盐川弘治交谈时，脑子里思绪万千。

一个银行职员来通报，说是有电话找弘治，德山借此机会准备起身告辞，事情已经谈完了。

“等等我，电话应该马上就说完了。”

盐川弘治让他等着，回到自己办公室接电话。

“是我……”

是枝理子的声音。

“现在，下村从甲府到东京来了。”

“东京？”

“他现在在新宿……之前我拜托他的事，他已经办好了。”

弘治知道，枝理子在甲府待了一整天，确保下村按他们之前的计划行事。

“他说是为了见我才来东京。没办法，我只好去新宿接他。我趁他不注意，找了个机会打电话过来。”

“他来东京是出差吗？”

“没有，他是瞒着公司来的。”

“嗬！”

盐川弘治算是服了，心想，这世上还真有这种一点就着的年轻人。

“那东西带来了吗？”

“他说，差不多都成了，过两三天就能办好。”

“那就算是没问题了。”

“看他的样子，可不会轻易说回去。今天一天都得耗在他身上了，本来还准备来找你呢。”

“好的。还是要哄着他，等我们拿到那东西，所有事情都搞定为止。”

他用平静的声音说。

“可以。不过，我这样，你不吃醋吗？”

“我知道你的心意。没关系，我相信你。”

“那，作为补偿，今天晚上陪我好吗？和这种毛头小子一起浪费时间，接下来你不补偿我可不行。”

“好的，知道了。好好干。”

弘治挂断了电话。

他回到会客室，德山正在无所事事地抽着烟。自己重视的下属抛开工作跑到东京来玩，这件事他一点也不知情。

“久等了，我送你出去吧。”

“麻烦你了。”

原来是为了送他出去才让他等。总之，是个很周到的男人。

德山回到了公司。

想到刚才和盐川弘治谈过的事，他觉得有必要联系在甲府的下村。他让职员打电话到甲府。

“下村君今天好像没有来公司。”

职员告诉德山。

“去山里了吗？”

“大概是的。他昨天说，今天不来公司，要去哪里转一圈。”

“是吗。告诉他，回来了立刻给总公司打电话。”

德山又处理了两三件事，到时间去拜访别的出资者了。

车已经来接他了。

在出资者家里办完事，已经将近傍晚了，德山准备回总公司。

他望向窗外，车经过四谷的大道。近来这一带很热闹，车辆前进半步都艰难。他无聊地看着窗外行人的脸。

到了赤坂见附一带，他看见人行道上行走的人群中，有一个男人长得很像下村，他吃惊之下，凝目望去，旁边还有一个女人。正值红灯亮起，车停下来，他能得以仔细辨认。

两人正站定，在说着什么。不久，女人向这边走过来，下村向反方向走去。分手的时候，两人似乎轻轻握了握手。

令德山大吃一惊的是，那个女人正是之前在俱乐部和盐川弘治跳舞的人。当时因为她跟盐川弘治在一起，德山曾仔细打量，不可能看错，就是这个女人。

下村正往四谷站走去。

德山准备掉转车头去追下村。不过，现在正堵得厉害，车根本无法掉头。眼看下村就要走掉了，德山决定当场下车。

红灯变成绿灯，车队开始动起来，德山不顾危险，见缝插针，穿过车辆间的缝隙，走上人行道。他大步流星地去追赶下村。

德山还没弄清楚是怎么一回事。弘治的女人怎么会和下村走在一起?不过，这个疑问只在他脑中持续了两三秒。之前下村说过，这就是当时和盐川弘治一起在甲府的女人。下村准备带他去参观项目,他自己先走了，留下这个女人，和下村一起去参观。

这个女人的来历算是清楚了,不过,本来应该在甲府山中工作的下村，不知道为什么会出现在东京街头。

德山总算走近了下村，他从后面拍了拍下村的肩膀。

下村吓了一跳，扭头一看，自己面前竟然出现了专务的脸。他的脸一下子变得煞白，瞪大眼睛，带着不可思议的表情站住了。

“呀，准备去哪儿？”德山笑着说，“没想到你到东京来出差了。”

下村说不出话来。他垂下眼睛，苍白的脸这下子红到了脖子根儿。

“既然都来了，去喝杯咖啡吧。”

德山在前面先走，下村紧张地跟在后面。

这附近有一家出名的牛排店，在小吃吧可以简单喝些东西。

德山带着下村进了牛排店。

“你要喝什么？”

德山问，下村垂头丧气，没有回答。

德山帮他一起点了啤酒。

德山喝了一口啤酒。

“专务，”下村低声叫道，“今天……真是对不起。”

“什么？”

德山尽量做出和蔼的表情。

“我……不是出差。我说谎了。我没告诉公司就跑出来了。”

“我知道。”专务若无其事地说，“刚才我给甲府事务所打电话了。”

下村听了，更是大吃一惊。

“本来应该在山沟沟里，你却跑到东京街头来转悠，还真是奇怪……跟你一起的女孩，是你的女朋友吗？”

下村的脸红得像是飞起了两团火。

“不过，你这个年纪正是最开心的时候。这个世界五彩斑斓，奇妙无比吧？”

“……”

“我不会过多干涉你的私事。不过，公司的事还是要做好。”

“真对不起。”

下村垂着头，手都不敢碰酒杯。

“喂，别这么拘束，喝一杯吧。”

“是。”

“既然已经来了，就不要畏首畏尾，干了。”

下村用带着哭腔的声音说：

“专务，你认识刚才那位小姐吗？”

“什么意思？”

德山不解。

“那位，就是之前东都互济银行的盐川常务到甲府来的时候带来的小姐。”

“是吗，盐川君啊。”

“不瞒您说，那位是成泽枝理子小姐……这是她的名字，我喜欢上枝理子小姐了。”

“哎呀哎呀，就见了一面，就深陷情网了。为了见她，所以翘班了？”

“我有些不明白。不，我确实是翘班来见她，这没错，不过，我还有一件重要的事来找她。”

“重要的事？跟公司有关吗？”

“也许多少有一点。不过，没有直接关系。”

“听不明白。你先喝一杯，再好好说。”

“我现在不知道该怎么办了。”

下村声音沉痛。

“所以你很烦恼？”

“不，不光是这样。专务，盐川弘治先生对我们公司来说很重要，对吗？”

“当然。盐川先生是我们公司重要的出资人……不过，到底是怎么回事？”

“我和枝理子小姐交往时，怀疑她可能是盐川先生的情人。一开始，盐川先生介绍说是自己朋友的妹妹，我觉得有些可疑，我问了枝理子小姐，不过她否认了。”

“原来如此。所以，你才开始烦恼？”

“不，不光是这样。这件事之前我也告诉过专务，她拜托了我一件事……伪造资料，证明盐川先生的太太和浅野助教曾经在甲府附近的汤村温泉住过一夜，也就是证明浅野和盐川先生的太太曾经在汤村的旅馆有过出轨行为。这就是她的要求。”

“哦。”

德山也只能看着下村哭丧的脸。

“之前，专务那样说了，我就答应了她的请求。”

德山沉默了五六秒。

“后来怎么样了？”

“后来，我就拿到了浅野住宿的旅馆的客人登记簿，在旁边写上了盐川信子的名字。而且，我还拜托旅馆的人，说有特殊情况，以后有人来调查，就说两人一起在这里住过。”

“你把登记簿的那张纸拿来交给她了？”

“不，还没有……今天见到枝理子小姐，她要求我这样做。但我还没下决心，就说以后再给她，还在我身上。”

“在哪里？快给我看看。”

“是。”

下村老老实实地从口袋里掏出一张纸。

德山摊开纸看。上面确实并排写着“浅野忠夫盐川信子”的字样。

“‘盐川信子’这四个字，是你写上去的吗？”

“对，是的。”

下村低垂着头，满脸羞愧。

“专务，”他说，“枝理子小姐那边，我准备放弃了。知道她是盐川先生的情人，还帮她出谋划策，我太傻了。大概她是想以这个为证据，缠住盐川先生，让他和太太离婚，自己上位。她只是在利用我。”

青年的语气里充满愤怒。

不过，德山在车里看见了他和枝理子分手时的一幕。分手的时候，他握住枝理子的手，一直舍不得放。他言不对心，肯定还很爱枝理子。

“我要在专务面前撕掉这张纸。”

下村伸手拿过登记簿，作势要撕。

“等等。”

德山按住他的手。

“啊？”

“不，现在还不是撕的时候。喂，下村君，”德山脸上浮现微笑，“登记簿拍张照片，就照成泽小姐说的，给她。”

“啊？”

下村十分意外。

“给她之前，先拍一张照片。”

“……”

“我自有打算。你拍张照片保存下来，然后给成泽小姐。”

“专务！”

“不，不，这个世界可不像你想象的那么简单，就照我说的去做吧。”

下村更加一脸困惑。

“等时机成熟，我会向你解释的。在那之前，你就不要多嘴，照我说的去做，好吗？”

他把啤酒推到不敢伸手的下村面前。

“对了，那个浅野，现在怎么样了？”

“专务，事情的发展真是出乎意外。浅野他自杀了。”

“啊？”

这次换德山大吃一惊了。

“什么时候？”

“就在四天前。据说是上吊死的……我觉得这件事可能和浅野的死有关，这几天我心神不宁，都睡不着觉。”

#2

两天后，下午三点左右，德山向盐川家打电话，他知道弘治不在家。

虽然没有事先调查，他也知道，盐川弘治肯定不在家。德山没有从公司打电话，而是在外面用公用电话打过去。

话筒那边铃声在响，似乎在通报着德山接下来幸运剧的开始。

一开始是女佣来接电话，接着听到了信子的声音。

“我是德山。”他说，“之前经常晚上打来电话，真是不好意思。”

“没有，您客气了。”

信子的声音很冷静。

“实际上，有件东西务必想请夫人过目……”

“有什么事吗？”

信子的反应在德山意料之中。

“这件事，暂时要对您先生保密。”

“啊？”

“我要说的事，跟太太您有关，您务必要知道，在电话里不方便说，本来我准备到您府上拜访，不过有女佣在，而且，我来的话，传到盐川君耳朵里也不合适。”

“啊，不过，”信子似乎疑虑重重，“到底是什么事呢？您能大概告诉我一下吗？”

看来她很谨慎，警戒心很强。

“那我就先透露一点，盐川君想要中伤夫人您。我听说了一个阴谋。”

“啊？”

信子似乎准备追问下去，不过她没有说出口，沉默了下来。

德山认为，沉默就意味着信子已经陷入了混乱。

“这件事很微妙。”德山找话说，“我手里有证据。”

“证据？”

信子轻声叫道。

“是的……不久前，夫人在甲府附近的汤村温泉住过吧？”

“是的。”

“跟这件事有关。这个阴谋会让夫人十分困扰。我想，这件事应该不至于跟您丈夫盐川君有关。为了确认这一点，也必须跟夫人详细谈谈，把手上的证据给您看。”

“明白了。”

信子的声音很无力。

“在哪里见面比较好呢？”

“是啊……我现在在银座，您能过来吗？地点就在五丁目的科伦巴二楼。这边没什么人。”

“我一小时后到，是科伦巴，对吗？”

信子挂断了电话。

德山心情愉快地走出公用电话亭。

据说浅野忠夫已经死了。下村几天前听说了这件事，吓了一跳，应该不会有错。

据下村说，浅野忠夫的自杀和信子有关。下村说，大概是失恋。

听说了这件事，德山对信子的热情越发高涨。这个女人居然有男人为她自杀。这么难得的女人更值得追求了。

幸好浅野这个男人死掉了。在这一事件中，当事人之一永远地闭上了嘴，也就是说，他永远无法再妨碍德山了。这个男人的存在一直让人担心，如果这个当事人说些不该说的话，肯定会带来不少麻烦。他自己选择了死，一切都恰到好处。

离约会的时间还有一小时，德山回到办公室，怀着愉快的心情工作着。

一个小时很快过去了。

他看看时钟的指针，从抽屉深处拿出装宝石的小盒子，收在上衣口袋里。

“我有点事先出去了。”他对秘书说，“今天我可能不回来了。”

德山提前五分钟到达科伦巴等候。

幸运的是，今天的客人很少。

约定的时间过了两分钟，盐川信子穿着和服进来了。

她的和服很素雅，尽量不惹人注意，不过，更是衬出她雪白的面孔。德山面带微笑地帮她拉开椅子。

“之前谢谢您的款待。”

信子道谢。

“哪里哪里，一直给您打电话，打扰您了吧？”

“您太客气了。”

“来，请坐。”

德山请她坐在自己面前。

点好咖啡，德山慢悠悠地抽起香烟，信子从未像今天这样看上去美丽非凡。他这才发现，自己对信子的迷恋越来越深了。

“您家先生怎么样了？”

他装作若无其事地问。

“是。”

信子垂下眼睛，没有答话。她看起来比实际年纪至少小五岁。窗户里射进来的光线，照得她的脸颊晶莹剔透。低垂的脸上，笔直的鼻梁显出她的理性和典雅。

这样的美人，难怪大学助教会因为单恋落空而自杀呢。

德山想。

德山心头热情燃烧。

以前，他曾经占有过好几个艺伎。不过，那都是靠金钱的力量。

这次行不通。要得到信子，自己必须付出相当大的努力。而且，她是良家妇女，这更唤起了德山好久未有的挑战欲。

“夫人，”他做出一副绅士的表情，温和地说，“电话里面已经透露了一些，我听到了一些奇怪的传闻。”

“是。”

信子仍然低着头。

“夫人您认识一个叫浅野的大学助教吧？”

“啊？”

信子吃惊地抬起头。德山觉得她的表情美得不可言喻。

“是的，我认识。”

信子很坦白。

“是吗……有些谣言，说这位浅野先生和夫人曾经在甲府附近的汤村温泉的某个旅馆里一起住宿过。”

“啊！”

信子盯着德山，不知道说什么好。只见她白皙的喉头在微微颤动。

看来她真的大吃一惊。不用这个诱饵也不能轻易把她约出来。说中了她的心事，她才肯出来。一般的借口估计还真是难以成功。

德山想。他准备这次就靠这件事来吸引信子。

“当然，夫人肯定不记得发生过这种事。这种谣言真是无稽。”

德山一脸愤慨地继续说下去：

“怪就怪在，这件事据说是盐川先生……也就是您的先生策划的。”

“……”

信子的肩头似乎已经在微微颤动。

“我觉得这不可能。因为这个世界上不可能有丈夫故意往妻子身上泼脏水。而且，夫人这么美，到底是谁要给您设下这个圈套呢？真是难以置信……于是我就问那个告诉我这件事的人，有没有什么确实的证据……”

信子还是没有抬起头。她低垂的眼睑扫下的温柔的弧线，更让德山心猿意马。

“那个人之所以告诉我这件事，是因为知道我们公司在和盐川先生合作。所以我就想，这肯定是看不得我们的项目顺利进行，跑来挑拨离间。我还怀疑那个人，于是他就给我看了一张照片，说这就是证据……谨慎起见，我给您也看一下。”

德山从怀里掏出一个茶色的信封，他拉出照片的一角，递给了信子。

信子接过信封，拿出照片。这是德山吩咐下村拍下的放大照片。

信子脸上的表情变化已经令德山看得迷醉。她的肌肉的细微颤动，脸色的变化一丝一毫都落在他的眼里。

信子把照片放进信封里，放在桌子上。两肩耸动，深深吸了一口气。

不过，她的脸上并没有出现德山期待的激烈表情。

“夫人，怎么样？”

德山忍不住问道。

#3

德山观察着看过照片的信子的表情。

“怎么样？”

他再次问道。

信子脸上还是看不出德山期待的变化，她的眸子仍然沉静，脸颊也像静水一般纹丝不动，她只是微微蹙起了眉头。这只能说是遇见了不愉快的事情时的表情。

“我完全不记得自己做过这件事。”

信子用沉着的声音回答道。

“是啊，肯定是这样，不过……”

德山自己反而表情夸张，深深点了两三次头。

“我也相信是这样，听了夫人的话，我也放心了。看来这就是一个骗局。不过，夫人，听说捏造证据的是盐川先生啊。”

“难以置信。”

“确实。丈夫给妻子设这种圈套，真是难以想象。不过，有个人可以证明，这是盐川先生让他干的。”

“……”

“那是个诚实的年轻人，所以我也不知道该不该相信，他应该不至于说谎。实际上，就是我的下属。”

信子低垂的脸猛地抬起来，一脸迷惑地看着德山。

“那家伙是个不错的年轻人。盐川先生拜托他做这种事，他中途觉得害怕，就向我坦白了。拿出照片的也是他。”

“……”

“我把他狠狠骂了一顿，还真是做了不该做的事。不过，他的话也有道理，盐川先生是我们公司的重要贵客，不能拒绝他的要求。”

“……”

“详细说来，盐川先生没有直接拜托这个年轻人，而是通过一个二十七八岁的漂亮女人……年轻人嘛，没办法，我那位下属完全被她迷住了。”

德山舔舔嘴唇。

“最后，他还是向我和盘托出。盐川先生确实对我们公司来说很重要，又抵挡不住那个女人的魅力攻势，就照他们说的去做了……夫人。”

“啊？”

信子抬起了低垂的眼睑。

“我那位下属一心还以为那个女人是单身。不，单身倒确实单身，不过，后来事情渐渐水落石出……这也是我那位下属说的，是他的原话。好像，是盐川先生的……”

德山装出一副难以启齿的模样。

“不知是真是假，不过我的下属觉得，那应该是盐川先生的心上人。”

德山故意这样说来观察信子的反应。信子的脸颊上仍然苍白得毫无血色。

德山心想，原来她早已知道丈夫有情人，所以才毫无反应。

不过，她难道心中还能波澜不惊吗？一般来说，从第三人口中听到这个事实，任谁都会有些许震动，特别是这么卑鄙的阴谋，是丈夫的女人亲手实施的，信子本来应该动怒的。

不过，信子脸上完全看不到一丝怒色。

德山的期待落了空，他有些焦躁不安，想看到信子的反应。

“夫人，”德山压低声音，“您知道您先生身边有这个女人吗？”

“……”

没有回答。信子似乎不想回答。

“是吗。”

德山独自点点头。

“夫人已经知道了啊。”

他叹了口气。

"……唉，这世上还真是什么事都有。到了您先生这种地位，有一两个女人也不奇怪。不过，我真替夫人鸣不平。既然您已经知道了，那我也就直说了。应该很久以来就这样了吧？"

信子还是一言不发。

"我觉得是这样。这种重要的密谋，盐川先生让她去做，而且是将夫人陷于万劫不复的境地，或许这也是那个女人的主意，大概是想把夫人赶出家门，自己登堂入室呢。"

"……"

"我想，这件事应该已经困扰夫人许久了。这我已经发现了。"

德山用体贴的口吻说道，做出一副神秘兮兮的表情。

"不过，盐川先生做出这种事，肯定是受了那个女人的蛊惑。这我可看不下去，作为一个朋友，我可不能袖手旁观。我一想到夫人，就感同身受，生气得不行。如果仅仅是个见不得光的外室，老老实实躲着，还能容忍。这么露骨地唆使盐川先生设下这么毒辣的陷阱，真是个黑心眼的女人。"

"……"

"我是这么想的。不过，就凭我一张嘴，夫人也许不相信，怎么样，直接问问我那位下属吧。实际上，为了这件事，现在他正在别处待命呢。"

德山专务说着，窥探着信子脸上的表情，劝说道：

"夫人，去见见那个人怎么样？"

"这个嘛……"

信子似乎并不起劲。她很平静，脸上的表情似乎在说，见了也无济于事。

"听了德山先生这番话，我想我已经很清楚了。"

她脸上带着淡淡的微笑说。

"这样可不行。"

德山极力争辩。

“就是因为夫人一向宽容，事情才会陷入如今这番田地。真希望我的老婆能学学夫人这样的气度啊。”

他干笑了几声。

“我本来想，只要您见到我那位下属，就知道我说的是真是假了。对夫人来说，也许不好过，不过，这件事不能就这么过去了，要趁此机会，好好彻底调查一番才是。”

“是吗。”

信子还是一脸平静。

德山见信子不上钩，打出了自己之前准备好的王牌。

“夫人，这件事可不光是您先生有外遇这么简单。”

“……”

“我觉得背后有更大的阴谋，我这么说可能不合适，我就是同情夫人，所以担心得很。也许是我多管闲事，不过这件事就发生在我身边，我不能坐视不管。”

“……”

“之前我也告诉过您，盐川先生借给了我们公司一大笔钱。”

“是的，我知道。”

“是吗……他借给我们的钱里面，一部分是银行拿出来的，还有一部分是盐川先生自己拿出来的。银行那部分钱倒没什么问题，我担心的是盐川先生的个人出资，这笔钱大概有六千万日元。”

信子抬起了头。她这才知道这笔金额的具体数目。

“这笔钱，如您所知，是从夫人长冈的娘家那里借来的。”

“……”

“对这个项目，我也非常有自信，不过从别人那里借来的钱，责任重大，我要弄清楚这笔钱的来历。这六千万日元就是夫人娘家出的。”

“……”

“所以，我就觉得难以解释了。再加上这次这桩不可思议的阴谋，我更觉得，背后一定大有文章。”

信子的表情这才变得凝重起来，她已经有反应了，德山准备再添一把火。

“……我得出了一个结论，不过，这个结论很可怕，我不敢告诉夫人。”

说出这句话后，他停了下来，似乎在等待自己刚才的话产生效果。

信子脸颊上终于有了血色，眼睛紧紧盯着德山的脸，她在等他下面的话。

“您尽管说吧。”信子说，“就算德山先生说出来，我也承受得住。”

“是吗。”德山故意叹了口气，“那我就直说了。也就是说，您先生……如果我下属说的全部属实的话，您先生恐怕准备不还夫人娘家拿出来的钱。”

“……”

“也就是给夫人扣上不贞的帽子，然后以此为借口，赖掉借您娘家的钱。肯定是这样……我的想法也许有点极端，或许是我太偏激了。”

信子的目光从德山脸上移开，落在桌子上。花瓶边缘挂着一片花瓣。玻璃桌面上，映出德山晃动的肩头。

“不过，这些也不全是我的推测，我那个下属有证据。”

“您说证据？”

信子反问道。

“嗯。要说证据，听起来不好听，应该说是确实的证明。所以，夫人，请务必见见我这位下属。”

信子想了一会儿，说：

“好吧。”

啊，准备去见他了。

德山内心欢呼道。不过，他脸上还是装出一副沉痛的表情。

“我觉得您这么做是对的。”他压抑着自己内心的狂喜说，“光是我来传话，也许并不真切。而且，我那个下属有些话也许没有对我说出来，他可以一五一十地告诉夫人。”

“那个人现在在哪儿呢？”

“他在新宿的餐厅等着。”

“那我们就过去吧。”

趁信子还没改变主意，德山赶紧站了起来，走向收银台。

他们出门后经过资生堂，走到停车场。那里停着几辆进口车，车里漆黑一片，这些车都是德山的。司机看见主人的脸，赶紧从车座上欠身。

德山打开车门，让信子先进去，自己也跟着进了车。他有意和信子保持距离。

“不过，怎么说呢，”德山看着窗外，“世上还真有这样心肠狠毒的女人啊。”

他用余光关注着信子的侧脸，说：

“您先生变成这样，肯定是那个女人唆使的。您先生也是社会上有头有脸的人，也不缺钱……肯定不是什么正经女人。”

他尽量不在信子面前说她丈夫的坏话。这能表现出他稳重的一面。另外，也可以隐藏自己对她的企图。他尽量把责任都推到她丈夫的情人身上。不管她装得多么冷静，信子仍然不过是一个女人。骂她的情敌，她一定会感到大快人心。

信子沉默不语。

外面天色暗了下来，信子的表情也渐渐看不清楚了。德山刚才说的话，是否有效果，也无从判断。

德山转移话题，谈起了自己的事业。他颇为自豪地谈起了这个项目是多么前途远大，这也是为了让信子对自己产生敬仰之心。

信子不太答话，也没有主动提问。

如果是普通的家庭妇女，一定会追根问底，喋喋不休。

德山这才看清楚了盐川夫妇之间的真实状态。这个女人，就算丈夫有了情人，也不会惊慌失措。她同意与自己同行，是因为自己娘家的六千万日元落到了盐川手上，自己提出怀疑，说这可能和丈夫给她扣上不实罪名有关。

夫妇两人之间的关系已经冷到了冰点。也许，两人之间早就没有夫妻之实了，应该是信子先拒绝的，大概是自从知道盐川有外遇之后。

德山任由自己的想象驰骋。信子只有二十七八岁，他想象着她长久以来已经形同守寡的身体。

这种女人，正面说服是没有用的，每个女人都有自己的弱点，这个女人似乎气性高傲，这也可以说是她的弱点。

德山这样想。

如果盐川弘治拿出来的六千万日元不准备再归还信子娘家，那他就替弘治还给信子，让她对自己感恩，这样就能牢牢地抓住她的心。

盐川弘治就不用管了。反正，他只是想利用自己接近是土庆次郎。总有一天要跟他决裂的，也许这六千万日元正是一个好借口。

车终于穿过拥挤的人群来到新宿。德山在某个餐厅门口让车停下，走进灯火通明、热闹非凡的餐厅。

“欢迎光临。”

女侍出来迎接，他看都不看一眼，装模作样地打量了一番店内。当然，下村并不在这里。

他走出店，赶紧钻进车里。

“晚了一步。”

他装作可惜地说。

“下属因为有件十万火急的工作，赶去别处了。刚才还等在这里，因为高峰时间，我们到晚了，最终还是没碰上……不过，他给我留了字条，他去的地方不远，我们赶过去，一起去找他吧。”

水畔

#1

德山说那个人在别的地方，邀她一起前去，信子有些犹豫。

她看看手表，已经六点多了，外面已经黑了。

“很远吗？”

信子问。

“不，不远。开车一会儿就到了。”

德山故作轻松地回答：

“真不好意思，带着您到处跑。不过，这种时候夫人最好能亲耳听到证人的话。这么重大的事从我嘴里泄露出来，我也责任重大。就当是让我好受点，请务必见见那个人。”

信子也觉得，必须见见那个人。和丈夫对质的时候，也好手中有证据。

既然不太远，那就去见见吧。以后可能就没有这种机会了，而且可能会更麻烦。

“走吧。”

“是吗，那好，我陪您。”

德山自告奋勇，掉转车头。

德山最担心的是，就这么让信子走掉。女人可能会以时间太晚为借口中途回家。自己一直装得风度翩翩，如果她一定要回家，自己也无法阻拦。

他和信子一起坐在车座上，沉浸在终于把她骗出来的成功中。

车从涩谷开向目黑，因为路上堵车，一时动弹不了。

“那位先生，现在在哪里呢？”

信子似乎有些担心。天已经完全黑了，街上灯光闪烁。

“在河边。”

“河边？”

“多摩川……年轻人嘛，想吃一顿河鲜。那种地方，哪有什么高级餐厅。”

德山若无其事地说。

“喂，”他在司机背后问，“从这里到丸子桥，还要多久？”

“啊，还要一刻钟左右。”

信子已经到了这里，失去了中途下车的机会。比起掉转车头回家，赶去那边更有效率。

不过，信子暗想，他这位下属还真是的，跑来这么偏僻的地方。

“这家伙就是想吃河鲜嘛。”

德山似乎察觉到她的心思：

“总是把他一个人留在甲府，好不容易有机会来东京，还是要让他享受享受。”

车终于驶入了宽敞的大道，加快速度奔驰起来。道路尽头，出现了一个电车车站，再前面就是一片茫茫的黑暗。

远处闪烁着点点灯光，那就是多摩川。黑暗中能看见一座微微泛白的桥。

车没有过桥，而是向右转弯。道路一边是造型时髦的路灯，另一边是山丘的斜面，模模糊糊能看见庭院里的树。

车停在一个气派的大门前。

“就是这儿。”

信子看这排场，有些踌躇。跟德山说的不一样，这里很明显是一家料亭。

深夜和德山两个人进料亭，她感到有些害怕。

但是，德山已经准备下去了，司机已经机灵地打开了门，一个看上去像是侍应生的人走出来。

“欢迎光临。”

德山已经下车了，信子一个人留在车里。司机席上，也已经空无一人。

无可奈何之下，信子下了车。如果发生什么奇怪的事情，她本来准备马上回家。这个料亭看上去很是气派，女侍应该也不少。如果大叫，肯定会有人来。

德山装出一副光明磊落的样子。让信子走在前面，他在后面跟着。他对前来迎接的女侍也十分和蔼。

“我有个朋友应该在里面等着。”

德山说。

“是。”

女侍低着头，没有正面回答。

踏过庭石，两人被带往庭院里树木遮掩的一栋小楼。

“这里二楼的景致很美。”德山大声说，“来点鲤鱼的生鱼片，看看对岸的灯火，想必不错。天有点凉了。”

女侍对信子低下头，请她入座。

这里一个人也没有。

德山问：

“我朋友呢？”

“他刚才还在等着。专务先生一直没现身，就回去了。”

“回去了？”德山装出吃惊的模样，“之前明明说好了……”

“说是赶不上火车了，急匆匆地就走了。”

“这家伙。”德山发出啧啧的声音，“赶不上火车，就在东京住一晚就行了……唉，都怪我没有早点嘱咐他。”

“请坐吧。”

女侍催促站着的信子坐下来。

“真是对不起。”德山转过头对信子说，“完全失手了。真抱歉。把您带到这儿来，不过运气不好，真没办法。就这么擦肩而过了。路上太堵了，来晚了，太不应该了。”

德山看了看桌子边相对放着的两个坐垫，请信子坐下：

“那，总之，已经到这儿来了，吃点东西再走吧……请坐。”

信子不知道说什么好。就因为错过了那个人，她就这么回去，也不太好。

而且，她一眼看去，房间的纸门和窗子都敞开着，特别是面向河川的一边，为了能看到景色，纸窗都撤走了，一览无余。信子稍微放下心来。

“对不起了。”

酒来了，德山再次道歉。

“真是太不好意思了。是我的错……”

他喋喋不休地重复着同样的话。

这么一来，信子也无法露出不高兴的神色了。

一边品尝一盘盘上来的菜，德山并不放旁边的女侍离开。他的态度看起来磊落大方，信子放下心来。

德山不再提他的下属，只是与女侍聊得火热。

鲤鱼酱汤和鳗鱼之后就是正餐。德山一直向信子劝酒，但信子不肯举杯，他也不好再强迫。

“有点醉了。”

德山不像刚才那样恭谨周到了。

“看来，一个人喝酒，还是醉得快啊。”

他摸摸自己的脸颊，看看手表。

“啊，已经这么晚了。”他说，“还是趁早回去吧。”

他看看信子。已经快九点了。

“嗯。”

信子马上点头。

“今天又让您破费了，真是万分感谢。”

“怎么样，菜还合口味吗？”

“嗯，真是非常美味。”

“那就好。”他说，然后对女侍说：“客人很满意。”

“多谢惠顾。”

女侍毕恭毕敬地向信子低头感谢。

德山慢慢站起身来，走出房间。

只剩下信子一个人，心不在焉地跟女侍客套。不久，德山回来了，坐在坐垫上，忽然，他似乎想起了什么。

“啊，对了，那个房间还空着吧？”

他问。

“是。”

女侍点点头。

“夫人，”他满面笑容地对信子说，“这里的主人收集了好多古董，是他引以为豪的珍藏，客人们也都以一睹这些藏品为荣。放藏品的房间现在空着，我们去看看怎么样？”

“……”

“我现在对这些东西很感兴趣，想带夫人也去看看。”

信子不知如何是好。

“没事，就几步路，下楼往大门走会儿，十分钟就够了。”

“嗯，我们一起去。”

信子回答说。到目前为止，德山的态度无可指摘，吃饭时他一直让女侍坐在旁边，似乎可以信赖。她以为，女侍也会跟着一起来。

确实是在往大门走的路上。女侍在前面带路，打开了一个小巧的房间的纸窗。德山先进去了，信子跟在后面。

“我去拿茶。”

女侍说。

“啊，好的。”

德山拉开纸门，在里面回答。

信子毫无防备，走进房间。

这个房间比刚才二楼的房间小。房间不大，但布置高雅。

“古董就在旁边的房间里。”

德山对信子说。

“我们稍微等一会儿，等主人来吧。”

但是，左等右等，主人也还是没有来。说是端茶来的女侍也没有现身。

德山慢悠悠地掏出香烟。

“这样的话，就下次再来看吧。”

信子看着手表说。已经快十点了。

“不用急。”德山看上去很镇定，“就算早回去，您先生也不在吧。”

“啊？”

德山的话让信子吃了一惊，她抬起头来。

德山把手肘撑在桌子上，盯着信子。

他好像变了个人，刚才的绅士风度消失得无影无踪，男人的视线直勾勾地盯住信子。

“盐川君啊，”他说，“不管你怎么等都不会回来了，他有另外一个可爱的女人。”

“告辞了。”

信子拿起手提包，准备站起来。

“所以，用不着急着回去。听我说。”

“我不想听。”

“别生那么大的气……我可是帮了盐川君不少忙。表面上是盐川君出资，我要感谢他，其实正好相反，那家伙早就急着要摆脱互济银行了，还真是有野心。不过，还是个少爷。在我这种从下面拼搏上来的人眼里，可是很危险噢。”

“……”

“不过，他本人可没发现，他觉得自己实力很强。虽说是个少爷，自尊心挺强，我也不想戳穿他，就哄他玩呗。这样下去，你先生马上就会倒霉的。”

“这些事，我听不懂。”

“好吧，我不跟你谈你先生的事业了。那种事，就不提了。总之，我满怀兴趣地研究了盐川这个人，才发现了夫人你。盐川君是怎么融资的，他真正的目的是什么……夫人你最可怜了。”

“……”

“我真是同情你。就算是普通人，我也会义愤填膺，想要揍那家伙一顿。不过，做事业的人不能光靠一点正义感。我对夫人暗地心怀同情，最后，变成了对夫人的爱。”

德山身体向前倾，靠在了桌子上。信子往后坐，眼睛死死盯着德山。

“我就是这样的人，说不出什么漂亮话。不论付出多大的代价，都要得到你。”

“你说什么呢？！”

信子站起身来。

德山拉着桌子，准备把桌子推到一边。

在这个瞬间，信子想起来了。

她一直觉得在哪里见过这个人，现在他这个样子，让她想起来了，这就是以前坐中央线时，一直缠着她的那个男人。

当时没有好好看他的脸，印象有些不同，不过，现在德山本来面目毕露的样子，让她想起来了。

信子站起来。德山推开桌子，站了起来。

“夫人，”德山喘着粗气，“我喜欢夫人，喜欢得不得了。夫人，和我一起……留在这里吧。”

他把手放在信子肩头。

“你在干什么？”

“拜托了，留下来。”

“不行，我要回去。”

“我爱你。”

德山的手被信子打开，又绕上她的头颈。

“啊！”

男人的力气很大。信子站不稳，眼看就要跌倒。德山凑过脸来，嘴唇眼看就要亲上信子的脸颊。

“我爱你，夫人。”

德山嘶声叫道，开始狂吻信子的脖颈。信子恶心得全身发抖。

德山拉住信子，用脚踢开旁边房间的纸门。蒙眬中，信子看见了铺好的被褥。

信子不知道自己是怎么逃脱的。

等她回过神来，自己已经一个人走在寂寥的多摩川堤岸了。

#2

盐川信子终于回到了自己的家。

独自在黑暗的多摩川畔摸索时，坐上出租车回家途中，德山的脸都仿佛一直在她眼前晃动。

是自己太大意了，她为自己的天真后悔，没能早点发现德山的意图，自以为安全，其实都是错觉。

听说丈夫要利用浅野助教给自己扣上不贞的帽子。而且，他还要利用这个借口来赖掉从自己娘家借来的钱。

确实难以置信，不过从之前丈夫的举动来看，也不是不可能。这么一来，丈夫那些难以解释的言行似乎也就能解释通了。

她早已对丈夫弘治不抱任何希望，离婚对她来说并不构成打击。而且，她已经好几次下决心要离婚，这似乎是个好机会。

但是，如果德山的话属实，丈夫的计划也太残忍丑恶了。不过，考虑到他的性格，并非不可能。

德山给她看了证据，汤村住宿登记簿的照片。她吃了一惊。为了确认真假，被德山的花言巧语诱骗，跟随他去了那个料亭。

但是，现在已经没有再去追究真假的必要了。

她脑子里想的都是娘家会因此碰到的麻烦。父亲大概是以所有的不动产作为抵押，从银行借出了那笔钱。丈夫偿还给他的，却是“妻子的不贞”。

夜已经很深了。

她在家门前下了车。家里灯亮着，大概是澄子在等她。

信子打开玄关的门，映入眼帘的是丈夫的鞋子，她心中一惊。

她脱下木屐，发现上面沾满了泥。信子从手提袋里掏出纸来擦拭。湿泥一时半会儿很难擦干净。

“您回来了。”

澄子睡眼惺忪地出来，见信子在擦拭木屐，伸出手来。

“啊，夫人，我来吧。”

“没关系。先生呢？”

“在书房。一个小时前回来的。”

昨晚，前天晚上，丈夫都没有回来。

信子走过走廊，轻敲丈夫房间的门。

弘治已经换上了和服，一个人若有所思地抽着烟。光看他的侧脸，就知道他心情不好。

虽然丈夫总是一脸不悦，不过今晚他的表情看起来有些险恶。

“这么晚。”

弘治吐出烟圈。

“嗯。”

信子回答。

“去哪儿了？”

丈夫盯着信子。

“去见一个熟人。”

“是吗……去乡下了？”

“啊？”

“和服下摆都是泥。”

信子心中一惊。

澄子在走廊上叫着：

“太太，木屐已经洗干净了，还是湿的，我放在那边了。”

“是吗？”

丈夫的眼睛里放出光芒。

“喂，”他尖声叫道，“把木屐拿过来。”

澄子一开始有些疑惑，看见这对夫妻正在对峙，吓得赶紧跑去玄关。

“信子，别站在那儿，过来坐。”

“是。”

“听澄子说，你一大早就出去了。你去哪儿了？”

“……”

澄子回到书房。手里拿着一团报纸包住的东西。

弘治拿过那团东西，打开报纸，黑色的土掉了出来。

弘治检查着两只木屐的鞋底，有澄子刚擦过的痕迹，亮得闪光。

“算了，”他把这一团东西塞给澄子，命令她说，“你可以回去睡了。”

丈夫还是衔着香烟。他大口地吸着烟，回头看看低着头的妻子。

“这么多泥，和服也脏了，看来，你去了很偏僻的地方啊，去干什么？说不出来？”

丈夫眯起一只眼。这是他说出狠毒的话的前兆。

信子咬住嘴唇。

现在说出德山的名字很简单。但是，这样一来，就必须说出去见德山的原因。

这件事和弘治有关，信子必须问出丈夫从娘家借的那笔钱，她不想这种情况下提，想寻找一个更恰当的机会。

不过，现在要是讲出来，必然也会提到和德山的摩擦，信子不想提。

“啊，说不出来？”丈夫紧追不舍，“搞得一身烂泥，肯定不是一个人去的，东京市里可没有这种地方，应该相当远吧，和谁一起去了？”

弘治看见妻子弄脏了和服，起了疑心。更让他怀疑的是女佣拿来的木屐，简直就像在烂泥里走过。

肯定发生了什么事，弘治疑心大盛。

“不能说？”他追问道，“你自己一个人，肯定不会去那种地方，和谁一起去的？”

弘治一边问，一边想象着信子身边站着一个男人。

也许，这正是给妻子扣上不贞的帽子，跟她离婚的大好机会。

自己迟早都要亲口跟妻子提这件事。他准备先干点什么，把执着的妻子赶入绝境。

信子保持着沉默。

如果是平时，她会马上站起身来，回自己的房间。不过，自己确实和德山共处了一会儿，而且还被德山抱住过，虽然只是一瞬间。自己脖子上，还有他厚厚的嘴唇碰过的感觉，像一个污点。

信子知道，丈夫不会就这样放过自己。

弘治经常走两个极端，有时候，他对信子放任自流，就像根本不认识她；有时候，他又对她过分关注，这种时候，他通常都十分执拗，抓住了就不放。

所以，他装作若无其事的时候都是表面如此。他的一双眼睛，无时无刻不在盯着妻子，想要抓住妻子的弱点。

信子抬起头，似乎下定了决心。

“是的，我不是一个人。”

弘治看见了妻子发光的眼睛，心想，开始反抗了。他心里有些紧张。

“是谁？”

“德山先生。”

“谁？”

弘治大吃一惊。

不过，他马上在心里笑了。是吗，是德山啊，也不是不可能。一直以来，德山对信子的事情似乎十分关心，他对信子很有兴趣。从平日德山的一举一动来看，好色的他看上信子，也不是不可能。

不过，德山为什么要带信子出去呢？中间的原委，他猜测不出来。

“哼！”

他在鼻子里哼了一声。

“德山先生有什么理由带你出去，别想糊弄我。”

他在对信子使激将法。

“是真的。”

“理由呢？说来听听。”

“说有跟你有关的事要告诉我，我才去的。”

“哦？跟我有关？”

弘治有些心虚。

德山对信子说了什么？弘治的脑子转得飞快。

他给了德山六千万日元，那是信子娘家的钱。他没有告诉德山钱是怎么来的，自己背后的计划，他也不可能知道。他能想象到的，是德山得到了弘治的援助，项目进行顺利，拿花言巧语奉承信子，这并不是什么大事。他再次盯着妻子的和服。

“奇怪，德山先生可是个正经人，怎么会带你去烂泥遍地的地方？你到底去哪儿了？”

“多摩川旁边。”

“啊？”

弘治瞪大了眼睛。

“那边到了晚上一片漆黑，听说晚上小情侣倒是很多……德山把你叫到那种地方去干什么？”

“……”

信子低着头。

“怎么不说了？”

弘治追问道。

到了这种时候，他心中涌起了一个猜测，大概是德山偷袭了妻子，当然不会是在晚上的河边。那个男人，肯定是把妻子骗去那边的料亭，准备在那里下手。信子把他推开，逃走了……她真的成功逃脱了他的魔爪了吗？她肯定是逃回来的，看她的衣服和木屐就知道了，但这并不能保证她保全了自己的身体。

“你慢慢说来。”

弘治吸了口烟，压抑住心中的激动。

“他把你带到哪个旅馆了？”

信子抬起低垂着的头说：

“不是旅馆，是料理屋。”

“那边的料理屋，那就是……”

弘治想了想，

“肯定是临泉庄了，背后是个斜坡对吧？”

弘治记起了这家店，他曾经在那里玩女人，这更让他胸中燃起了一团火。

“是的。”

“你知道那是家什么店吗？”

“……”

“牌子上挂着河鱼料理，后面有间小房间。”

“……”

“德山把你带到那个房间去了？”

“……”

信子说不出话。一开始，德山说风景好，带她去了一个门户大开的大房间。黑暗中，只有隐隐呈淡白色的多摩川在流动。

后来，他就把她带到了丈夫说的小房间。就在那里，德山抱住了她。正因为这样，信子无法坚持说是在大房间。

“啊，哪里？”

弘治唰地站起来。

“不想说？”

他目露凶光。弘治向来很少表露出激烈的感情，他总是以自己的冷静得体为自豪。现在，他满脸通红，向信子逼近。

“小房间。”

信子坦白地说。

“小房间的哪里？”

弘治眼前出现的都是他自己过去在那里的情景。

“出口附近。”

弘治眼前出现了一个狭小的房间。小巧的画轴，朱漆的矮桌，纸门那边的房间里是过夜的被褥。

“德山在那里对你做了什么？”

“……”

“怎么，说不出来？”

“可以说。什么都没做。”

“谎话。”

弘治呼吸急促起来。

“衣服和鞋子都脏成那样了……我知道了，你被他占了便宜，然后逃出来了。”

“不是。”

“别为自己辩护。我知道那里料理屋的小房间是干什么用的，进去后就关门了。”

“没有……没发生那种事。”

“说谎。”

弘治身体里似乎升起一股热气。

虽说是他的妻子，两人却长久以来已经再无夫妻之实，这是他对妻子的冷淡采取的报复。在外面花天酒地的他，根本不缺女人。他经常和女人在旅馆里住三四天，再去银行上班。

但是，一想到妻子被德山压倒的画面，嫉妒伴随着情欲在他身体里升起。信子说的也许是真的。她挣脱德山逃走的证据，就是衣服和木屐上的泥。

但是，一想到德山魁梧的体格和精力充沛的脸，他就陷入肮脏的妄想，不能自拔。

这个女人，早晚要和她离婚。

那笔钱，他本来就不打算还给她父亲，信子的双亲都是老派的人，如果知道女儿发生这种事，一定犹豫着不敢来要钱，这一点他也计算到了。想到这一点，弘治心中的怒火更是旺盛。

“狡辩也没用，德山到底对你做什么了？”

“没有，没有发生那种事。”

信子强硬地与弘治对视，令他反而想要退缩。妻子眼中的敌意，令他失去了理性。

他用力一掌挥向妻子的脸颊。

“你干什么？”

妻子一个趔趄，捂住脸颊。

弘治扑向信子。

他抓住她的头发，拉开她的衣襟。信子忍住叫声，倒在沙发上。

弘治就像是第一次接触女人。信子散乱的发丝如狂风拂落般落在额头和脸颊上。衣领凌乱，下面的内衣也松开了。和服的裙角散乱，她雪白的双脚无力地划动着。他的手按住信子的脖子，又往她脸上扇了两三下。

信子咬紧牙关，埋住脸，既不哭也不叫。她下意识地整理着自己的裙角，想躲开丈夫的暴力。

这在弘治眼中，反而成为一种刺激。他压住信子的胸部，撑开她的双臂。信子雪白的皮肤在电灯下放射出钝钝的艳光。

信子这才知道丈夫想做什么，她开始疯狂地抵抗。

弘治用尽全身力气拉住女人抵抗的双手。他陷入了一种不可思议的心情，要用暴力征服自己的妻子。信子扭曲的脸，反而更激起他的残忍。

#3

一个月后——

丈夫偶尔回家的时候，信子就把自己关在房间里，完全不想跟他碰面。

弘治带着冷笑经过妻子的房间。最近他的脸变得越来越野蛮了。

盐川弘治也见过了德山，不过对于妻子的遭遇他只字未提，德山也装作若无其事。

弘治手里有枝理子交给他的并排写着妻子和浅野助教名字的登记簿的照片，但他没有发现这背后德山动的手脚。

弘治在认真考虑，选在什么时候，让这张照片发挥威力。

枝理子把照片递给弘治，心急地逼他：

“你还不和太太离婚？”

她的眼光咄咄逼人。

“再等一段时间。”

“照片都给你了，证据都有了。没拿到照片时一直催，怎么还不去跟太太摊牌？”

“在等合适的时间。”他慢悠悠地回答，“急是急不来的。我在等一个绝妙的机会。”

“你不是甜言蜜语，准备临阵脱逃吧？”

“笨蛋……好了，别着急。”

“你不知道我是费了好大劲儿才骗下村拿到这东西吗？”

“我知道……”

“下村先生可是百般引诱我。”

她试图引起弘治的嫉妒。

“你不知道我花了多大力气才摆脱他，本来是我装作对他有意思。”

“你这么千娇百媚，男人看见了都把持不住。”

“别把我当傻子。”

枝理子声音强硬起来。

“我可是一直相信你的话。不过，我已经没有耐心再等下去了。早点拿出证据来，证明你会和太太离婚。”

“证据？”

“当然了。光是嘴上敷衍我可不成，你还要我再等多少年？其实，你还是爱着太太的吧？”

“笨蛋。”

他笑了。

“我已经在你这儿连续住了三天了。”

“那是没办法吧，看你最近的态度就知道了。”

“胡思乱想。”

“不是胡思乱想。”

枝理子的声音很焦躁：

“连你现在在想什么，我都搞不清楚了……你现在还对太太束手无策，这就是证据了。相信你的鬼话，我不知道还要等多久。”

“哦，你是不是想说，不知道要错过多少好姻缘？”

“不要岔开话题，最近你总是敷衍我，拿到照片之前的你，和现在完全是两个人。”

“是吗，大概是不一样了。”

“啊？什么？”

“我是说工作上的事。”

事实上，德山最近的态度，也让弘治有些起疑。

德山对他变得若即若离起来。弘治有互济银行的工作，不可能每天都去东方观光露面。偶尔去一趟，德山对他不再像以前一样亲热了。两人之间好像隔了一层纸，有了距离。

德山表面看上去仍然周到礼貌，但完全谈不上亲密。如果真的亲密的话，他应该会主动向弘治谈起项目的内容、融资关系等，有事也会找他商量。

但是，德山完全没有提过这些事情。

不光如此，是土集团的宫川常务也让弘治感到不安。

例如，最近他打去电话，宫川常务总是不在。他是个大忙人，这也可以理解，弘治也留言说如果宫川先生回到公司，请跟自己联系，但他从未接到电话。

以前不是这样的，只要自己打电话，宫川一定会来接。他如果不在，过后也会打电话过来，说，之前失礼了。

宫川常务在躲避他。

弘治觉得很不安。

不过，他又觉得是自己想多了。

对方不是无名小公司的高层。提起是土庆次郎，以前就不说了，现在是财界顶级的财阀，旗下的公司无数。

他们已经不是新兴企业了，在日本经济界，可以说是说一不二，常务没有必要敷衍自己，还是相信他说的话吧。而且，自己也确实见过了是土庆次郎，虽然没有直接说过话。

这么一想，他的不安就消失了。

难道，宫川常务的态度背后，是德山在搞鬼？

弘治想来想去，觉得也不是不可能。

弘治能想到的是他自己的谋略带来的阴影。他想越过德山直接跟是士攀上关系的野心，莫非被德山知道了？

知道这件事的，只有宫川常务。他很小心，没有透露给第二个人。

也许是宫川和德山暗地勾结。不过，这种事情有些难以想象。那位温厚诚实、可称为英国式绅士的宫川，怎么会去干这种龌龊事？

令他更为担心的还有一件事，这件事比宫川和德山暗中勾结更令他寝食难安。

那就是是土庆次郎的意思。

是土当然是他们集团说一不二的头号人物，唯一的权力中心。他一声令下，下属都得唯命是从。再光鲜的高层人物，也要看是土的脸色行事，这一点已经是有力的证明。

如果宫川准备支持东方观光的意图被是土庆次郎否定了，会怎么样呢？东方观光这个不值一提的公司会马上倒闭。宫川避开弘治，也许是因为是土主意已定，他感到没脸再来见弘治。

现在弘治为两件事感到懊恼。

信子娘家的六千万日元和银行的两千万日元。

这八千万日元该不会就打了水漂吧？一想到这一点，弘治一身冷汗。

他决定找出事情的真相。最坏的结果就是：自己的希望全部破灭，自己身败名裂；东都互济银行的两千万日元融资，银行会负责的。

不，还有更坏的结果。

东方观光这个名不见经传的小公司会担上从多家银行骗贷的刑事责任。更糟的是，自己也会被牵连，背上渎职罪名。互济银行内部对自己的反感最近已经很明显。

全都是坏事。

德山看穿了自己的意图，反而给自己来了个釜底抽薪。那个男人很可能会做出这种事。八千万日元，也许最后就被德山骗去了。

他越来越不安。

必须把这一切弄清楚，不能一个人提心吊胆，干着急。现在不是跟枝理子纠缠的时候。自己已经处于生死边缘。

弘治下了决心，必须去找德山问个明白，八千万日元到底用在哪里了，自己完全不知道，就以此为理由。

弘治从银行打去电话，接电话的是德山。

“啊，一直承蒙您关照。”

德山态度很好，但最近他的礼貌越来越表面化了。

“今天有机会的话，想跟你谈谈。”

“啊。”对方似乎也早有准备，“没问题，不过，有什么事吗？”

这还用问吗？当然是公司的事。

不过，等等，对方这样问，似乎是对信子的事有些心虚。

弘治想起了一个月前那天晚上妻子的模样，他眼前升起一团浓黑的火焰。

“是工作上的事，关于今后公司的方针等，想跟你商量。我有一段时间没跟进了，我们一边吃饭一边聊聊吧。”

“好的。”

德山立即答应了。

“地方选择哪里呢？没有订好的话，我倒有个合适的地方。”

“不，这次我来，一直都承蒙你款待。”

“太客气了……那，我就不客气了。”

“多摩川边，有一个临泉庄，你知道吗？”

“……”

德山没有回答。

“喂喂。”

弘治呼叫道。

“是。”

“你知道吗？”

“……嗯，临泉庄还是知道的。”

不知是不是心虚，德山的声音听起来很没有底气。

约定的时间是下午六点半。

盐川弘治提前半小时就到了，他被带到能看见多摩川景色的二楼大房间，房间里的纸门都是崭新的。

弘治是第一次在这里会客。很久以前，他曾经和别的女人来过这儿。这就是个隐秘的寻欢作乐之所。

“就装作我经常来这里谈生意的样子。”

他早早地往女侍手里塞了一千日元。

“是，明白了。”

“我姓盐川，知道了吧？可以叫我阿盐。”

“嗯。”

女侍笑了。

“还有，好好记住等会儿来的客人的脸。不光是你，尽可能让更多的女侍看到他。”

“为什么？”

女侍满脸不解。

“这个人一个月以前，到这边的小房间来过，我希望有人能认出他来。”

“啊……”

“小房间是用来干什么的，你知道吧？”

“是。”

女侍脸上一笑，轻轻点头。

叮嘱好女侍，他又和她聊了会儿天，一个年轻的女侍来通报说：

“客人来了。”

“呀。”

德山大摇大摆地走上榻榻米。

“劳烦大驾，请坐。”

弘治让德山坐在上座。

“这地方真不错。”

德山装作自己是第一次来，从拉开的纸门间欣赏着河面的景色。

“你一直光顾这里吗？”

德山若无其事地问，眼神似乎有些紧张。

“嗯，夏天的河鲜很新鲜。”

弘治回头向身边的女侍示意。

“盐川先生可是我们的老主顾了。”

女侍会意，附和着盐川。

“啊，对了。”

德山脸上闪过一道复杂的阴影，这一切并没有逃过弘治的眼睛。

弘治为什么把自己叫来，德山大概猜到了。

今天白天，弘治打电话来，说想了解公司项目的进行状况，德山就感到弘治大概已经知道了自己做的手脚，要来问罪了。另外，他大概是以此为借口，要质问他和信子之间发生的事。

不过，他似乎反应也太迟钝了，已经是一个月之前的事了。也许是信子没有立刻告诉他，而是犹豫再三，才说了出来。这样的话，一个月正好差不多。

弘治清楚地指定在这里见面时，德山就明白，他已经知道了，肯定是信子的事。

时间已近深秋，根本没有必要特意把自己叫到这种河畔人家来。弘治特意把自己叫到曾经和信子一起来过的这家料亭，他的用意很明显。

他想把德山拉进回忆的舞台，辛辣地攻击他。

在德山眼里，刚才进门时斜眼瞟过的小房间，到处都飘浮着信子的影子。他曾经在这里，和这个男人的妻子一起共进晚餐。在小房间里，甚至用力抱紧过她。

德山眼看就要得手，却让那个女人逃走了。她惊慌失措，趁他一不留神，穿着布袜子慌张逃离。好不容易得到的机会，就这样白白错失。过后，信子肌肤的触感，到现在还让他心荡神驰。

德山本来准备拒绝弘治的邀请。这很明显是弘治下的挑战书。他准备像个男人一样，挺起胸膛去面对，没有必要回避。他和宫川常务的密谋已经成功了，剩下的就是何时实施的问题。

今晚正是个好机会。德山来之前，已经和宫川在电话里把一切都说定了。

在德山看来，准备给自己下套的盐川弘治，看上去仍然仪表堂堂。他自以为做得聪明，其实还是个不谙世事的二世祖。

女侍端来了饭菜和啤酒。

“我是有好多事要向你报告。”德山开口说，“不过项目进展很复杂，准备哪天一起聊一聊，就拖到现在了。”

弘治想，他倒先下手了。

“啊，是吗？”

他装作若无其事，出去上厕所。楼下，站着三四个女人。刚才收了他好处的女侍站在前面，等他下来。

“先生，就是那个人。之前，和一个女人一起去了小房间。”

“嗯。”

如他所料。一股热血涌上他的脸。

“不过，那个女人中途逃脱了。”

女侍告诉他。

跳跃前

#1

盐川弘治从女侍口中得知，妻子并未受侵犯。

奇怪的是，这一瞬间弘治放下心来，脸色都缓和下来了。

之前，他准备一旦确认德山侵犯了妻子，就要马上强迫她离婚。那就用不着再那么麻烦拿出汤村的住宿登记簿了。

他尽量保持着理智，心中却如同起着狂风暴雨。女侍的一句话，却让他平静下来，也真是不可思议。

我这是怎么了？

弘治边上二楼边想。盼着妻子和别的男人出轨，另一方面又希望她安全无事。这么说来，说自己不爱信子，就是谎话——

“失礼了。”

弘治一脸开朗地回到德山面前。

“后面的庭院很精致，我走到入口处去看了看。”

他的声音都变轻松了。

德山对弘治的话心存猜疑。也许，为了取得自己和信子之间发生过什么的确证，这个男人跑去之前两人待过的小房间检查了。说是去欣赏庭院，真是个烂借口。也许是在讽刺自己，也许是一种挑衅。

德山涮了涮杯子。

“先喝一杯。”

弘治接过他递来的杯子，态度很是谦逊：

“谢谢。”

德山看来，弘治似乎又恢复了自信。

这让他有点不悦。他一直在理性地对待弘治，现在竟有些憎恨起他来。德山的感情也起了波澜。

而且，一想到自己心心念念的女人竟然是这家伙的妻子，他可以对她任性妄为，一股嫉妒之情油然而生。这个女人曾经伸手可触，就在前几天，就在这里，他曾经碰触过她的肩膀、她的手，他的嫉妒因此变得更加真实。

那，要怎么打击这个男人呢?

这个人热衷于事业。虽然年轻，却自不量力，想一把抓住彩虹。毫不留情地把彩虹击碎，就是对他最好的报复。

德山的脑子转得飞快。

“盐川君，”德山说，“现在正好，我有事情告诉你，是个好消息。”

“哦。”

弘治压抑住自己的真实感情，装作很感兴趣的样子。

“是什么？”

“实际上呢，”德山笑嘻嘻地说，“明天晚上，是土庆次郎终于要宣布，要为东方观光注资了。”

“啊，明天晚上？”

弘治大吃一惊。

“啊，我应该早点告诉你。是土先生是个想到了就去做的人。似乎是很快就决定了。宫川先生也是措手不及，我来之前，正好接到了他通知我的电话。”

“还真是好消息。”

弘治果然上钩了。是土出手的时间，比自己想象的还早。

“股票要涨了。”德山笑道，“我们公司还没有上市，真是可惜。如果一上市，肯定要哄抢。”

“是啊。”

“所以，有件事想跟你商量，跟你借的钱，不如索性换成我们公司的股票吧。你自己也成为公司的一员，一起努力吧。”

“……”

“事情到了现在，光是让你在外面帮忙，已经够不好意思了。要确保利益，还是早点来我们公司，先掌握一大批股份。可以的话，明天就赶紧把借你的钱换成股份吧。”

“德山先生。”

弘治探出膝盖。

信子的事看来是杞人忧天。被他占了点便宜，那也无可奈何。事业再次占据了弘治的脑海。

“就这样吧，我会尽力的。”

“啊，真的吗？那可太好了。”

德山笑嘻嘻地说：

“首先,进了我们公司,自然就是是土集团的一员大将了。以你的才华，早晚会被是土先生编入直系，他就是这样网罗人才的。从来不讲什么门第出身，完全是看实力。”

德山的话说到弘治心里去了。本来他准备抓住宫川往上爬，现在可以直接出现在是土眼皮底下。他心中又燃起了希望。

“盐川君，明天晚上我们办个盛大的发布会吧。宫川先生肯定会参加的，把新闻社的记者都叫来。”

盐川弘治心情愉快地赶回了家，他今天哪儿也不想去。

把德山叫去那家料亭的本意，他已经忘得一干二净了。见面后，虽然证实了德山对妻子的企图，但信子仍然纯洁无瑕，事业上也能和是土直接搭上关系。对德山的话，他都言听计从。

银行借的钱不方便换，从信子娘家借出来的六千万日元，他准备全部换成股份。算不上大股东，不过也算在东方观光有了一席之地。

弘治本来准备给宫川常务打电话，报告现在的进展和德山提出来的邀请，不过现在已经过了零点，这么晚，往他家打电话，太不礼貌了，他准备明天早上再打。

他到了家——

澄子睡眼惺忪地在玄关处迎接他。

弘治今晚准备向信子妥协。可能的话，他准备向她坦白，告诉她准备把从长冈她父亲那里借来的钱全部投进东方观光。

“太太呢？”

他边脱鞋边问。

“啊，出去了。”

澄子回答。

“什么时候？”

“先生出去后一个小时左右。”

那就是上午就出去了。

“说了去哪儿吗？”

“不太清楚。”

“啊？”弘治站在台阶上，看着澄子，“出去时什么打扮？”

“穿着洋服，拎着一个行李箱。”

弘治想，大概是回长冈了。应该不会再像上次一样，去漫游信州了。

肯定是长冈，信子对他从长冈借来的钱很担心。虽然嘴上没有明说，心里却一直想着这件事。大概是为了了解这件事的真相，这才匆忙回家去了。

弘治并不慌张，他的想法改变了。

他不准备再和信子离婚了。从长冈借的钱，换成东方观光的股份后，也不需要取出来。获得的盈利，就用来还给长冈，只要生意兴隆，不久就能还清，而且，自己已经成为是土集团的一员，长冈的老丈人也不会急着要求自己还钱，而且还会为买到了好股份高兴。

信子回到长冈，也许正好。

这样一来，自己要尽快和枝理子一刀两断。本来，她对自己就已经丧失魅力了。她也为自己浪费了这些年的青春，分手之后应该能更快找到结婚对象。要好好说服她，让她离开自己。

弘治满怀希望地期待着明天晚上。

德山说，发布会上宫川常务也会来，会直接向新闻记者团报告项目进展。发布会选在一个超豪华酒店举行。

“既然要开发布会，那就要办得热热闹闹，现在正是媒体如日中天的时候，我们的消息出现在各家报纸头版上，一定会引来业界注目。”

德山兴高采烈地说：

“当然，宫川常务出席，这件事本身就意义重大。见到宫川就等于见到是土庆次郎。大家都等着看，今后是土的事业往哪个方向拓展呢。之前，是土先生收购了某交通公司，后面就再没有什么大动静。这次向我们公司的项目注资，肯定会再次引起轰动。”

弘治完全上了钩，还积极提出了各种建议。

“既然要开发布会，那就不如当场给新闻记者发东方观光的宣传手册，最近还可以组织他们坐车去我们的项目开发地参观。可以在甲府招待他们一晚，让他们好好玩一趟。”

“好主意，真不错。”

德山完全赞同。

当时的兴奋，现在还残留在弘治胸中。

明天晚上，自己也要出席发布会，记者们也许会注意到自己这个新面孔，盐川弘治的名字也将首次为众人所知。

德山说要亲自筹备发布会，这些事情就随他去也无妨。自己还是银行的人，太高调也不太好。

他准备给长冈那边打个电话，问问妻子有没有回去，然后告诉岳父自己已经把借来的钱全部换成了东方观光的股份。不过，与其现在打电话，不如等报纸上有了大幅报道，岳父也看到之后再打，效果更好。

过两三天，信子应该也就回来了。

那天晚上，弘治一个人睡得很香。

第二天上午十点左右，弘治给宫川常务家打电话。他准备直接跟宫川确认德山昨天告诉自己的事，告诉宫川自己已经把资金全都投入东方观光了。他要赶在今天的发布会之前，直接跟他谈谈这件事。这样可以加深与是土的接触。

“先生一个小时前出去了，大概是去公司了。”

电话那头，女佣告诉弘治。

发布会就在今晚，宫川常务一定也很忙。

弘治这样想，十一点多，他给宫川公司打去电话。

“常务出去了。去哪儿了不太清楚。”

总务科这样回答。

宫川常务大概正四处忙着呢，或者是在发布会前的敏感时期，故意不出现。

总之，德山也打过电话来，说今晚六点，发布会就在 N 酒店举行。

“新闻社已经全都联系好了，宫川先生也说会早点到，你也提早一些时间来吧……你名下的股份，已经准备好了。”

“呀，真是多谢了。我一定准时到。”

德山还提到了一件对弘治来说至关重要的事。

“现在，我给你留了常务董事这个位子，可以吗？”

六千万日元，比起是土的资金来说微不足道。德山竟然给自己常务的位子，确实待自己不薄。

等等，仅仅是对自己的好意吗？背后是不是对信子有什么企图？……不过，无所谓了，现在先占据有利地位再说。

弘治想着。

“那真是荣幸。感激不尽。”

“等见面时再详谈吧。”

弘治挂断电话，深深地吸了一口气。今天晚上他将要迈入一个新的人生了。

一些文件递到了他这里，他一边在上面盖上印章，一边想，现在的工作真是浪费时间。东都互济银行从没有像此刻一样，在他眼中看来如此寒酸。在这种地方，谈什么行长派、主流派，争权夺利，真是愚蠢。

弘治已经等不到六点了。

四点钟，他出了银行，先回了一趟家，去换西服。今晚必须穿上礼服。也不是早上，不能穿晨礼服，得打扮得光鲜气派。他在服装上很用心，穿着礼服去银行的话，别人会好奇，所以他今天上班时就穿着日常的西装。

“夫人有联系吗？”

他问女佣。

“还没有。”

真拿她没办法。不过，今晚的发布会结束，就赶紧给长冈打电话吧。告诉老丈人这件事，他一定会高兴，会让信子早点回来。

他一个人拿出西服换上，赶紧驱车赶往 N 酒店。

在德山安排下，租借了 N 酒店的小会议室。大概是德山的意思，临时会场被布置成了华丽的舞台风。公司发布区和记者区分隔开来，旁边是一列长长的桌子，被白色桌布覆盖，放着华丽的插画。后面竖着一对金屏风，看起来像是将要举行一场豪华婚礼。

一到会场，德山先伸出手。

“恭喜恭喜。”

德山笑着说。今晚，他也换上了一身正装。手上戴着白手套，看起来像是马上要举行什么仪式。

“新闻记者已经都来了，摄像也准备好了。我们给各个新闻社打了电话，来了二十来人。”

正如他所言，一进会场，记者们已经就座，正在等发布会开始。

除了德山，还有五六个弘治从未见过的人。德山一个一个地给他介绍，说是东方观光的员工。德山也给大家介绍了弘治，说他是位青年才俊，他的加入令我们如虎添翼。

已经六点五分了。

德山看看手表。

“宫川先生，应该已经来了。”

宫川坐的椅子最豪华，旁边放着插花。

已经到了发布会预定开始的六点。记者们本来在聊天，现在也都停了下来。

六点过十分了。

酒店门口，应该有两三个员工在等待迎接宫川。

“怎么回事？谁去看看？”

德山吩咐年轻员工，好几个员工出去了。

“最近老是堵车，宫川先生大概是堵上了。”

德山充满自信地说。

#2

宫川常务的身影，等来等去也没有出现。

德山看起来很镇定。他说是因为交通堵塞，宫川的车才迟到了。时间越来越晚，他也开始着急起来。预定时间六点已经过去了半小时。

新闻记者们已经等了很久，交换完了窃窃私语，已经百无聊赖，向员工们投去疑惑的眼神。

“德山先生，”盐川弘治走到他身边低声说，“宫川先生没有联系你吗？”

“十分钟前，我让员工给他们公司打了电话，说是五点差五分就离开公司了。”

“从那边过来，就算堵车，也只要四十分钟左右。现在已经过去一个半小时了。就算是堵车，也有些奇怪。”

“但是，没有其他可能啊。”

德山似乎仍然自信满满。

“这种重要的时候，不可能顺道去干别的事了。”

从情理上讲，确实如此。今天要登台的主角，不是德山，而是是土集团派来的宫川常务。宫川，就代表了是土庆次郎。

聚集于此的记者们也都希望从宫川口中听到他宣布是土集团注资东方观光。

胸口戴着胸章的员工们也都渐渐面露不安，他们也都用担心的眼神看着德山。整个会场笼罩在不祥的气氛中。

又过了十分钟——

德山走到员工们面前，低声说着什么。有三四个人跑开了，大概是去打电话。

“我让他们给宫川可能去的地方打电话问问。”

德山低声告诉弘治。

“是个大忙人啊。有点什么事占用了时间，来晚了，也是可以理解的。我想，他大概是先去办什么事，结果给绊住了，现在估计正赶来。毕竟，他不像我们这么紧张嘛，大公司的人做事总是不紧不慢的。”

德山虽然笑着，但表情中也有一丝难以隐藏的不安。他似乎也是在拿这些话安慰自己。

盐川弘治心中掠过一道阴影。

笨蛋，他暗骂自己，打消了自己的疑虑。德山都这么说了，弘治也曾见过宫川，听过他充满自信的宣言。

“德山先生，”一个新闻记者似乎等不下去了，站起来，“宫川先生还没有来，真的会来吗？”

他问出了同行们心中的怀疑。大家都齐刷刷地望向德山。

“没问题，让你们久等了，真抱歉。宫川先生大概也是有什么要事才迟到了。请再稍等。”

德山脸上浮现出讨人喜欢的微笑，一再道歉。

又过了二十分钟。真是一段难熬的漫长的等待时间。

这时，打电话去问的员工们都回来了。宫川似乎未曾出现在他们打听的任何一个地方。

“德山先生，”弘治也按捺不住，走到德山旁边，“太晚了。”

“嗯……”

德山赶紧看看手表，已经快七点了。

“再这么等下去，新闻记者要闹起来了。”弘治用责备的口吻说，“这也太滑稽了。”

弘治压制住不祥的预感，脸上变得毫无血色。然而，德山依然泰然自若。当然，如果连他也惊慌失措，局面会更加不可控制。他现在大概也是虚张声势，想稳住局面。

这时，一个员工气喘吁吁地跑到德山旁边。

“专务，刚才宫川常务打来了电话。”

“什么，电话？”

总算有消息了，德山脸上笑逐颜开。弘治觉得很奇怪，宫川本人不露面，现在才打来电话，这算怎么回事?

如果是打电话来通知说是交通堵塞，在原地动不了，或是因为车出故障了，所以来迟了，倒还是不幸中的万幸，但，事情有这么简单吗?弘治心中已经拉起了警报。

德山对等倦了的新闻记者们说了句：

“刚才宫川先生有消息了，我想应该马上就会到了。请再稍候。”

德山赶紧跑去走廊接电话。

弘治坐立不安，跟着德山出去了。

酒店的电话在走廊旁边的一个服务台上。一个员工把手里的话筒递给德山。

“我是德山。等候您多时了……啊，什么？”

德山一脸紧张。他侧着头，把话筒紧紧贴在耳朵上，把耳朵都快压坏了。

“啊……是……嗯。”

宫川在那边似乎滔滔不绝。德山的表情渐渐起了变化。

“可是，宫川先生，到了现在这种时候……啊，是土先生？……真是开玩笑……您现在在哪儿？……啊，不能说？……那我怎么办？我们都已经准备好了，就等您了。您既然这么说，就过来向诸位亲自解释一下吧。这样下去，我们这边就要乱成一团了，场面无法收拾了。请务必过来。”

德山的声音渐渐带上了哭腔。

弘治光是听德山的话，也明白了几分。他感到周围都暗了下来。

德山放下话筒，站在原地呆若木鸡。

“德山先生，”弘治伸手摇他的肩膀，“宫川先生说什么？”

“……”

德山沉默不语，只是咬着嘴唇呆呆地盯着远处。

“电话里怎么说？德山先生。”

“不行了。”

德山终于吐出一句话。

“啊，不行了？”

弘治着急地追问。

“宫川说不能出资。”

“啊，不能出资？但是，现在这个时候……”

“说是是土庆次郎拍板的。”

“是土？”

弘治像是被人当头打了一棒。

“这……这到底是……”

他走到正面，抓住一脸沮丧、垂头丧气的德山的双肩。

“忽然说出这种话……怎么不早说？”

“以前从没听说过，我以为是土先生肯定会出资。”

“宫川说什么？”

“他也一直以为是土会出资。这个老头，看起来是个老糊涂，实际胃口大得很啊。”

“且不说胃口大不大，我们的公司会怎么样？啊？德山先生。”

“……不管怎么说，这件事是土说了算，宫川也没什么办法。是土到了最后时刻才改变主意……没有是土的资金，我们公司也只好倒闭了。”

“倒闭？不是开玩笑吧。公司又不是靠是土的资金建起来的！”

“这个嘛，也差不多。”

德山无奈地笑着。

“看来是摊子铺得太大了。宫川说没问题，所以买了好多地，而且是以市价的三倍买下的。合同都已经签好了，钱也都付出去了。”

“会……会怎么样呢，今后？”

弘治说不出话来。

今天早上，他刚把六千万日元全都换成了这个公司的股份。公司倒闭的话，他就身无分文了。已经倒闭的公司的股份，就跟废纸差不多。

“没有办法了。”德山大声笑道，“盐川先生，你也早点死心吧。”

“……”

“我们都被是土给耍了。”

“但是，我们还是要把宫川常务叫过来，讲个清楚。光是电话里面交代一句，就这样……”

“当然。”

德山说，不过他的声音毫无气势。

“刚才我电话里也说，限他三分钟内出现……但是，盐川君，就算他赶过来，也无济于事了。他也只能说声‘对不起’。他完全没有实权。被是土骂一顿就不敢出声了。名义上是常务，在是土面前就是个小跟班。”

盐川弘治眼中的世界坍塌了。

不过，不可思议的是，德山仍然镇定自若。说起打击，德山所受的打击比弘治大多了。然而，他虽然表情痛苦，态度却十分从容。

弘治抓住德山的肩膀。

“德山先生，肯定有内情吧？”

“内情？”德山盯着弘治，“什么意思？”

“奇怪啊，以你的性格，宫川一百八十度的大转变，你不可能事前没有一丝预感。我怎么办，今天早上那六千万日元就等于打水漂了？你怎么还我？”

“别说傻话了。”

德山推开弘治抓住自己肩膀的手。

“先冷静冷静。我知道你很激动……但是没办法，宫川背叛了我们，这可不是我的责任，我的损失比你更大。还是像个男人那样，到此为止吧……盐川君，这种事，世上也是常有的。今后干事业，可要多长点儿心。”

“德山！”

弘治想上前抓住德山，年轻的员工过来护住德山。弘治的胸口被一个员工狠击了一记。

#3

盐川弘治不知道自己什么时候出的会场，只剩他孤身一人。

他眼里还残留着新闻记者像被捅了的马蜂窝一样炸开了锅热烈讨论的混乱情景。这不过是五六分钟前的事，弘治却感觉像是过去了两三年。

没有一个人来送弘治出来。

他一个人摇摇晃晃地走在车道上，也不想上车。

六千万日元就这么没了。而且，在他的担保下，从东都互济银行借出来的两千万日元也不可能收回了，银行内部肯定会追究他的责任。

就像做了一场梦。

不，这场梦一般的阴谋是德山策划的。除此之外，没有其他可能。

他可以想象到，是德山和宫川联手策划了这场阴谋。两人共谋造成东方观光破产的假象，目的是吞占资金。当然，一开始他们的目的就是侵占弘治拿出来的八千万日元。他们利用是土庆次郎的光环，引弘治上钩。

事到如今，谜底解开了。

首先，对这件事，是土庆次郎从没有亲口说过一句话，都是宫川常务在传话。

所以，就算告他们欺诈，也是不可能的。因为是土集团出资这件事，宫川没有提供任何文件。别说是合同，连备忘都没有。口说无凭，没有任何证据。旁边有车开过来，差点撞到弘治，吓了他一跳。他回过神来，自己正一个人走在亮着红灯的人行道上。

弘治想起了以前曾见过的老电影上的一幕，和现在的自己一模一样。一个士兵在广袤的沙漠里长时间和敌人对峙，难以忍受恐怖和炎热，从战壕里爬出来，摇摇晃晃地向敌人那边走去。

现在的自己，就像那个疯狂的士兵，身边一个人也没有，迎面走向敌人，肯定会被杀掉，他的失败也已经是板上钉钉的事。

他本是个爱惜自己的人，却也顾不上自己凌乱的头发。行人瞥过他的脸，一脸惊奇。甚至有人已经走过去两三步，还回过头来看。

现在看见的每一个人，在他眼里都是敌人。曾经意气风发时，在他眼里，这些人都是愚蠢的存在，根本不值一提。现在，他们目睹了他的落魄，正在嘲笑他。

我已经一文不名了。

梦想也破灭了，自己一败涂地。一个小时前，他还在想象着自己在实业界崭露头角，成为财界的青年才俊。到头来，那只是一道美丽的彩虹。

只剩下他一个人孤独地走在街头。

枝理子呢？有钱的时候还好，现在他已经一文不名，枝理子就成了一个可怕的女人。一个失败的男人，女人是不会觉得有魅力的，枝理子就是那样的女人。没必要再去见她。他无法忍受被她轻视。

没有留恋。

他从没觉得自己这么悲惨，而自己的家温暖得炫目。

他走进了玄关。

女佣走出来了。自己还没问，她就说：

“夫人还没有打过电话回来。”

女佣似乎有些害怕地看着他的脸色。

弘治默默地走进屋里。

进了书房，他马上叫来女佣，让她给长冈打电话。

电话很快接通了。

“信子回家了吗？”

他问接电话的岳母。

“没有……怎么了？”

岳母吃惊地反问道。

“没什么，没关系，她出去了，我在想是不是又去打扰你们了。”

对方还没回答，他就挂断了电话。

他坐在房间里，一切都乱了套。死亡一般巨大的空虚感包围着他的身体。

信子也走了——弘治抱着头，伏在书桌上。

新路

#1

信子在蓼科住了两晚，川田美代陪着她。有一天，信子拎着行李箱，一脸坚决地来找美代。美代看看信子的脸，什么也没问，让信子在咖啡店稍等，利落地收拾了工作，跟她一起出来了。住下后，第二天早上，信子才开始向美代解释这一切。

直到信子讲完，美代没有说一句话。接着她说了一番话。

美代的话，每一句都深深撞击着信子的心。

“信子你长得漂亮，脑子聪明，品位好，又好学，从富裕的家庭嫁到了富裕的夫家。旁人看来，没有人比你更幸福的了。但是我从来没有觉得你幸福过。从学生时代，你就经常说自己没有什么想要的东西，现在还是这样，从来没有主动要做什么。信子的先生，看来不像个好人，但某种意义上，也是信子害了他。本来不是特别喜欢，还要和他结婚，这本来就已经错了，因为世间的流言，为了双亲，选择不离婚，更是错上加错。现在，信子需要的，是好好找到自己真正想做的事。不要再依赖父亲和丈夫的钱，靠自己的力量活下去，怎么样？”

这里总共只有两家旅馆，她们住的这家门前有一个温泉池。

到了晚上，沁人心脾的宁静包围着她们。夏日里热闹的乡间别墅也都空了下来，夜晚的灯光看上去分外寂寥。

信子为了整理自己的情绪，白天去爬高原。可以说她有些不知所措。

白桦树的叶子稀落起来，落叶松的树枝变得光秃秃。在这深山里，深秋比都市里来得更早。小路在山丘和山谷间盘绕。到处都有小小的别墅和度假屋，在树梢间露出屋檐。

美代等信子的心情平复下来，第二天吃过午饭，就赶回去了。肯定是在东京有很多工作等着她。美代的友情，对信子来说是任何东西都无法替代的。

信子走在路上，碰到了从别墅准备回家的一家，有好几个孩子。遇见这么快乐美满的一家，信子十分羡慕，更觉得自己形单影只。

今后，再也不能这样放任自己了，不要再伤感。就像这季节一样，要向着冬天，毫不畏惧地出发。

早些时候这里爬山的年轻人也很多，现在很少见了。四处还可以看见夏天驻营的踪迹。

信子趁还有巴士的时候去了白桦湖。白桦的树干直挺挺地刺破湖面。这是一个人工湖，湖里还遗留着水面上升之前树林的遗迹。

这一带人烟稀少，夏天驻营的人们在草地上留下了烧痕。阳光变得很柔和，水面反射着微弱的光。八岳山长长的山际线隐藏在云雾底下，远望过去，似乎灵魂都要被吸入云雾之中。

信子望着湖面，似乎产生了一种错觉，觉得之前见过的年轻湖沼学家正站在湖边。不过，他不可能来这里。他说过要走遍甲州和信州，光是信州就有很多湖，青木湖、木崎湖，还有北边远处的野尻湖。

站在水中反复取水装进采集瓶的年轻人，他的身影看上去单纯又干净。比起弘治复杂的工作，这种单纯的工作看上去十分洁净。信子觉得，自己这样复杂的夫妻关系，也是世上少见。

回到东京，一定要清算清楚。和丈夫离婚后，她不打算回长冈，准备在东京的某个角落坚强地生活下去。幸好，在一些小公司，她还是能找到事务员之类的工作的。

她完全不觉得悲伤，漫长阴暗的隧道，她好像总算走到了出口，她终于下定了决心。既然和丈夫在一起的生活显得那么悲惨、毫无意义、令人厌恶，为什么要让这样的婚姻困住自己这么久呢？

信子决定坐今晚的火车回东京，回到家应该已经十点多了。如果丈夫在家，她准备跟他摊牌。不在的话，她就留下一封信。她再也不会在家里独自等待不知何时才会回家的丈夫了。

信子到达新宿站是晚上九点四十分。

从茅野上车，是一段漫长的旅程。列车从茅野经过富士见、信浓境内，黄昏的八岳山麓，景色一路变幻。光是八岳山麓，一路上景致也各不相同。信子望着黄昏的山脉，感叹着人生也是如此，于不同处，所见景致也各不相同。

如今，她只有一种生活，就是和弘治一起的生活。然而，移开目光，望向其他方向，也会有其他完全不同的人生。那就是她新的出发点。

她在新宿站坐出租车到达家里，已经十点半左右了。平时这个时候，家门已经漆黑一片，玄关也已经紧闭。

但是，信子一下出租车，不由得吃了一惊，站在原地。玄关处灯火通明。不仅如此，一直关闭的门也开着，玄关大开，里面摆着好多鞋。

好像出了什么事。自己不在家的时候，不知道发生了什么突发事件。难道跟弘治有关？难道是进了贼，或是起了火？

信子双腿发抖，走进玄关，有三四个陌生男人站在那里。他们态度坦然，看起来不像是访客。

其中一个见到信子，问：

“是夫人吗？”

他的口气很专业。

“我们是警察。”

其中一个人说。

“正在等夫人回来。”

“是。”

信子应了一声，说不出话来。内心一阵悸动，问：

“有什么事？”

“啊，您还什么都不知道啊？”

另一个人看着她的脸问。

“啊，我刚才从外地回来。”

“是吗，实际上，”年长的警察走到她身边，把一只手轻轻放在她背上，似乎不想吓到她，“夫人，是这样的，您先生受伤了。”

“受伤？”

信子以为是交通事故，但如果是交通事故，也不会有这么多警察来。

“夫人，”警察看着信子一无所知的脸，似乎有些不忍心，“您知道成泽枝理子这个女人吗？”

“是。”

信子回答，心里还是惊魂不定。她马上想到，难道是弘治和枝理子殉情了？她的脸立刻变得刷白。

“这个成泽枝理子，用水果刀刺了您先生。”

“……”

“是下午四点半左右发生的事。您先生去成泽枝理子家，好像两人在那里发生了争执，枝理子从背后用水果刀刺了您先生。”

信子听着这一切，如在梦中。

“……刺得很深。幸好没有伤到心脏和肺这些重要的地方。现在，您先生已经住进了 S 医院，伤势很重，不过生命已无大碍。”

“……”

“您要去医院吗？”

“嗯。”

“这样的话，我们警察局有车，您要不要一起去？”

信子就像失去了意识，现实的一切已经超出了她的思考范围。一种虚脱感，让她的身体变成了一个空洞。

车行驶在街道上，走进散发着强烈的消毒液气味的玄关，走上昏暗的楼梯，一切都像是不受自己控制。警察敲了敲病房的门。

请进，一个女人的声音回答道。警察打开门，一个戴着眼镜的护士站在病床旁边。

映入信子眼帘的，是躺在雪白的床上，只露出一张苍白的脸的弘治。弘治仰面躺着，枕上头发凌乱，笔直的鼻梁高耸。

警察对护士耳语了几句，护士摇了摇头。大概是说，病人还不能回答问题。

弘治似乎隐约捕捉到了站在护士身后的信子的身影。

他嘴唇嚅动，似乎要说什么。护士弯下腰听着，然后告诉警察。

“那么，夫人，”警察点点头，对信子说，“我们还有些事要办，要走了。病人有些激动，说话时间不要太长。”

警察们都出去了。

弘治在毯子底下摸索着，向信子伸出手。

“对不起。”

他嘶哑的声音很微弱。

“原谅我。”

信子握着他的手，他的手冰冷。

“信子……”

弘治的眼睛里闪着光，他的眼神从未如此认真。那是道歉、乞求、充满期待的眼神。

弘治请求信子留在自己身边，他的眼神说出了他内心所有的渴望。

#2

信子站在那里，俯视着丈夫的脸。弘治乞求的眼神碰上了信子冰冷的瞳孔。两人对视了一会儿。

这个人从来没有像这样示过弱……信子想。

他一直都很强硬。在外面为所欲为，觉得是男人事业成功应得的奖励。他一直虚张声势，身体里燃烧着熊熊的野心。他相信这才是男人的价值所在，总是居高临下，看轻世人。

她还没有问清楚枝理子这个女人为什么刺伤了丈夫，不过大概能猜出来。大概，弘治的事业已经完全失败了。那个德山，弘治是不可能从他身上占到什么便宜的。弘治被骗了。他虽然看起来聪明，年纪还是轻了点，根本不是历经风浪的德山的对手。

弘治自己梦想的绚丽彩虹就这么消失了，他失败了。他这种人，最受不了打击。他下定决心和枝理子分手，大概也是丧失了自信。所以他去找她。这是他最后一次和她见面。

然后，不知道发生了什么，警察说是争执之后发生了伤人事件。枝理子感到被弘治骗了，怒火中烧。凶器是水果刀，说明这是一个突发事件。

这个人，现在在请求自己的原谅，他是第一次请求妻子。对了，他还觉得自己是他的妻子。所以，他还认为自己会坐在他床边照顾他。

信子平静地抽出了被丈夫紧握的手。然后把他的手放进毯子里，把毯子拉到他肩头。

丈夫看了一眼信子，那是感谢的眼光。不过，信子也没有看漏，一瞬间，丈夫狡猾的试探的眼光变成了安心。

丈夫误会了。他认为信子会像个妻子一样，一夜不合眼，照顾自己。信子的身影一出现在病房里，他就在暗暗揣度信子是否在生气。他握过信子的手，信子帮他把手放进毯子下面，这温柔的贤妻般的动作让他放下了心。

弘治把这理解为妻子对丈夫爱的抚慰。

信子坐在护士刚才坐的椅子上，斜对着躺着的弘治的脸。弘治脸色苍白，他轻轻闭上的眼睛，显示着他的安心。

“你，原谅我吗？”

丈夫闭着眼睛轻声说。唇上浮着一丝微笑，他自以为已经抓住了信子的心。

“嗯，没什么原不原谅的。”

她平静地回答。

“是吗，以前是我不好。”

“不，不用道歉。从明天开始，我们就不会再见面了。”

听到信子这样说，丈夫一下子睁开了眼，脸色大变。

“啊，你说什么？”

丈夫还在怀疑自己的耳朵。

“我是说，我要离开你了。”

信子平静而又清晰地说。

“……”

“没想到会发生这种事，本来不应该这时候说这些话。不过，去蓼科的这三天，我想清楚了，我已经想好了。”

“你……”

弘治踢开毯子，撑起上半身。他的脸扭曲了，瞪大眼睛紧盯着信子。

“本来我应该尽妻子最后的责任，照顾你直到你康复。

“……但是，我实在是太累了。我一直陪着你，直到现在，已经精疲力竭。从今以后，就请让我自由吧。”

“……”

“幸运的是，你的伤势于性命无碍，知道你不久就会康复，我也放心了……我要回去了。今后，我们也不会再见面。这么长时间，多谢你。我没能当一个好妻子，对不起，手续上的事，我会拜托我的父母。”

“信子，信子！”

信子从椅子上站起身来。弘治的目光追随着信子的身影，他的手从毯子下面伸出来，在空中挥动。

“再见……早日好起来。”

信子离开床边，望向出口处的门。身后传来弘治的声音，她没有回头。她一步一步走向门口，手抓住了门把，金属声轻响，门开了。

信子最后也没有回头看丈夫。

打开门，映入眼帘的是楼梯间的白墙壁，以前从未注意到墙壁如此洁白。没有任何花纹，洁白干燥。

信子感到，自己全新的人生从现在开始了。

文治

磨铁图书旗下子品牌

更好的阅读

出 品 人 沈浩波
特约监制 潘 良 于 北
产品经理 单元皓 烨 伊
特约编辑 叶 青
版权支持 冷 婷 郎彤童
装帧设计 瓜田李下Design

图书在版编目（CIP）数据

水之焰 /（日）松本清张著；刘玮译．—杭州：浙江人民出版社，2020.9

ISBN 978-7-213-09707-2

Ⅰ．①水… Ⅱ．①松…②刘… Ⅲ．①推理小说—日本—现代 Ⅳ．① I313.45

中国版本图书馆 CIP 数据核字（2020）第 048972 号

浙江省版权局
著作权合同登记章
图字：11-2020-011

水之焰

SHUI ZHI YAN

（日）松本清张 著　刘玮 译

出版发行　浙江人民出版社（杭州市体育场路 347 号　邮编　310006）
责任编辑　张世琼
责任校对　姚建国　徐永明
封面设计　瓜田李下 Design
电脑制版　李春永
印　　刷　嘉业印刷（天津）有限公司
开　　本　880 毫米 ×1230 毫米　1/32
印　　张　11.5
字　　数　285 千字
版　　次　2020 年 9 月第 1 版
印　　次　2020 年 9 月第 1 次印刷
书　　号　ISBN 978-7-213-09707-2
定　　价　48.00 元

如发现图书质量问题，可联系调换。质量投诉电话：010-82069336